미국 교환학생, 알고 보니 쉽네!

미국 공립학교에서 꿈을 낚은 소녀들의
교환학생 이야기

미국 교환학생, 알고 보니 쉽네!

 최지아·김유진·이소미·신현지 지음 | 정경은 정리

책읽는귀족

:
:
:

'청소년 외교관'을 위하여 파이팅!

우선 공동 저자들을 대신하여 머리말을 쓰게 된 것을 기쁘게 생각한다. 요즘은 미국 유학에 관심을 가지는 중·고생이 많아졌다. 지구촌이 한 가족이 됨으로써 나타나는 자연스런 현상 중의 하나라고 생각한다. 누가 뭐래도 아직은 미국이 세계를 주도하는 선진국으로서, 보고 배울 것이 많은 나라이다. 영어와 함께 넓은 세상이 펼쳐지는 기회의 땅이다.

한국의 치열한 입시경쟁에 실패하여 떠나는 게 아니라, 전 세계를 무대로 나의 인생을 설계하고 싶어서 떠나는 거라면 미국 유학은 성공할 수 있다. 그 첫걸음을 교환학생으로 시작한다면 더욱 의미 있는 일이다.

지난 12년간의 경험에 비추어 볼 때 청소년들의 조기유학 중 가장 성공률이 높은 것이 교환학생이다. 미국 국무부 초청으로 떠나는 만큼 가장 명예로운 출발이며, 일정한 수준 이상의 청소년에게

만 자격이 주어지는 만큼 그 혜택도 좋다. 규율이 엄격하여 성공리에 마치면 그 기쁨이 더 크고 매사에 자신감이 넘치는 학생으로 변해서 돌아온다.

미국 시민들만 다닐 수 있는 공립고교를 무료로 다닌다는 점, 순수하게 한 가족이 되어 문화교류 하는 즐거움을 위하여 나에게 가정을 허락한 자원봉사 홈스테이가정에 배정된다는 점은 영국, 캐나다 등 다른 영어권 국가에서는 흉내 내지 못하는 유일한 프로그램이다.

교환학생 참가자는 한국의 청소년 외교관이다. 그동안 이 프로그램에 참가한 많은 청소년들이 미국 청소년들, 미국 홈스테이 가족들에게 KOREA를 인상 깊게 알려주었다. 철부지 아이였을지 몰라도 교환학생으로 미국에 가는 순간부터 모두 애국자가 되었다.

자신만의 미래가 아닌 대한민국의 미래를 위해

참가 전까지만 하더라도 개인적으로 잘 먹고 잘사는 직업만 생각하던 청소년들이 미국 교환학생을 계기로 꿈이 바뀌는 경우가 많다. 즉 나 개인보다도 대한민국을 위해 무언가 기여할 수 있는 자신의 미래 직업을 꿈꾸게 된다. 영어 향상보다 훨씬 큰 변화, 세상을 바라보는 눈이 달라지도록 만들어 주는 것이 교환학생 프로그램이다.

이 책의 저자들인 지아, 유진, 소미, 현지의 경우도 다르지 않다.

순수하고 맑은 눈빛으로 아름다운 자신의 미래만 바라보던 소녀들이 미국에서 좌충우돌, 눈물도 흘리고, 흔히 말하는 '개고생'도 실컷 하면서 완전히 달라졌다. 이 소녀들이 이제 어떤 시련도 두려워하지 않는 강인한 철녀들이 되어서 돌아왔다. 자기만의 미래가 아니라 대한민국의 미래를 위한 인재가 되겠다는 야무진 꿈을 안고 돌아왔다.

힘든 생활을 즐거운 추억으로 승화시켜서 책까지 만들어 내니 정말 대견하다. 이런 '청소년 외교관'을 양성하는 것이 애임하이 가족들의 최고의 기쁨이다. 땀의 결실을 엮어낸 지아, 유진, 소미, 현지에게 축하의 인사를 전하며 그들을 길러준 부모님, 그들에게 가정을 허락해 준 미국 호스트 가족에게도 함께 감사의 인사를 전한다. 교환학생 선배이면서 「Part 5. 미국 교환학생 사용 설명서」를 정리한 애임하이 정경은 대리도 수고가 많았다.

2014년 8월
손재호
애임하이교육(주) 대표

. . . .

우리나라 아이들은
보물이 될 자질이 충분하다!

10대를 살아가는 아이들의 인생은 어떤 모습이어야 할까? 우리 나라에서 이 질문에 대한 답을 구하는 작업은 이미 오래 전에 끝 난 것처럼 보인다. 아마도 1980년대 초반 어느 해 여름부터 슬금 슬금 대학 입시를 위한 공부에 함몰해가기 시작해서 지금은 그저 압도적으로 으레 10대는 공부하는 세대로 인생 정의가 끝나 버린 상태다.

그 인생의 성과는 오로지 학과 성적의 고하로 결판이 나고, 성패 의 최종 판정은 입학 허가를 따낸 대학 간판이 대신한다. 꿈, 취미, 우정, 사랑 등등 어른들에게는 인생의 절대 명제로 취급받는 것들 이 그들에게는 그저 철없는 10대의 표상이거나 일탈로 치부되기 십상이다. 그리하여 우리나라 10대는 OECD 소속 국가 전체를 통 틀어 대체로 최저 수준으로 행복하다.

그러나 그들이 만약 다른 나라에서 자란다면 어떨까? 10대의 인생살이에 대한 정의가 그 나이에 걸맞고, 그들의 특성을 반영하고, 어른이 될 준비를 하는 삶이라고 되어 있는 곳에서 한번 살아 본다면 어떤 변화가 일어날까? 열다섯 살이 넘도록 삶의 중요한 무언가를 혼자 결정하는 일이 거의 없고, 누군가가 챙겨주는 것에 너무나 익숙해져 있으며, 머릿속은 최대한 단순하게 갈무리되어 난 무엇을 할 것인가 따위의 철학적 질문에 둔감한 이 아이들이 그런 곳에 가서 도대체 하루라도 제대로 살아 낼 수 있을까?

이 책 속에 등장하는 네 아이들은 단언컨대 우리나라의 평균 이상도 이하도 아닌 보통 10대다. 그런데, 이들은 교환학생 이후의 삶에서 특별한 아이들이 되어 있다. 불과 10개월 동안의 미국 공립학교 생활, 미국 가정에서의 삶이 그렇게 그들을 야무지고 성숙하게 그리고 멋있게 바꿔 놓았다. 문화 충격도 극복하고, 가까운 사람들과의 관계 관리 요령도 터득하고, 싫어했던 과목의 참 재미도 발견하고, 그리고 무엇보다 자기 자신을 제대로 발견한 계기가 결정적이었다.

알래스카에서부터 와이오밍을 거쳐 델라웨어, 버몬트 그리고 미시시피까지 그들이 살았던 장소가 친근하게 느껴지고, 그 각각의 곳에서 네 아이들을 사랑으로 품어 준 미국 부모들에게 괜히 경외감이 우러나게 만드는 이 책의 정수는 소소하지만 반짝이는 기억의 조각들이다. 그것을 고스란히 마음속에 담아 와 책으로 써 낸

네 아이들의 솜씨가 사실은 위 질문에 대한 가장 확실한 대답이다. 그렇다! 우리나라 아이들은 좋은 환경에 갖다놓기만 해도 보물이 되는 자질이 아직도 충분하다.

2014년 8월
- 정찬용
㈜정찬용교육 대표 & 『영어공부 절대로 하지 마라』 저자

⋮

디지털 노매드 시대를 살아갈
미래의 주인공이 되기를!

현대를 디지털 노매드(Digital Nomad) 시대라고 한다. 디지털로 무장한 유목민의 시대인 것이다. 유목민이라면 아시아와 유럽을 활보하던 칭기즈칸과 그 후예들이 대표적이다.

그렇다면 유목민에게 필요한 지식은 어디에서 배울 수 있을까? 학교에서, 학원에서, 아니면 엄마의 품이나 따스한 화롯가에서? 절대 거기서는 유목민의 삶을 배울 수 없다. 진정한 유목민이 되는 길은 집을 나와 말에 오르는 것이다. 말을 타고 광야를 질주하고, 때로 몰아치는 광풍을 이겨내며, 덤벼드는 맹수와 부딪히면서 배워야 한다.

그런 의미에서 곰과 무스에 혼비백산했던 최지아 학생, 태권도로 미국인들과 새롭게 사귀었던 김유진 학생, 눈썰매, 스케이트보드, 승마 등 다양한 경험을 했던 이소미 학생, 축구부에 들어가 열정적으로 활동했던 신현지 학생, 이들이야말로 디지털 노매드 시대를 살아갈 충분한 지혜를 체득한 미래의 주역들이다.

　네 명의 학생들이 선택했던 미국 국무부 교환학생이라는 프로그램이야말로 이 시대를 살아가고, 이겨낼 수 있는 유목민으로서의 패기와 지혜를 습득하는 제일 좋은 방법이라고 생각한다. 익숙한 문화, 익숙한 환경을 과감히 떠나 전혀 새로운 문화와 사람들과 마주치면서 닫혀 있던 생각이 열리게 되고, 움츠려 있던 근육이 살아나는 것이다. 그래서 나도 2남 1녀 세 아이 모두 교환학생을 보냈고, 기대 이상으로 성장한 아이들의 모습에 감사하고 있다.

　알래스카에서 시작해서 거의 미국 전역으로 펼쳐지는 네 여학생들의 종횡무진 체험기가 많은 학생들과 부모들의 닫혀 있던 생각을 열어주는 계기가 되길 바란다. 그리고 책을 읽는 데서 그치지 않고, 과감히 유목민 체험에 동참하는 친구들이 많아지길 기대한다.

　사족을 붙이자면 이런 멋진 체험수기에 남학생들 이야기가 빠졌다는데 아쉬움을 느끼며, 남학생들의 분발도 기대해 본다.

2014년 8월
- 황영헌
KT 연구소 상무, 2남 1녀를 모두 미국 국무부 교환학생으로
보냈으며, 그 중 장남 황규준과 황다솜 학생이 각각 『미국 넌 내거다』,
『애들아, 창의성이 밥 먹여준대!』라는 체험 수기를 출간했다.

:::::::

수족관 속 비단잉어가 되지 마라!

우리가 흔히 보는 비단잉어는 환경에 따라 몸의 크기를 조절하는 능력을 가졌다고 한다. 비단잉어를 수족관에서 키우면 8센티미터까지 자란다. 반면 저수지나 연못에서 키우면 40센티미터까지 자라고 강에서 키우면 120센티미터로 큰다고 한다. 환경에 따라 몸집을 달리하는 것이다. 사람은 비단잉어보다 더 환경의 지배를 받는 존재다. 우리 속담에 옛날부터 '사람은 나면 서울로 보내고 말은 제주도로 보내라'는 말이 있다. 자녀들을 더 넓은 세상에서 키우라는 지혜가 담긴 속담이다.

네 명의 학생이 미국 국무부 교환학생 프로그램에 참여하면서 겪은 '좌충우돌' 소중한 경험들을 책으로 엮어냈다. 수족관 속의 비단잉어처럼 부모님이 때가 되면 먹을 것을 주고 금이야 옥이야 보살펴 주는 환경을 벗어나 물설고 낯선 미국 땅에서 문화의 충격을 극복하고 당당하게 성장하는 이야기들을 엮어냈다.

이제는 성인이 된 필자의 첫째 딸도 12년 전에 미국 교환학생 프로그램에 참가했다. 이후 정식으로 미국에 유학을 갔고 고교·대학을 거쳐 유럽에서 석사까지 마치고 '세계인'으로 넓은 세상에서 살고 있다. 『미국 교환학생, 알고 보니 쉽네!』를 접하면서 십수 년 전에 딸아이가 겪었던 일들이 주마등처럼 스쳐갔다. 책을 쓴 네 명의 학생들 이야기와 다르지 않다.

이 책의 저자들인 네 명의 학생들은 미국 호스트 가정에서의 사랑과 갈등, 의사소통의 어려움 속에서 미국인 친구들과의 소중한 우정, 미국 곳곳을 여행한 경험 등을 생생하게 그려내고 있다. '수족관' 속 한국 또래 친구들이 학교 공부와 학원 과외에 치어 '공부벌레'의 괴로운 삶을 살고 있을 때 이들은 미국에서 역동적인 삶을 체험했다.

한 단계 더 높은 도전과 모험의 '청소년 성장 프로그램'

미국 국무부 교환학생 프로그램은 일반인들이 아는 것과 달리 미국 유학 프로그램이나 어학연수 프로그램이 아니다. 한 단계 더 높은 도전과 모험의 '청소년 성장 프로그램'이다. '세상은 넓다'는 것을 알게 해주는 체험 프로그램이다. 청소년기의 이 같은 경험은 성인이 되어서 떠나는 해외여행과 달리 미래의 삶을 더욱 풍요롭게 해준다. '소중한 자식일수록 여행을 시키라'는 말이 있다. 미국 국무부 교환학생 프로그램은 청소년들에게 도전 의식을 심어주고 어떤 역경 속에서도 참고 견딜 수 있는 인내를 배우게 한다. 식물의 성장을 돕는 유기질 비료 같은 역할을 한다.

이 프로그램이 한국에 알려진 것은 지난 2000년대 초반부터이다. 독일, 러시아, 중국, 브라질 청소년들과 함께 지난 10여 년간 연간 2천 명이 넘는 한국 청소년들이 참여를 했다. 그러나 최근 치열한 대학 입시 경쟁과 경제난으로 가정 경제가 어려워지면서 참가자 수가 대폭 줄었다. 참으로 아쉽다. 국가 차원에서 이런 프로그램을 좀 더 활성화했으면 하는 바람이다.

사막의 척박한 땅에서 뿌리를 내리고 마침내 향기로운 꽃을 피우는 용설란처럼 미국 생활의 어려움을 지혜로 극복한 네 명의 학생들에게 칭찬과 격려의 박수를 보내고 싶다. 이 책을 통해 더 많은 우리 청소년들이 '공부의 짐'을 벗어 놓고 넓은 세상의 격랑을 헤치는 지혜를 배우는 기회를 체험했으면 하는 바람을 갖는다.

2014년 8월
- 이강렬
연세대학교 졸업, 법학 박사, 〈연합뉴스〉, 〈국민일보〉, 〈평화방송〉 등에서
31년 언론인 활동, 〈국민일보〉 편집국장, 대기자, 논설위원,
미국 전국 대학카운슬러협회 정회원, 미래교육연구소장

∴
∴
∴

내 인생에서
무엇과도 바꿀 수 없는 소중한 자산

2004년, 아무런 준비도 사전지식도 없이 무작정 미시간 주에 미국 국무부 교환학생으로 온지 정확히 10년이 지났다. 어느덧 군대를 전역하고 대학을 졸업하여 직장 생활을 하고 있지만 교환학생 시절 생활은 지금도 또렷이 기억나는 나의 소중한 청소년기 추억이다.

나 역시 언어와 문화의 장벽에 나름 고생도 많이 하고 새로운 미국생활에 적응하느라 힘들었지만 교환학생 때 얻었던 값진 경험들이 좋은 밑거름이 되어 여기까지 올 수 있지 않았나 싶다.

교환학생 프로그램을 거친 덕분에, 다른 유학생들과는 달리 미국 가정에서 생활하며 그들의 문화를 자연스럽게 익히고 학업 이외의 다양한 방과 활동에 참여하며 리더십과 사교성을 빠르게 기를 수 있었다.

아직도 Mom & Dad라고 스스럼없이 부를 수 있는 호스트 가족들과 수년 간 보질 못하였지만 문자나 전화, SNS를 통해 종종 안부를 묻는 미국 친구들은 내 인생에서 무엇과도 바꿀 수 없는 소중한 자산이다.

이 책 『미국 교환학생, 알고 보니 쉽네!』에서 볼 수 있듯이 나이 어린 후배들이 타지에서 씩씩하게 생활하는 것을 보니 자랑스럽기만 하다. 미국 호스트 가족과 같은 지붕 아래서 생활하고 새로운 미국 친구들을 사귀며 값진 경험을 쌓아가는 후배들의 수기를 읽고 나서 오랜만에 미시간의 호스트 가족, 친구들에게 연락하여 추억에 잠길 수 있었다.

이 책은 미국 국무부 교환학생 프로그램을 생각하고 있는 많은 사람들에게 좋은 가이드북이 되기에 손색이 없는 것 같다. 자신의 인생에서 소중한 자산을 갖고 싶은 후배들에게 일독을 권한다.

2014년 8월
- 김선빈
2004년, 구정고 2학년 때 교환학생 참가.
인디애나 주립대학교 경영대(Kelley School) 졸업.
Kelley School 아시아 유학생 중 10년 만에 처음 메릴린치 합격.
투자 은행 분석 전문가 - 뱅크오브아메리카 메릴린치(샌프란시스코 사무소)
[Investment Banking Analyst - Bank of America Merrill Lynch(San Francisco Office)]

Contents

Part 1

알래스카로 꿈을 띄우다 _ 최지아

Part 4

미시시피의 추억 _ 신현지

Part 5

미국 교환학생 사용 설명서 _ 정경은

Part 1

알래스카로 꿈을 띄우다

최지아

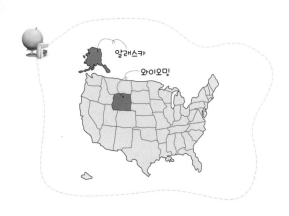

알래스카

와이오밍

> ❝미래는
> 자신이 가진
> 꿈의 아름다움을
> 믿는 사람들의 것이다.❞

－엘리너 루스벨트
(Anna Eleanor Roosevelt,
미국의 여성 사회운동가이자
정치가, 미국 제32대 대통령인
프랭클린 D. 루스벨트의 부인.)

1. 하필 알래스카라니?

　　미국 교환학생으로 가기로 결정을 하고 나서 몇 달 뒤였다. 알래스카에 있는 호스트 가정에 배정이 되었다는 전화를 받고 나는 솔직히 많이 당황스러웠고 가기가 꺼려졌다. 평소 추위를 너무 많이 타는 체질이라 여름에도 웬만해서 에어컨을 가까이 하지 않는 나인데……. 머릿속이 하얘지고 '많고 많은 지역 중에 하필 알래스카라니?' 하는 생각밖에 안 났다. 고등학교 교환학생으로서 18살은 적지 않은 나이였지만, 집안에서 부모님의 사랑을 많이 받고 자란 막내딸인 탓에 가족들과 친구들 없이 혼자 어떻게 미국에서의 10개월을 버텨낼지 막막하기만 했다.

　　그렇게 걱정과 우려 속에서 짐을 싸게 되었다. 하지만 뉴욕 오리엔테이션을 마치고 알래스카로 향하는 비행기 안에서 처음으로 나를 반겨줄 미국 호스트 가족, 학교, 친구들을 문득 상상하자 설렘을 안고 공항에 도착할 수 있었다.

　앵커리지 공항에 도착하자마자 뉴욕과 확연한 기온 차를 느끼곤
가방에서 겨울 재킷과 긴 바지를 꺼내 입었다. 내 이름, 'JIA'가 적
힌 종이를 들고 있는 호스트 할머니, 할아버지에게 다가가 반갑게
인사를 하고 짐을 찾은 후 집으로 향했다. 은퇴 전 직업군인이셨던
할아버지는 내가 고개를 들어 올려다봐야 할 만큼 키가 컸다. 할머
니는 하와이 분이시라 발음과 억양이 정말 독특했는데 나의 우려
와는 달리 연세에 비해 무척 건강해 보이셔서 다행이었다.

　그날 저녁, 할머니는 날 위해 스파게티, 빵, 샐러드까지 직접 요리
해주셨는데 요리를 좋아한다고 하시더니 정말 맛있었다. 할아버지
역시 저녁 식사 후 도움이 필요한 일이 있으면 언제라도 이야기해
달라고 하셨다. 내가 이 집에 있는 동안은 할아버지, 할머니의 친딸
처럼 대할 거라고 말씀해주셔서 걱정을 조금 내려놓을 수 있었다.

　　　　　　　　　미국 교환학생, 알고 보니 쉽네!

거실에 들어서자 한눈에 들어오던 커다란 곰의 털가죽으로 만든 카펫, 벽에 달려있는 코뿔소처럼 생긴 사슴의 한 종류인 무스 (Moose) 등 야생동물들의 박제를 보며 '아, 내가 알래스카에 오긴 왔구나!'하고 생각했다.

욕실,
너 그런 거였니!

처음 3일 동안, 내가 다닐 이글 리버 고등학교(Eagle River High School)에 필요한 서류처리나 예방접종을 받느라고 정신없이 보내던 와중에 새로운 사실을 알게 되었다. 내가 이곳에 10개월 동안 머무르는 게 아니라, 4개월 후에는 다른 호스트를 찾아 그 집으로 가야 한다는 것이다.

할머니와 할머니 친구 분이 하는 얘기를 우연히 듣고 이 사실을 알게 되었는데 처음엔 정말 황당했다. 물론 나를 3개월이라도 호스트를 해주겠다고 결정해주신 분들의 마음은 감사하지만, 한편으로는 미국 땅에서 정말 누구를 믿고 의지해야 할지 혼란스러움을 느꼈다. 또 4개월 후 내가 가야 할 곳은 어디인지, 누구와 살게 될지 걱정스러웠다.

할머니, 할아버지, 나. 이렇게 셋이 산다는 것도 쉬운 일은 아니었다. 시간이 갈수록 잔소리 아닌 잔소리도 많이 듣게 되었는데, 그 중 하나가 물 사용에 관한 문제였다. 나는 한국에서 세면대가 젖어

있는 걸 당연하게 여기곤 했는데 할머니는 절대 그걸 용납하지 않으셨다.

목욕탕에서 샤워를 할 때도 물을 너무 많이 사용한다고 타박을 주셨고, 나로서는 하루에 한 번 샤워하는 게 왜 문제가 되는지 이해할 수 없었다. 샤워를 조금 길게 한다 싶으면 문 앞에서 나올 때까지 지키고 서 계시다가 야단을 치셨는데 그럴 때는 정말 서럽기도 했다.

나중에 알게 되었지만 이곳에선 욕실을 건식으로 사용한다고 한다. 건식 욕실은 욕조 또는 샤워 부스나 세면대에서만 물을 사용하고, 바닥은 건조하게 두는 것이라고 한다. 서양에는 욕실 바닥에 배수구가 따로 없어 건식 욕실 위주라고 하는데, 이런 욕실에선 바닥에 물청소를 할 필요가 없어 물때나 곰팡이가 끼지 않는단다. 서양의 일반 가정집은 거의 다 이런 건식 욕실을 사용한다고 하는데, 내가 이런 문화적 차이를 몰라서 할머니가 주의를 주는 걸 처음엔 이해하지 못해 꽤나 섭섭했다. 나를 싫어해서 그러시나 하는 생각까지 들 정도였으니까 말이다.

서양의 욕실 문화를 알고 나니까 할머니가 왜 그렇게 욕실 바닥에 물을 흘리는 나에게 여러 번 주의를 줬는지 알게 되었다. 미국 욕실은 건식으로 관리를 하지 않으면 대번에 곰팡이가 끼어 건강에 해롭다는 걸 알게 됐을 때 할머니에 대한 오해가 풀려 괜스레 죄송스러워졌다.

알래스카에도
친구는 있었다

알래스카 학교에 등교하던 첫날, 나는 한국에서 학교에 다닐 때 국악 오케스트라 악장을 했을 만큼 음악 활동을 좋아했기에 이번엔 기타 수업을 듣기로 했다. 플루트를 연주할 수 있었지만 악기를 가져오지 못해서 밴드 클래스(Band Class)에 들어갈 수 없는 것이 좀 아쉬웠다.

미국에는 학생이 교실을 옮겨 다니는 방식이었다. 첫날은 선생님이나 친구들의 도움을 받아 내가 신청한 수업을 찾아다니느라 정신없이 지나갔다. 문제는 둘째 날이었다. 첫째 날 전학 온 학생이라며 관심을 가지던 아이들도 두 번째 볼 때는 전혀 반가운 내색을 하지 않았고 그냥 자기들 할 일만 하며 신경을 쓰지 않았다.

점심때가 다가오자 누구와 밥을 먹어야 할지 걱정도 되었다. 한국이었다면 내가 혼자 점심을 먹을 걱정은 전혀 하지 않았을 텐데, 정말 한국에 있는 친구들이 그리워졌다. 조금만 피곤해 보여도 한국 친구들은 "지아야, 몸이 어디 안 좋은 거니?"라며 다들 한 마디씩 따뜻하게 물어봐 주곤 했는데……. 태평양 너머에 있는 그들이 눈물이 날 만큼 보고 싶어졌다.

한국에선 아침 8시부터 야간자율학습이 끝나는 밤 10시까지 항상 붙어 다니고, 부모님보다 더 많은 시간을 보낼 수밖에 없던 친구들이 지금 내 곁에 없다는 게 너무 힘들었다. 온종일 이런 외로움을 꾹 참으면서 혼자 잘 견뎌내고 있었는데 학교가 끝나 집으로 돌아오자 할머니, 할아버지가 학교에서 무슨 일이 있었냐며 전부 다 말해달라고 하셨다. 시무룩한 내 얼굴을 보시곤 묻는 말씀에 참았던 눈물이 터져 나왔다.

어렸을 때부터 영어를 좋아했던 나지만, 하루 종일 영어밖에 안 들리고 진짜 내 편은 아무도 없는 것 같아 하루하루 지칠 대로 지쳐갔다. 그걸 알게 된 지역 코디네이터는 날 도와주려 케이티(Katy)라는 친구를 소개시켜 주셨다.

케이티는 K-pop에 관심이 많았고 노래도 꽤 많이 알고 있어서 빨리 친해질 수 있었던 것 같다. 우린 라켓 경기(Racket Sports)라는 체육 수업을 같이 들었고, 케이티의 친구들과 함께 밥을 먹게 되었다. 미국도 한국처럼 친구들 사이에 끼리끼리 어울려 다니는 그룹 문화가 꽤 퍼져 있는 것 같았다.

미국에도
코리안 타임이 있었네

어느 날인가 케이티의 집에서 함께 사는 독일 교환학생 우구르
(Ugur)를 포함한 케이티네 가족과 함께 홈커밍 드레스(Homecoming
Dress) 쇼핑을 갔다. 케이티네 엄마가 나도 차에 태워주시기로 했
는데 약속시간보다 늦었다고 할머니가 케이티네 엄마한테 화를 내
셔서 정말 난처했다. 한국에선 이웃사촌 간에는 좀 늦으면 대충 넘
어가는데 할머니는 시간 약속에 엄격하신 것 같았다.

차를 타고도 분위기가 정말 어색했다. 할머니를 대신해서 내가
사과하겠다고 했더니 케이티네 엄마가 아니라고, 내가 사과할 문
제가 아니라고 말씀해주셔서 분위기가 좀 풀렸다. 미국에도 약속

미국 교환학생, 알고 보니 쉽네!

시간에 상대적으로 덜 엄격한 코리안 타임을 즐기는 사람이 있긴 있구나. 하지만 난 미국에서 시간약속을 잘 지켜야겠다는 생각이 들었다. 호스트 할머니 같은 분이 많을지도 모르니까.

쇼핑몰에 가서 케이티의 도움으로 미니 드레스도 고르고 구두도 샀다. 오랜만에 내가 좋아하는 쇼핑을 하니 기분도 좋아지고 처음 가는 파티에 대한 기대도 부풀었다. 저녁을 먹으면서 이야기를 나누던 중 새로운 사실을 알게 되었다. 처음에 케이티가 한국인 여자아이를 호스트하고 싶어했는데 일이 잘 진행이 안 되었다고 한다.

케이티와 같이 살고 있는 독일 교환학생 남자애가 부럽기도 하고, 내가 케이티네 집으로 갔으면 얼마나 좋았을까 하는 생각도 들었다. 저녁식사를 맛있게 하고 집으로 돌아가는 차 안에서 케이티네 엄마가 언제든지 집에 놀러 와서 숙제도 같이 하라고 말씀하셨다. 아무래도 연세가 많으셔서 나와 세대 차이가 많이 나는 할머니

보다는 좀 더 젊은 케이티네 엄마가 내 호스트 엄마였으면 어땠을까. 아마도 미국 생활에 적응하는 게 좀 더 수월하지 않았을까.

'자유와 책임'은
동전의 양면이라는 교훈

나는 한국의 우리 집에서는 마냥 귀여운 막내딸내미였는데 이곳에선 할머니가 엄격하게 대해서 마음이 힘들어졌다. 사실 미국에선 어릴 때부터 갓난아기도 엄마와 떨어져 아기침대에서 자고 대학 등록금도 아르바이트해서 마련하는 등 독립적으로 크는 문화가 있다. 반면에 한국에선 항상 껌딱지처럼 엄마를 졸졸 따라다니다가 대학생과 어른이 되어도 부모 품에서 정신적이나 경제적으로 독립을 못하는 경우가 많으니 내가 힘들어 할만은 하다고 생각했다.

간만에 늦잠을 자고 일어난 일요일에는 준비해서 근처에 있는 한인교회에 갔다. 내가 향수병을 앓고 있는 걸 호스트 할머니가 아시곤 한 번 가보라고 권하셨다. 차에서 내리자마자 한국 분들을 뵙고 인사를 했는데 오랜만에 허리를 굽히고 한국식으로 인사하니 정말 어색했다.

교회에 들어가 예배를 하고 교회 분들과 인사를 나눴는데 어린 애가 여길 어떻게 혼자 왔냐고 하시며 다들 친절하게 대해주시고 많이 예뻐해 주셨다. 목사님이 나를 위해 기도를 해주시는데 그 기도를 듣자 다시 울컥했다. 예배를 마치고 다 같이 이른 저녁을 먹

미국 교환학생, 알고 보니 쉽네!

었는데 오랜만에 먹는 컵라면과 김치, 인절미, 과일을 보고 정말 행복했다. 마음을 조금 놓을 수 있는 시간이 되었던 것 같다. 다음 주일이 몹시 기다려진다.

하지만 미국에 교환학생으로 오기 전에 먼저 다녀왔던 선배들이 해준 말들이 떠올랐다.

"요즘은 우리나라가 한 자녀, 두 자녀가 많기 때문에 집에서 너무 귀한 대접을 받다가 미국의 일반적인 가정에 아직까지 남아 있는 엄격한 청교도적 교육 방식에 제대로 적응을 못할 수가 있어. 집에서 응석받이로 커오다가 미국 가정의 한 구성원으로서 단번에 적응한다는 게 쉽지 않을 거야. 미국은 우리가 이제까지 얼핏 알아온 것처럼 자유롭지만은 않아. 미국은 학생들에게 권리를 주는 대신 자유로움을 주는 것이지, 무조건적인 자유를 주는 문화가 아니기 때문이지. '너네 멋대로 해라'는 식의 자유로움은 아니거든. 그러니 미국에 가면 독립적인 인격체로 다시 태어난다는 마음가짐으로 시작하는 게 좋을 거야. 이제 그럴 때가 된 것은 아닐까?"

그렇다. 알고 보니 미국 학생들은 16세부터 운전면허증을 딸 수 있다고 한다. 또 16세부터 아르바이트를 할 수도 있다. 이런 어린 나이부터 아르바이트를 해서 대학에 갈 학비를 스스로 마련한다. 미국 학생들은 어릴 때부터 책임감을 많이 교육 받는다. 한국 학생들처럼 부모가 옆에서 모든 걸 챙겨주는 교육 시스템이 아니라 자기가 모든 걸 책임지고 자기 권리를 누리는 교육문화 풍토를 지니고 있다는 걸 깨달았다.

그리고 선배가 해준 또 다른 말이 마음에 걸렸다.

"미국에서 아무리 외로워도 한국에 있는 친구들과 SNS나 전화를 해선 안 돼. 또 미국에서 한인교회를 가거나 한국 친구들을 만나는 것도 피해야 돼. 자주 만나다 보면 한국말만 하고 영어를 할 기회가 없어져. 그럴 거면 미국에 왜 가는 건데! 10개월은 길고도 한편으론 짧은 시간이지. 인생에서 다시 돌아올 수 없는 아주 소중한 순간이기도 하고, 두 번 다시 잡기도 힘든 기회일 수 있어. 그런 시간을 한국에서도 할 수 있는 일들을 하면서 보낼 필요는 없잖아. 그럴 거면 가지 마. 또 봉사하는 의미로 먹고 자는 비용을 다 대주고, 부모님처럼 보살펴 주는 호스트 분들을 생각해 보면 미국에 가서 한국 사람들을 만나고 한국말을 쓰는 건 예의가 아니지. 더 넓은 세상에 도전해서 새로운 문화를 배우고 시야가 넓은 사람이 되려고 간 건데, 그걸 알고 성심껏 지원해주시는 호스트 부모님들에게 정말 도리가 아니지. 그리고 영어 실력을 기르는 데도 전혀 도움이 안 되고 어쩌면 시간낭비만 할 뿐이야."

선배들의 이런 충고들이 내 미국 생활 속에 뿌리를 내려야 할 텐데, 왜 마음과는 달리 자꾸 한국 사람들이 그리운 걸까. 한국 사람들을 자꾸 만나러 가게 되는 걸까. 내가 얼마나 우울한 표정을 보였으면 호스트 할머니조차 내게 한인교회에까지 가라고 하신 걸까. 내가 그동안 한국에서 너무 온실 속의 화초처럼 자란 건 아니었을까…….

이런 생각들이 꼬리에 꼬리를 물고 이어졌다. 하지만 그래도 엄마가 이야기해주신 영화 속 대사, "내일은 내일의 태양이 솟아오르겠지"라는 말을 읊조리면서 미국 생활을 씩씩하게 이어가기 위해 마음을 다잡았다.

2. 알래스카에서 우연히 만날 수 있는 것들

　　10월 22일, 벌써 이곳에 온지 두 달째가 되어가고 있다. 지난 2주 동안 교사 연수일(Professional Development Day, 이날에는 하루 휴교함)과 학부모 상담일(Parents Conference Day) 등등으로 평일에 쉬는 날들이 있어서 살만 했는데 오늘부터 추수감사절(Thanksgiving Day)까지는 쉬는 날이 없다고 해서 몹시 아쉽다.

　　다시 2사분기(2nd Quarter) 성적 압박이 시작되는 것 같다. 우리 학교만 그런 걸까……? 수업시간에 선생님들이 점수를 잘 받기 위해 뭘 해야 하는지, 어떻게 채점할 건지 성적에 대한 얘기를 많이 하신다.

　　첫인상을 잘 심어놓기 위해서 1사분기(1st Quarter)에는 숙제도 다해가고 열심히 살아서 다행히 전체 6과목 중 5과목에서 A를 받았다! A를 못 받은 한 과목은 역시 체육이다. 내가 제일 싫어하고 못하는 걸 알면서 친구를 사귀기 위해 체육 수업은 들은 거니까 체

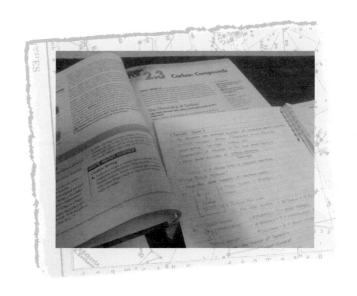

육 성적만큼은 저 멀리 보내버릴 거다. 그래도 체육 과목은 수업에 참여만 해도 무조건 기본 점수를 주기 때문에 그렇게 낮은 점수를 받은 건 아니다. 중간 정도 되지 않을까.

이제 이번 분기가 걱정이다. 과연 잘할 수 있을까? 내가 한국에서 고등학교 2학년으로 생활하다가 와서 그런가? 한국에 있는 친구들은 모두 다 열심히 공부해서 고3을 준비하고 있겠지, 라는 생각을 하면 내가 여기서 마냥 학교숙제와 시험을 잊은 채 놀러만 다닐 수가 없다. 어디 놀러 다니기 보다는 뭔가 공부를 해야겠다는 심적 부담이 크다.

한국에서나 더 열심히 할 걸 하는 생각이 절로 든다. 물론 알래스카라 바깥이 추워서 나가 뭘 할 엄두도 안 나고, 할머니와 단 둘이 있다 보니 어디 갈 일도 없고 에휴…… 학교생활에 집중해서 열심히 해야지 하는 생각이 들다가도 미국에 온 만큼 사람들과 많이 어울리고 놀러 다니는 게 더 중요한 건 아닐까 하는 걱정도 한 편으론 든다. 이래도 되는 건가 싶다.

"네가 사는 집 주위에는 곰 같은 건 없지?"

일요일 저녁엔 다음날 학교 갈 생각을 하면 또 막막해진다. 보통 미국 학생들은 아침 6시 반이면 일어나야 한다. 수업을 아침 일찍 시작해 이른 오후에 마치기 때문이다. 아침을 먹고 준비를 해서 7시 반쯤이면 학교에 도착을 해야 한다. 여긴 알래스카라 등교 시간 무렵에도 해가 떠오르지 않는다.

칠흑 같은 어둠을 뚫고 플래시 하나에 의지하면서 걸어가기엔 너무 무섭고 춥다. 옆에서 곰이라도 튀어나오면 어쩌나 하는 마음에 진짜 눈물이 다 난다. 한번은 아침에 학교 가기 위해 버스 정류장까지 걸어가면서 너무 무섭고 서러워서 눈물을 막 흘린 적도 있었다. 언젠가 한국에 있는 아빠가 "네가 사는 집 주위에는 곰 같은 건 없지?"라고 물으셨는데, 알고 보니 곰이 있다! 그것도 곰이 아무 때나 온다. 여기 알래스카에서는 곰이 마당에 나타나 어슬렁거리고 쓰레기통을 뒤지는 일도 흔하다고 한다. 그만큼 여기선 곰이 쉽게 마주치기 쉬운 동물이었다. 우리가 산에 가면 다람쥐를 만나는 것처럼 말이다.

이곳의 내 주위 사람들에게도 곰에 대한 많은 이야깃거리들이 있었다. 호스트 할아버지에게 들은 얘긴데, 어느 날 문 밖에 나갔더니 눈앞에 뭔가 딱딱하고 큰 뿔이 있었다고……. 무스(Moose)였다고 한다. 할아버지 바로 코앞에 무스가 있었는데 어둠 때문에 미처 몰랐던 것이다. 며칠 전에 학교 친구는 등굣길에 곰을 만나서 오랫동안 곰과 대치하느라 학교를 빠졌다. 하……! 무섭다, 무서워! 나에게도 곧 닥칠 일 같다. 곰을 만나면 이렇게 해라 저렇게 해라 하는데 사람들마다 말이 조금씩 달라서 어떻게 해야 할지 모르겠다. 아니, 알아도 곰을 만나면 난 그냥 그 자리에서 다리에 힘이 풀리고 기절할 것 같다.

아침마다 버스 정류장까지 가는 것에 대해 할머니한테 무섭다고 얘기를 많이 해봤는데 "그래, 내가 무섭지 않게 차로 태워다 줄게!"라는 말씀은 끝까지 안 해주신다. 그냥 가엾게 여긴다고 해야 하나,

안타까운 듯 바라보기만 하신다. 요샌 춥다고 내가 이불속에만 들어가 있으면 "이게 추워? 아직 추운 건 아닌데……"라고 말씀하신다. 하긴 이곳 아이들은 이 정도 추운 날씨엔 다들 적응이 잘되어 있을 것이고, 그렇게 컴컴한 꼭두새벽부터 버스 정류장까지 항상 걸어서 다녔을 테니 내가 유난을 떠는 것처럼 보였을 수도 있겠다.

하여튼 할머니께 용기를 내서 한 번 더 말씀드려봤다. "부탁이 있는데요, 아침에 버스 정류장까지만 태워다주시면 안 될까요?" 했더니 "그래, 알았어" 하셨다. 그래서 내가 "감사해요. 매일 너무 무서워서 스트레스를 받거든요" 했더니 "아, 매일? 매일 태워다 달라고?" 하셨다. 기어들어가는 목소리로 내가 "아…… 매일은 아니지만…… 그래도…… 음……" 이렇게 말을 얼버무렸더니 일단 알겠다고 하시곤 오늘 아침은 태워다 주셨다.

내일 아침에는 태워다 주실지 아닐지도 걱정이다. 한국에 있을 때 아침저녁으로 학교에 차로 태워다주던 아빠가 눈물이 날 만큼 보고 싶다. 한인교회 목사님이 이런 내 얘기를 듣고 교회 오빠들한테 "새벽기도에 나오게 되면 지아 좀 학교에 데려다 줘라"고 말씀하셨다. 쉬는 날에 태워다 주겠다고 얘기는 하셨는데 교회오빠는 앵커리지 위쪽에 살아서 우리 집과는 상당히 멀다. 그리고 그 새벽에 차를 태워달라는 건 너무 무리한 부탁이고 민폐인 것 같아서 아무리 무서워도 그렇게는 못하겠다.

한인교회의 한국 분들이 다들 잘해주셔서 빚지고 사는 느낌이라 고맙고 죄송하다. 지난 주 금요일에는 목사님 아들이 앵커리지에서 점심 뷔페도 사주셨다. 주일에 차로 직접 데리러 오시기도 하고,

오늘도 교회오빠가 내가 집에서 인터넷 용량제 때문에 다운을 못 받으니까 USB 메모리에 영화를 담아서 집으로 가져다주셨다. 또 나 먹으라고 초밥 같은 먹거리도 잔뜩 사다주셨다. 눈물이 나올 만큼 감동, 그리고 또 감동이었다.

그런데 내가 너무 한국 사람을 자주 만나는 게 아닌가 걱정된다. 왜 선배들이 미국에 오면 한인교회에 나가지 말라고 한 건지 알 것 같다. 주일에만 나가야지 했는데, 친해지다 보니 평일에도 만나고, 연락도 자주 하고 해서 한국말을 너무 많이 접하게 된다. 그런데 다들 나를 잘 챙겨주시는데 내가 그분들 만나는 걸 걱정스러워 한다는 자체가 너무 죄송스러워서 뭘 어떻게 해야 할지 모르겠다. 아, 이래저래 고민이 많아지려고 한다.

마음을 좀 모질게 먹고 향수병을 다른 방법으로 견뎌냈어야 했는데 이건 현명한 방법이 아니었던 것 같다. 10개월만 있으면 귀국해서 한국 사람들을 이전과 마찬가지로 실컷 만나는데 굳이 선배들이 가지 말란 길을 갔어야 했나 싶다. 다시 시간을 되돌릴 수 있다면 그렇게 나약한 선택은 하진 않았을 텐데…….

10월의 마지막 밤에 무슨 일이!

어제는 10월의 마지막 날이었다. 도대체 어제 나한테 무슨 일이 있었는지 되돌아보면, 후유……, 식은땀이 흐르고 안도의 한숨부터 나온다. 어제 학교에서 몸무게를 쟀는데 한국에 있을 때보다 5킬로 그램이나 더 쪄서 충격을 먹은 채 집에 돌아온 후였다.

　미국 음식도 음식이지만 알래스카이다 보니 추워서 움직이지 않은 탓인 것 같다. 학교에선 P. E. Class(Physical Education Class, 체육 수업)가 있긴 하지만 웨이트 트레이닝(Weight Training) 같은 근력운동이 많이 나와는 잘 맞지도 않는다. 아침에 학교 갈 때 스쿨버스를 타러 버스 정류장까지 걸어가는 것과 학교에서 수업을 이동하면서 걷는 것, 그리고 스쿨버스에서 내려서 걷는 게 내 하루 활동량의 전부이다.

　살찐 걸 확인하고 충격을 먹고는 집에 와서 좀 걸어야지 생각을 했다. 집에 와서 좀 쉬다가 집 마당만 계속 걷고 있었다. 한 30분쯤 마당을 빙글빙글 돌다가 코너를 꺾는데 아…… 무언가 크고 위협적인 두 마리의 물체가 나를 향해 빠르게 달려오는 게 아닌가. 나는 놀라서 들고 있던 휴대전화까지 떨어뜨리고 나 살려라 하며 대문 안으로 도망쳤다. 문 가까이 있어서 정말 다행이었다. 호스트 할아버지 등 주변 사람들의 경험담은 들었지만 믿을 수가 없었다. 집 마당에서 무스를 만나다니……! 그냥 서 있어도 워낙 크니까 충분히 놀랐을 텐데 나를 향해 달려오기까지 했으니 정말 아찔한 순간이었다.

　언젠가 교회 분들이 무스는 무척 위험하다면서 특히 아기 무스를 조심하라고 하셨다. 또 엄마 무스는 아기 무스가 위험하다 싶으면 사람을 죽이기도 한다고 주의를 주신 적이 있었다. 뿔이 달린 무스였는지 아니었는지, 어린 무스였는지조차 충격 탓인지 기억이

나질 않았다.

안전한 집 안으로 들어오자 다리에 힘이 풀려 주저앉아 울기 시작했다. 할머니께서 다가오셔서 "무스를 봤다고? 울 필요 없어. 무스는 너를 공격 안 해" 이렇게 말씀하시곤 텔레비전만 보시는 거였다. 난 옆에서 이러지도 저러지도 못하고 무서움에 떨며 울고 있는데 신경도 안 쓰시고 계속 텔레비전만 보셨다. 정말 서운했다. 여기서 보호를 받고 있다는 느낌이 전혀 들지 않았다.

너무 서러워서 한국에 있는 친오빠한테 전화를 걸었다. 한국에 있을 땐 항상 무뚝뚝했던 오빤데 전화로 걱정을 해주고, 서툴지만 나를 달래려는 모습에 펑펑 더 울었다. 그리고 결국 난 앓아 누워버리고 말았다. 무스를 본 충격으로 두통이 오는지 계속 머리가 지끈거리고 어지러웠다. 밤에는 불도 못 끄고 잠도 설쳤다.

앞으로 나를 기다리는
8개월

집에서 멀리 나간 것도 아니고 바로 집 앞에서 맘대로 걷지도 못한다는 사실이 정말 싫다. 왜 내가 고3을 앞두고 이 머나먼 미국의 알래스카까지 와서 추위에 떨고 어둠 때문에 두려워하는 걸까. 또 야생동물 때문에 겁에 질린 채 살아야 하는지 미국 교환학생 생활에 큰 회의감이 밀려들었다.

다음날 아침에 일어났는데 전날 너무 울어서 눈도 안 떠지고 머리도 계속 아팠다. 어제 일 때문에 마음이 계속 불안해서 학교에 도저히 갈 수 없을 것만 같았다. 그래서 할머니한테 말씀 드렸더니 학교에 내가 아프다고 전화하겠다고 하셨다. 그리곤 방에 갔는데 할머니가 계속 쌀쌀맞았다. 어제부터 그런 것 같았다. 할머니가 이렇게 말씀하셨다.

"아픈 거냐, 아니면 그냥 무스 때문에 그러는 거냐. 나도 너 때문에 기분이 안 좋구나. 네가 학교에 가서 누군가에게 내가 너한테 나쁘게 대하고 빨래도 잘 안 해준다고 흉봤다면서? 그런 이야기를 들으니 너한테 정말 화가 나는구나."

난 정말 황당했다. 그래서 되물었다.

"무슨 말씀이세요? 누가 그런 말을 할머니에게 옮겼나요? 저한테 그 사람이 누군지 알려주세요. 전 정말 그런 말을 한 적이 없어요."

그러자 할머니는 또 이렇게 말씀하셨다.

"누군지는 말을 못해. 하지만 내 친구들 손자, 손녀들이 다 네가

다니는 학교 애들이야. 나는 이런 이야기들을 벌써 다 들었어."

진짜 무슨 상황인가 싶었다. 난 그런 얘기를 입 밖에 낸 적도, 학교에서 할머니를 언급한 적조차 없는데 이게 무슨 날벼락이란 말인가. 호스트 할머니는 한국이라는 먼 나라에서 온 나를 손녀처럼, 친딸처럼 여기며 가족처럼 대해주려고 날 맡으신 게 아닌가. 그렇게 미국에 교환학생으로 온 나를 무상으로 보살펴 주시는데 내가 학교에서 할머니 욕을 하고 다닌다는 건 말도 안 되는 일이다.

더군다나 빨래라니? 빨래는 할머니가 정말 자주 해주신다고 생각하는데, 누가 그런 이상한 말을 옮겼는지 할머니가 제대로 말씀도 안 해주고 화만 내셔서 뭘 어떻게 해야 할지 알 수 없었다.

안 그래도 무스 때문에 머리가 아픈데 지금 당장 더 꼬치꼬치 물어보면 내 머리가 더 아플 것 같아서 일단 침대에 누워서 잤다. 그리고 점심쯤 다 되자 다시 할머니가 그 얘기를 꺼냈다. 나는 절대로 그런 적이 없다고 말씀드렸다. 하지만 할머닌 계속 그런 이야기를 들었다고 하신다. 할머니는 몇 번이나 정말 그런 말을 한 적이 없냐고 물으셔서, 내가 맹세한다고 그랬더니 "알았어, 믿을게"라는 말씀을 겨우 하셨다. 하지만 전혀 믿는 것 같아 보이진 않았다.

나는 평소에도 그 사람 앞에서 불만을 얘기하면 했지, 남의 얘기를 뒤에 가서 하는 성격도 아니다. 학교에서 제일 친한 친구가 솔직히 말해보라고, 할머니와 사는 게 좋으냐고 물어왔을 때도 아무렇지 않게 "응, 좋아!"라고 말했다. 내가 정말 할머니 험담을 했거나 아니면 비슷한 투정이라도 했으면 억울하지도 않을 것 같다. 아마 문화와 언어가 다르다 보니 전달 과정에서 뭔가 오해가 생겼나 보다. 어디서부터 잘못된 건지는 모르겠지만 할머니가 오해를 푸셨으면 좋겠다. 내가 그만큼 할머니에게 믿음을 못 드렸나 싶은 마음이 들어 한편으론 나 자신이 좀 실망스럽기도 했다.

할머니가 지역 코디네이터한테 전화해서 내가 무스를 보고 울었던 이야기와 아픈 걸 설명했다고 한다. 미국 교환학생 프로그램에는 지역 코디네이터가 자기 지역에 있는 교환학생들을 관리하는 역할을 하고 있다. 호스트 분과 연락도 취하고 교환학생이 잘 있는지 일일이 체크를 해주는 일을 하고 있다.

코디는 나를 바꿔 달라는 소리도 하지 않은 모양이다. 문화가 다르고 환경이 다르니까 이 사람들은 무스를 보고 곰을 봤다는 게 아무렇지 않은가 보다. 나에겐 끔찍했던 일이 이곳 사람들에겐 내가 이 낯선 환경에 적응해가는 과정의 하나로 보이는 것 같았다. 한국 환경과 너무나 다르다 보니 무스가 나타나는 일상적인 일 같은 것

미국 교환학생, 알고 보니 쉽네!

에 내가 너무 호들갑을 떨었던 것으로 보인 건 아닌지 모르겠다. 코디도 살짝 못 미더운 느낌이 들었다. 내가 기댈 곳은 어디인가. 이 힘든 상황에서 난 누굴 믿고 미국에서 8개월을 더 살아내야 하는 걸까.

힘내라, 힘! 이렇게 마음속으로 외치고 있었지만 하루 종일 기분이 정말 엉망이었다. 어젯밤부터 인터넷도 끊겨 있었는데 아무래도 할머니가 일부러 사용 못하게 끊은 것 같았다. 그래서 카톡을 계속 확인 못하고 있었는데 오후에 뒤늦게 보니까 교회 집사님이 집 앞에 왔다며 나오라고 보낸 카톡이 와있었다. 연락을 드렸더니 집에 찾아가도 아무런 대답이 없고 연락도 안 되서 걱정하셨다고 했다. 무스를 봐서 놀란 마음을 진정하라고 말씀해주셨다. 또 아침에 잡채를 해서 나에게 주려고 우리집 앞에 왔는데 대답이 없어서 그냥 집 앞에 두고 오셨다는 말씀도 덧붙였다.

얼른 확인해봤더니 정말 잡채가 있었다. 미국까지 와서 잡채를 먹는 애는 나밖에 없을 것 같다. 집사님한테 연락을 받은 목사님도 나한테 전화를 하셨고 힘든 일이 있으면 연락하라고 하셨다. 빨리 주일이 되서 교회에 가고 싶다. 그래도 이렇게 나를 걱정해주는 사람이 있어서 정말 다행인 것 같다.

그러나 이런 식으로 간다면 난 일주일 내내 한국 사람들과 한국말 속에 둘러싸여 있는 셈이다. 생각해 보니 한국 친구들과의 카톡 대화도 그렇고, 한인교회 사람들과의 잦은 연락도 그렇고 내가 호스트 할머니 마음에는 안 들 것 같다. 할머니도 속으로는 이럴 거면 왜 여기까지 고생하면서 온 걸까, 하고 생각하시는 건 아닐지.

내가 할머니 입장이 되어 보니 할머니 기분도 좀 이해가 되었다. 만약 내가 나중에 한국에서 호스트이고, 멀리 다른 나라에서 학생이 교환학생으로 왔는데 만날 자기 나라 친구들과 카톡이나 하고, 자기 나라 사람들만 만나서 이야기하고 놀러 다닌다면 내 마음은 어떨까. 왜 머나먼 곳까지 와서 생고생을 하나 싶은 마음이 저절로 들 것도 같다. 앞으로는 정말 힘들 때마다 한국 사람들에게 기대지 말아야겠다. 이러다간 여기가 한국인지 미국인지 헷갈릴 정도가 될 것 같으니까. 정신 차리자, 최지아! 앞으로 나를 기다리는 8개월 동안은 정말 미국에 내가 왜 왔는지에 대해 항상 잊지 말고 살아가자.

3. 알래스카에 있는 학교에서 보낸 한철

　　11월 초순이었다. 알래스카에 와서 내 생애 최초로 지진을 느꼈다. 큰 지진은 아니지만 쿵! 소리가 나서 처음엔 무스나 곰이 혹시나 집을 들이받은 건 아닌가 하고 생각했다. 그런데 소파에 앉아 있는데 진동이 두 번 정도 느껴져 혼자 있는지라 순간 겁에 질려버렸다.

　　알래스카에 온 이후로 학교에서도 지진 대비, 소방 훈련, 범죄 상황 훈련 뭐 이런 걸 많이 연습하곤 했다. 수업하다가 종이 울리면 밖으로 나가는데, 어우……! 여기 애들도 밖에 나가면 춥다고 하는데 난 훈련하러 밖에 나갈 때마다 항상 벌벌 떨었다. 내 친구 츄리사(Therese)가 말해주었는데 저번에 학교 주변에 누가 총을 들고 나타나서 그때는 한 시간 동안 수업을 멈추고 쥐 죽은 듯이 조용히 있었다고 한다.

　　내가 알래스카에서 다니는 이글 리버 고등학교(Eagle River High

미국 교환학생, 알고 보니 쉽네!

School)는 지어진지 10년 정도 되었다는데도 나름 새로 지은 학교라서 시설은 깨끗하고 좋은 편이다. 전교생 수는 800명 정도 된다고 들었는데 이게 참 이도저도 아닌 숫자라 애매하다.

무슨 말이냐 하면, 전교생이 적은 숫자는 아니다 보니 내가 교환학생인지 모르는 애들이 많다는 것이다. 우리 학교에는 필리핀, 스페인, 프랑스, 멕시코계 등등 다양한 인종의 학생들이 다녀서 이곳 아이들은 나 같은 동양인을 별로 신기해하진 않는다는 사실. 차라리 학생 수가 지금보다 좀 더 많았으면 ESL 수업도 진행될 텐데 아쉽다.

ESL(English as a Second Language)은 제2언어로서의 영어, 즉 영어를 모국어로 쓰지 않는 사람들을 위한 언어를 말한다. ESL 수업은 미국에 유학을 온 학생이나 이민을 온 사람들이 익히는 실용적인 영어라고 보면 되겠다.

참고로 이에 대응하는 EFL(English as a Foreign Language)이라는 것과 비교를 하자면, EFL은 예를 들어 한국 사람이 한국에서 영어를 공부하는 것을 의미하는 것이다. EFL은 영어권 나라가 아닌 다른 나라에서 태어나서 영어를 실제로 모국어나 일상생활에서 사용하기 위해 언어를 배우는 것을 말한다. 특히 EFL의 포인트는 일상생활에서의 의사소통 능력이다.

여긴 미국이니까 내가, 즉 한국에서 온 외국인이 실용적인 영어를 배우는 과정은 ESL 수업을 들을 수 있는데, 우리 학교는 ESL 수업을 진행할 만큼 학생 수나 학교 규모가 크지 않아서 나는 그냥 미국 애들하고 똑같은 수업을 듣고 있다. 아마도 외국에서 온 학생들 숫자가 많지 않은가 보다.

　　그런데 어쩌면 ESL 수업 없이 미국 학생들과 바로 한 교실에서 수업을 받는 게 나을지도 모를 일이다. 영어를 모국어로 사용하지 않는 학생들과 시간을 보내는 것보다는 미국에 왔으니 영어를 모국어로 쓰는 토박이 미국 애들과 섞여 수업을 듣는 게 더 낫지 않을까. 왜냐하면 시간이 10개월로 제한되어 있으니까 가능한 그들 틈에 섞여 미국 문화까지 더 자연스럽게 익히는 게 좋을 것 같다.

미국 교환학생으로서 산다는 건

　　한국에서 학생들이 미국 교환학생 프로그램을 선택할 때 시기는 보통 중·고등학생이라는 아직은 어린 나이다. 처음엔 다들 그렇듯이 미국에 대한 환상을 갖고 준비한다. 미국 국무부 교환학생은 숙박비가 안 들기 때문에 저렴하게 일 년여 동안 미국에서 학교를 다닐 수 있다. 하지만 그래도 일단 비용이 들어가니까 미국에 가는 것을 마치 손님 대접을 받으러 간다고 착각하는 경우가 간혹 있다.

'내가 미국에 가서 정말 문화대사가 되어서 한국을 알릴 거야. 미국 교환학생 프로그램에 참가해서 문화체험을 해볼 거야.' 이런 마음으로 참가하는 것이 아니라, 미국 드라마나 미국 영화에서 봐왔던 화려한 생활을 동경해서 무조건 미국에 가려는 학생들도 많다. 그런 미디어나 영화에서 봤던 미국에 대한 환상들을 자기도 그대로 경험할 거라고 상상하면서 미국으로 가는 비행기에 오르는 학생들이 많다는 것이다.

나 역시 미국에 대해 나름의 환상은 있었다. 하지만 실제로 와보니 미국도 우리와 똑같은 사람들이 사는 곳이고, 현실이 항상 영화와 같을 수는 없다는 것을 깨달았다. 또 무작위로 배정을 받는 학교가 주로 시골에 있다 보니 미국 영화나 드라마에서 보는 화려한 풍경과 많이 다를 수도 있다. 그래서 나도 알래스카에 있는 학교로 가야 한다는 통보를 받았을 때 갈까, 말까 많이 망설였던 게 사실이다.

그러나 미국에 내가 온 것은 나의 꿈에 날개를 달고 싶어서이다. 그냥 상상만 하고 있다면 그건 현실이 될 수 없다. 나는 미국이라는 새로운 세상에 발을 딛고 싶었다. 만일 이번 기회를 놓친다면 어쩌면 미국이라는 나라에 영영 못 오게 될지도 모른다는 생각까

지 들었다.

뭔가 한번 장벽을 넘으면 이젠 그건 더 이상 장벽이 될 수 없다. 병 안에 가둬놓았던 개구리를 밖에 내놓더라도 그 병의 높이밖에 못 뛰어오른다는 슬픈 이야기도 있지 않는가. 내가 한국이라는 곳에서만 산다면 이 세상을 한국적인 시선으로만 재단을 할 수밖에 없을 것이다. 그리고 미국이라는 나라가 아주 머나먼, 내 손이 전혀 닿지 않는 그런 커다란 장벽으로 내 삶에 남을 것만 같았다.

그래서 용기를 냈다. 알래스카인데도 불구하고, 내가 그토록 추위를 싫어하는데도 나는 발길을 옮겼다. 와보니 정말 추웠고, 힘든 일도 많았지만 이제 더 이상 나는 '갇힌 세계에만 존재하는 나'는 아니었다. 한번 장벽을 허물고 나면 이 세계가 그렇게 낯설고 무서운 곳으로만 여겨지지 않을 것이라는 나의 믿음은 옳았다.

그렇지만 미국 교환학생으로 산다는 건 따뜻한 부모님의 품을 떠나 새로운 가족과 일 년여를 지내야 한다는 것도 의미한다. 분명히 나는 손님으로 이곳에 온 것이 아니라, 가족의 구성원으로 살아내야 하는 미션을 받은 것이다. 그게 내 삶의 지평을 더 넓혀주기에 나는 이 미션을 꼭 완수해야 한다고 마음먹었다.

호스트 할머니의 마음

알래스카에 와서 나를 힘들게 하는 건 나보다 몇 배나 오랜 인생을 살아오신 호스트 할머니와 잘 지내는 것이었다. 한국의 집에 있을 때에는 마냥 나를 귀엽게만 보는 우리 부모님의 막내딸 노릇만 하면 됐고, 또 집 밖으로 나가서도 또래 친구들과 지내는 일들이 내 인간 관계의 전부였다.

여기 와서 보니 나보다 훨씬 오랜 인생을 사시고, 또 나와는 전혀 다른 낯선 곳에서 긴 세월을 살아오신 할머니의 보살핌이 나를 기다리고 있었다. 할머니와 나 사이에는 세대 간 차이일 수도 있고, 문화적 차이일 수도 있는, 서로 익숙하지 않은 것에서 오는 어색함이 있었다.

매일 아침 5시쯤이면 나는 학교에 가기 위해 일어난다. 미국의 다른 내 또래 학생들이 그러하듯이 새벽 6시라는 이른 시간에 아침식사를 하는데, 난 냉동실에 얼려놓은 쌀밥을 전자레인지에 돌려서 먹곤 한다. 사실 이 아침 메뉴도 내가 미국에 왔으면 미국식으로 먹어야 하는데, 아직도 이곳에 적응을 못하고 있는 증거라고 생각한다. 적응은 마음먹기 나름일 텐데, 로마에 가면 로마법을 따르듯이, 미국에 왔으면 미국식으로 해봐야 여기 문화를 체험하러 온 보람이 있는 건 아닐까. 미국에까지 와서도 꼭 쌀밥이라는 것을 달고 살아야 하는 나는 음식에 있어서도 좀 더 도전의식을 가져야 할 것 같다.

하여튼 한국에서는 시험기간에도 절대로 이 시간에 일어나서 학교 갈 준비를 해본 적이 없다. 그러나 여긴 아무래도 우리 집도 아니고 호스트 할머니가 한국 부모님은 아니다 보니 늦고 허둥대는 모습을 보여드리고 싶지가 않았다. 호스트 할머니도 그런 걸 싫어하시는 편이라 나는 더더욱 조심했다.

여기 알래스카는 해가 너무 짧아서 학교에 가서 한 2교시쯤 되어야 창문 밖에 뭐가 보이기 시작한다. 그나마 서머타임이 해제되어 조금 낫나 싶었는데 해가 더 짧아져서 어두운 건 마찬가지다.

이곳은 저녁 5시만 되면 캄캄해지고 정말 아무것도 보이지 않는다. 학교에 갈 때 발열내의, 패딩, 기모레깅스까지 껴입고 다니는데, 학교 안은 괜찮지만 바깥공기는 한국과 비교할 수 없을 만큼 너무도 차다.

나의 호스트 패밀리는 원래 할머니, 할아버지였는데 할아버지는 내가 알래스카에 오고 한 달 정도 있다가 해변이 부른다며 하와이로 떠나셨다. 할머니도 곧 따라 떠나신다고 하니 호스트가 바뀔 예정이다.

다음에 나를 보살펴줄 호스트는 새로운 가족 형태였으면 좋겠

다. 할머니, 할아버지와도 살아 봤으니까, 이번엔 호스트 형제도 있고 엄마, 아빠도 있는 그런 집이었으면 좋겠다. 집안에 또래가 없으니 미치도록 심심하다. 게다가 운전도 못하고 이웃에도 또래가 없으니 정말 심심해 죽을 지경이다.

호스트 할머니와는 큰 트러블은 없지만 그래도 가끔 잔소리는 듣는다. 어제도 피곤해서 집에 와서 뻗었다가 새벽에 깨서 세수하려고 물을 틀었더니 할머니가 화를 내셨다. 방에서 내가 기타를 쳐도 전혀 안 들린다고 하시는데 물소리에는 예민하신가 보다.

"너도 새벽 3시에 나를 깨웠으니까 6시에 일어나는 건 쉽겠지?"

이렇게 말씀하시면서 다시 주무시러 가신다. 남들이 다 잠들어 있는 새벽 3시에 일어나서 사방이 조용한데 물소리를 내는 건 사실 에티켓이 아닌데, 한국에선 남을 배려하는 이런 문화가 좀 무디어져 있기에 나도 아무 생각 없이 한 것 같다. 하긴 요즘 한국에서

도 아파트 같은 곳에선 야밤이나 새벽에 세탁기를 돌리는 것같이 소음이 생기는 일은 자제하는 문화로 가고 있긴 하다. 하지만 학생으로만 살았던 내가 그런 일상 속 배려의 문화에 익숙하지 않아 실수를 한 것 같다.

호스트 할머니는 어느 나라 사람들이나 모두 그런 문화에 익숙해 있다고 생각하시는 듯했다. 내가 다 알면서 그렇게 물소리를 요란하게 냈다고 생각해서 화가 많이 나셨던 것 같다. 사실 나는 밤에 물소리가 그토록 크게 울리는 줄은 몰랐다. 다른 사람의 잠을 방해할 만큼 물소리가 세차게 느껴질 줄은 이제까지 살아오면서 정말 깨닫지 못했던 것이다.

아침에 일어나 보니 인터넷도 끊겨 있다. 나는 모르는 척 했지만 호스트 할머니가 일종의 벌을 내리신 것 같다. 할머니가 화난 날에는 으레 인터넷이 안 되는 걸 보면 정말 그런가 보다.

솔직히 할머니와 산으로 둘러싸인 이곳에 둘이만 살다보니 신나는 일은 없었던 것 같다. 외출도 안 하고, 어쩌다 한번 친구나 아는 분과 만나 쇼핑하고 커피를 마시는 일이 나한텐 큰 행복이었던 셈이다. 그래도 한국 사람들을 자주 만난 건 권장할 일은 아닌 것 같다. 호스트 할머니와 대화를 좀 더 많이 나눠서 문화적 차이를 할머니에게 설명해드렸더라면 할머니도 날 좀 더 잘 이해해주시지 않았을까. 나도 할머니의 마음을 좀 더 이해할 수 있었을 테고 말이다. 그러지 못했던 게 많이 안타깝고 아쉽다. 우리와 너무 다른 환경에 내가 놀라기만 하고 움츠러들어 한국 사람들에게만 기대었던 게 호스트 할머니를 많이 섭섭하게 했을지도 모를 일이다.

4. 알래스카를 떠나면서

　　알래스카를 떠나기 전 ERHS(Eagle River High School)에서의 마지막 날이다! 떠날 날이 막상 다가오니까 파이널 테스트 때문에 더욱 바쁘게 보냈던 터라 더 아쉬움이 남는 것 같다. 그래도 체육 수업은 전날에 파이널 테스트를 다 끝내 자유 시간이 주어졌다.

　　남자애들은 1층에서 농구를 하고 여자애들은 2층에서 이리저리 걸으면서 잡담을 했다. 경기를 하고 있던 남자애 중 한 명은 항상 어디선가 불쑥 튀어나와 날 깜짝 놀라게 한다. 처음엔 내 이름을 묻더니 그 뒤로는 학교 안 언제 어디서나 불쑥 나타나 "Hi, Jia" 하고 인사를 해서 나는 '아…… 정말 인사를 좋아하는 아이구나'라고 생각했다.

　　그런데 어느 날 내가 도서관에서 급하게 숙제하고 있는데 옆에 갑자기 나타나서는 "우리 말이야, 이야기를 길게 한 적이 없는 것

미국 교환학생, 알고 보니 쉽네!

같아. 네가 싫어할 수도 있겠지만 나는 너에 대해 좀 더 많이 알고
싶어."라고 말하더니 전화번호를 알려달라고 했다. 주위에서는 애
들이 손으로 하트를 그리고 난리다. 그런데 하트고 뭐고 나는 아
직 미국에서 폰을 안 샀다. 그냥 한국에서 가져온 휴대폰을 와이파
이용으로만 사용한다. 폰이 없다고 했더니 내 손에 있는 폰은 그럼
뭐냐고 물어서 순간 당황했다. 하지만 곧 잘 설명해주자 페이스북
은 있느냐고 다시 물어오는 게 아닌가. 할 수 없이 페이스북 아이
디를 알려주고 친구를 했다. 그래도 내게 관심을 많이 가져주는 건
고마웠다.

에밀리(Emily), 잭(Zack), 저스티나와 케이티(Justina & Katy)…….
다 같이 앉아서 마지막으로 게임을 하며 노는데 에밀리가 자꾸 내

가 떠난다는 사실이 계속 맴돌아서 못하겠다고 징징거린다. 에밀리는 그동안 내 고민도 잘 들어주었고, 내가 떠날 때에는 새벽부터 공항까지 배웅도 나와 주었던 친구다. 알래스카를 떠나서도 가장 자주 연락했고 내가 한국에 돌아가더라도 서로 편지도 보내고 소포도 보내주기로 했다. 또 나 때문에 나중에 꼭 한국 교환학생이 되고 싶다고도 한다. 지금 학교에서 알아보고 있는 중이다. 그렇지만 부모님을 오랫동안 못 본다는 사실 때문에 진지하게 고민 중이고 나한테 상담 중이다. 한국에 오면 내가 책임지기로 했다.

또 생물학(Biology) 수업을 처음 듣던 날부터 마지막 날까지 같이 있고 날 많이 도와주던 테스(Tess), 페이턴(Peyton), 케이트(Kate)! 모두 정말 착하고 예쁜 친구들이다. 특히 페이턴은 내 친구들 중에서 키가 제일 큰데 한국에 대해 관심이 점점 많아지고 있다. 한국 사람들이 쇠로 만든 젓가락을 쓰는 걸 봤는데 정말 멋있다고 자기도 젓가락질을 하고 싶다면서 선물로 달라고 했다 그래서 한국에서 엄마가 챙겨줬던 쇠젓가락을 선물로 주고 왔다.

밀린 이야기를
풀어 놓으며

밀린 이야기들이 산더미 같은데 어디서부터 어떻게 시작해야 할지 모르겠다. 나는 지금 애리조나(Arizona)에 있는 피닉스(Phoenix) 공항에서 다음 비행기를 기다리고 있다. 18시간 비행 중에 10시간

미국 교환학생, 알고 보니 쉽네!

을 공항에 혼자 갇혀 있어야 하다니……! 짐이 많아서 나가지도 못하고 끔찍스럽다.

돌이켜 보니 알래스카에서 3개월짜리 호스트 문제의 불안정성, 기후문제로 고생하고 무스한테 쫓기고 많은 우여곡절을 겪었다. 결코 짧지는 않았던 그 힘든 시간 동안 딸처럼, 동생처럼, 손녀처럼 챙겨주시던 교회 분들이기에 헤어지는 게 너무 힘들었다. 집사님들이 내가 떠난다는 소식을 목사님께 듣고 마음이 짠하셨다면서 다들 예배를 급하게 마치고 나를 보러 와주셨다. 이제 막 교회 분들과 이야기를 시작하려는데 코디가 픽업하러 와서 나는 물론이고 교회식구들까지 눈물로 작별인사를 했다.

얼마 되지 않은 돈이지만 혼자 공항에서 심심하게 있지 말고 사고 싶은 것을 사고, 맛있는 것도 사먹으라시면서 용돈까지 챙겨주셨다. 많은 돈을 주셔놓고 너무 적어서 미안하다고 하시니까 이런 분들을 두고 내가 이렇게 떠나는 게 죄송스러운 마음마저 들었다. 코디 집에서 공항에 가기 전까지 3시간을 소파에서 졸며 기다렸는데 교회 분들과 더 긴 시간동안 함께 있지 못하게 하는 코디가 괜히 야속하게도 느껴졌다. 하지만 한편으로는 내가 미국에까지 와서 한국 사람들에게 너무 집착하는 마음이 있는 게 아닌가 하는 반성도 했다.

드디어 앵커리지(Anchorage) 공항에 도착하자 지역 코디네이터는 공항 안에 내 짐을 내려주면서 저쪽에 가서 줄을 서고 체크인 준비를 하라는 말과 작별 인사를 하고는 가버렸다. 워낙 짐이 많아서 체크인까지는 도와줬으면 했는데……. 손이 두 개밖에 없는지

라 몇 번을 왔다갔다하며 체크인 했는지 모른다.

한국에선 항상 다른 사람의 도움에 익숙한 나로서는 할 일만 하고 가버린 코디가 야속하기도 했다. 독립적인 미국 문화에서 한국의 정(情)이 그리운 건 아직 내가 미국 생활에 적응이 덜 되어서일까. 열여덟 살은 미국에선 다 큰 어른으로 보고, 또 어린아이라도 독립적으로 행동하도록 교육시키고 있다. 이제 나도 이 나이가 되도록 일일이 다른 사람이 날 챙겨주기를 바라는 마음을 좀 내려놓아야겠다고 생각했다.

원래 캐리어를 수하물로 다 보내려고 했는데 두 개까지만 기본

미국 교환학생, 알고 보니 쉽네!

이고 그 뒤로는 가격이 두 배로 뛰어서 가장 무거운 두 가지만 보내기로 했다. 그런데 가방에 로션과 렌즈세척액을 넣어놓은 걸 깜빡했다가 액체라서 검사를 통과하지 못하고 다 걸렸다. 렌즈세척액은 의약품이라 통과되었지만 뜯어보지도 못한 로션 두 개를 쓰레기통으로 보냈다. 내 피부가 예민해서 이 로션이 아니면 안 되는데 그걸 버려야만 하기에 속이 탔다. 하지만 공항 수하물 규정을 미리 알지 못했던 내 잘못이라 어쩔 수 없었다.

비행기를 기다리면서 인상이 좋은 미국 언니를 만나 이야기를 하는데 알고 보니 다른 학교 선생님이라고 한다. 공항에서 미국 사람과 이것저것 이야기도 나누다 보니, 내 영어 실력이 미국에 와서 정말 늘긴 늘었구나 싶었다.

아쉬운 이별과
새로운 시작

다행히 비행기를 타자마자 바로 곯아떨어져서 잠을 푹 자고 일어나니 컨디션은 괜찮았다. 페이스북으로 미국 친구들과 연락을 하는데 벌써 그 애들이 보고 싶어진다. 겨울방학 때 친구들과 한 집에서 모여 밤새 놀자고 계획도 다 잡아놓고, 스키도 타러가고 재밌게 놀기로 약속했는데 파이널 테스트가 끝나는 날에 다음날 새벽 비행기 표를 받았을 때 정말 당황스러웠다. 물론 방학 때 내가 다른 곳으로 갈 거라는 이야기를 미리 들었지만, 그래도 며칠은 보내고 갈 줄 알았는데 바로 방학이 시작하자마자 가야 한다니…….

　파이널 테스트를 보기 위해 벼락치기를 하느라고 잠도 부족하고 피곤에 찌들어 있었는데 하루하고 반나절밖에 없는 셈이었다. 파이널은 어떻게 봤는지 기억도 안 난다. 시험이고 뭐고 친구들한테 급하게 떠나게 됐다고 말하자 다들 가지 말라며, 온지 얼마나 됐는데 벌써 가냐면서 우는 모습이 떠올라 또 슬퍼졌다. 다들 자기들이 호스트를 새로 구해주겠다며 난리였다. 알래스카에서 한 학기를 더 보내야 한다면서 내가 가는 걸 말리는데, 어휴…… 나도 코끝이 찡해졌다. 고작 한 학기만 지냈던 학교를 떠나는 것도 이토록 서운한데 한국 학교는 어떻게 떠나왔는지 정말 모르겠다. 미국에서 처음 만났던 선생님들도 다들 서운해 하며 그동안 열심히 해줘서 고마웠다고들 하셨다. 정말 이곳 선생님들이 내가 낯선 학교생활에 적응하도록 많이 도와주셔서 더 고마운데도 말이다.

　떠나기 전에 급하게 엽서를 써서 한국에서 사온 열쇠고리를 선생님들께 선물하자, 생물 수업 담당이신 디어본 선생님(Mr. Dearborn)은 내 선물을 평생 간직할 거라고 말씀하셨다. 또 나중에 이메일로 친구들과 수업하는 사진을 보내주시겠다고 한다. 기타를 가르쳐 주시던 랑 선생님(Ms. Lang)은 왜 항상 좋은 학생들만 빨리 떠나는지 모르겠다며 서운해 하셨지만 내게는 오히려 옮겨가는 게 여러 곳을 경험할 수 있는 다시없는 좋은 기회라고 말씀해주셨다.

　그리고 미국 역사 과목을 맡고 있는 스펜서 선생님(Ms. Spencer)은 내가 이 수업에서 손꼽히는 성적이었다면서 다른 학생들에게 부끄러운 줄 알라고 하셨다. 교환학생인 내가 미국 학생들보다 미국 역사 공부를 더 잘한다며 작별인사를 하고 떠나는 그 순간까지 칭찬을 퍼부어주시는데 몸 둘 바를 몰랐다.

그동안 힘들었던 만큼 좋은 사람들을 만났고 알래스카에서 얻어가는 것들이 더 많은 것 같아 마음 한쪽이 뿌듯했다. 한편으론 알래스카에 있는 동안 한국에 계신 부모님께 너무 자주 연락을 드리며 불평을 늘어놓았던 내가 어린애처럼 느껴졌다. 미국에까지 와서도 막내의 응석을 그대로 부린 것 같아 죄송스러웠다. 남은 기간은 새로운 곳에서 전보다 더 씩씩하게 더 성숙해진 마음으로 시작하기로 다짐하고 또 다짐했다.

5. 새 호스트 패밀리 이야기

　　이제 다들 궁금해 하는 새 호스트 패밀리 이야기를 시작해야겠다. 알래스카를 떠나 18시간 동안 피곤했던 비행을 마치고, 지역 관리자(Regional Director) 집에서 하루를 머물렀다. 그러고 나서 차로 3시간을 이동해서 거의 이틀에 걸친 긴 여정 끝에 드디어 와이오밍(Wyoming)에서 새 호스트 가족을 만났다.

　　이번에 만난 호스트 가족은 모두 6명이다. 호스트 엄마, 호스트 아빠, 8살짜리 남자동생, 6살과 4살 그리고 2살짜리 여자동생들이다. 아, 이젠 나도 소망대로 드디어 호스트 엄마, 아빠와 동생들까지 생겼다! 이제야 비로소 진짜 미국에 온 것 같고 미국 가정에서 사는 느낌이 난다. 이 집은 아주 시끌벅적해서 난리도 아니다. 까불고 노는 동생들 때문에 절로 웃음이 나온다.

　　그런데 알고 보니 호스트 가족이 나 말고도 지난 8월에 브라질 여자애를 호스트 한 적이 있다고 한다. 그 애가 온 지 며칠이 안 돼 호스트 가족이 마음에 안 든다며 집을 옮겨버렸단다. 호스트 엄마는 이런 이야기를 해주시면서 사실 나를 다시 호스트하기로 해놓고는 걱정을 엄청 많이 했다고 말씀하셨다. 그리곤 나중에 알았다고 하시면서 그 여자애의 개인적 성격이나 태도가 문제였다고 덧붙이셨다. 마지막에 그 여자애가 집을 나올 때 "이 집 애들이 정말 싫어요!"라고까지 말해서 호스트 엄마가 매우 상처를 받았다고 한다.

이 기억 때문에 나를 호스트 할까 말까 고민을 많이 하셨지만, 한 번만 더 시도해 보기로 결정했다는 것이다. 많이 걱정을 한 것 치곤 마지막으로 내가 이 집에 교환학생으로 오는 결정이 났을 때는 좋아서 소리까지 지르셨다고 한다. 신청서를 통해 본 내가 마음에 들어보였다고 하신다.

호스트 엄마, 아빠와 첫 만남 순간이 다시 떠올려진다. 코디 집으로 나를 픽업하러 오셨는데 특히 호스트 엄마가 엄청나게 나를 반겼다. 둘 다 서로에 대해 매우 긴장을 하고 있던 터라 기념사진을 내가 활짝 웃으면서 찍고 나서야 코디네이터가 나에게 안심이 된다고 말해주었다. 호스트 가족을 만나기 전에 잔뜩 긴장하고 있을 때와 만나고 나서 내 얼굴이 확 변했다며 그제야 비로소 코디네이터도 안도의 숨을 내쉬는 것 같았다. 그동안 알래스카에 있으면서 내가 많이 불평했던 것을 코디네이터도 전해 들어 알고 있던 터였다. 미국 국무부 교환학생 프로그램은 학생들 정보를 관리자들이 다 공유하며 학생의 상태를 항상 체크하고 있다. 내가 생각해도 미국에 와서 이렇게까지 환하게 웃어 본 건 처음인 것 같다.

세상에,
개인 비행기가 있다니!

　새로운 호스트 엄마는 주부이시고 호스트 아빠는 직업이 따로 있는데 자세히 모르겠다. 파일럿도 가끔 되신다고 들었다. 개인 비행기도 집에 따로 있어서 가족끼리 놀러 갈 때에는 그 비행기를 타고 날아다닌다고 한다. 봄이 되면 호스트 아빠 비행기를 타고 여권을 준비해 다 같이 놀러가기로 했다.

　처음 만났을 때 이 이야기를 나누면서 호스트 엄마는 지역 코디한테 여행갈 때 작성할 서류가 있으면 당장 달라고 하셨다. 미국 국무부 교환학생 프로그램은 학생이 호스트 가족과 여행을 갈 때에도 지역 코디에게 보고를 해야 한다. 학생의 안전을 관리하고 있

　　　　　　미국 교환학생, 알고 보니 쉽네!

는 그 지역의 코디가 학생이 어디에 있고 상태가 어떤지 알아야 하기 때문이다. 어쨌든 여행 이야기를 들으니 벌써부터 설렜다. 첫 만남에서 호스트 엄마는 처음부터 애들 넷을 데리고 만나면 내가 정신이 없어 감당을 못할 것 같아 막내와 셋째만 데려왔다고 말씀하셨다.

처음 만난 막내 오클린(Oaklyn)은 너무 어려 할 수 있는 말이 별로 없어서 괜찮겠구나 싶었는데, 조금만 지나 보니 세상에서 제일 시끄러운 아이 같다. 무슨 말만 하면 소리를 지르는데 같이 차를 타고 가면 귀가 아플 정도다.

셋째 태야나(Tayahna)는 처음 만날 땐 엄청 깍쟁이처럼 굴었는데 하루가 지나고부터는 푼수가 따로 없다. 나를 제일 좋아하고 아주 내 옆에서 떠나질 않는 귀염둥이다. 둘째 예쁜이 알렉시스(Alyxis)는 그냥 렉시(Lyxi)라고 부르는데 둘째답게 셋째 태야나보다는 얌

전해서 정말 다행이다. 태야나 같은 애가 두 명이나 된다면 어디에
숨어 있어야 할 정도로 늘 내 뒤를 졸졸 따른다. 렉시가 그 똘망똘
망한 눈망울로 나를 올려다보며 "Can I do~?"라고 말을 건네 오면
뭐든 안 된다고는 못하겠다.

　오늘은 이 귀여운 4남매의 할머니 생신이라 생신파티에 다녀왔
는데 워낙 대가족이라 30명은 족히 넘게 모인 것 같았다. 애들이
10명 정도 되는데 너무 소란스러워 앞으로 가능한 다 같이 모이는
건 좀 자제했으면 좋겠다. 그런데 그 아이들 중에서도 우리 꼬맹이
들이 제일 예쁘고 잘생겼다. 적어도 내 눈엔 그렇게 보인다.

　우리 푼수 셋째 태야나는 뭐만 하면 나보고 자기 옆에 앉으라
고 한다. 그리고 이제는 렉시까지 합세해서 내 옆자리 쟁탈전에 들
어갔다. 그래서 난 공평하게 렉시와 나나(Nana, 태야나의 애칭) 사이
의 가운데 자리에 앉는다. 생신 파티에서도 내내 나나와 렉시 둘이

　　　　　　　　미국 교환학생, 알고 보니 쉽네!

서 번갈아가며 내 무릎에 앉으려고 야단이다. 이틀도 안 됐는데 아이들이 날 너무 좋아해서 탈일 지경이다. 어쨌든 새 가족이 마음에 든다.

새 가족과 함께 보낸
크리스마스

내가 알래스카에 있을 때부터 새로운 호스트 가족은 크리스마스를 같이 보내고 싶다고 빨리 와달라고 했다. 그래서 나는 시험이 끝난 다음날 매우 급하게 알래스카를 떠나야만 했다. 그 때문에 크리스마스에 대한 기대가 이미 한껏 부풀어져 있었다. 4명의 아이들과 함께해서 시끌시끌한 크리스마스를 보내겠지, 라고 생각했다. 하지만 현실은 그냥 조금 시끄러운 게 아니라 정말 내 생애 가장 시끌벅적 소란스러운 크리스마스를 보냈다.

차로 1, 2분 되는 거리에 새로운 호스트 가족의 할머니, 할아버지가 계시고 사촌이 있어서 모두 다함께 크리스마스를 맞았다. 너무 많은 사람들이 모여서 이름을 다 기억하지도 못하겠다. 앞으로도 호스트 친척들 이름을 외울 자신은 없다. 할머니가 아이들을 거실에 모으고 "열어라!(Open!)"하고 외칠 때 아이들은 마치 굶주린 어린 짐승처럼 선물의 포장지를 뜯어냈다. 생각지도 못했는데 할머니가 내 선물까지 여러 개 준비해주셔서 정말 고마웠다.

다 같이 크리스마스다운 만찬을 즐기고 있는데 호스트 아빠가 사슴을 본 적이 있냐며 밖에 나가보라고 해서 '응? 무슨 사슴이지' 라고 생각하며 나가봤다. 그런데 집 앞에 정말 사슴이 찾아와 있었다. 처음엔 한 마리인줄만 알았지만 집 모퉁이를 돌아가 보니 정확히 사슴 열 마리가 있었다. 알래스카에서 당했던 무스의 습격이 떠올랐지만 호스트 엄마가 무스처럼 쫓아오진 않는다며 안심시켰다.

호스트 엄마가 새로운 사람을 만날 때마다 날 소개하면서 알래스카에서 지내다가 와이오밍으로 이사 왔다고 하면 다들 한결같은 반응을 보인다고 한다.

"뭐, 알래스카라고……?"

모두 대개 이런 반응……. 어떤 삼촌은 친구 분이 알래스카에서 일하시는데 정말 싫어한다고 한다. 알래스카는 어둡고 추워서 우울증에 걸릴 것 같단다. 난 그 말에 십분 공감했다.

어제는 막내가 갑자기 내 방에 들어와서 인형을 줬다가 뺏다가를 반복하더니 "Bye $%^$%……"라고 또 알 수 없는 외계어 같은 말을 하고 나갔다. 워낙 애들이 다 어려서 첫째 빼고는 발음을 잘 못 알아듣겠다.

그 말에 신경을 안 쓰고 있었는데 그걸 본 둘째가 놀라더니 나에게 막내가 한 말을 들었냐고 물었다. "뭐가? 안녕(Bye)이라고 한 거?"라고 되물었더니 방금 막내가 "안녕, 누런둥이(Bye, Yellow)"라고 나에게 말했다는 거다. 인종차별이라면 인종차별적인 말인데 결국 둘째가 막내에게 가서 그렇게 말하는 게 아니라고 야단쳤다. 그리고 "지아(Jia)"라고 부르라며 가르쳐 주었다.

미국 교환학생, 알고 보니 쉽네!

우리 입장에서는 기분 나쁠 수도 있는 말이지만 두 살짜리 아기가 하는 말에 화를 낼 수도 없었다. 또 둘째가 벌써 야단을 쳤으니 말이다. 전에 알래스카 학교에서도 선생님이 나한테 한국계 선생님을 '누런둥이(Yellow)'라고 소개한 적도 있었다. 이곳 사람들은 별 감정 없이 또는 아무 생각 없이 쓰는 것 같다. 이런 게 바로 서양의 인종차별이구나 싶었다. 그러나 서양 사람들이 다 이렇지는 않다. 벌써 여섯 살짜리 우리 둘째만 하더라도 그런 말을 쓰면 안 된다는 걸 알고 막내를 혼내주니 말이다.

　어쨌거나 새 가족은 날 많이 챙겨주었다. 여기에 와서는 심심해 죽을 것만 같았던 알래스카와는 달리 이것저것 하느라고 어떻게 시간이 지나는지 모를 만큼 바쁘다. 호스트 엄마가 그동안 내가 알래스카에서 할머니와 단둘이 심심하게 지낸 걸 알아서 그런지 이

것저것 더 많이 같이 하려고 배려해주신다.

얼마 전부터 스노우모빌 노래를 부르시더니 결국 크리스마스 다음날, 스키바지에 헬멧, 그리고 고글 모자와 스키장갑 등으로 나를 완전무장 시키셨다. 그리곤 날 어디론가 데려가셨다. 그 다음에 펼쳐진 일들은 상상 그 이상이었다! 스노우모빌은 오토바이와 같은 식으로 운전하는 것 같은데, 난 이런 기계를 다루는 데에는 소질이 없어서 걱정했지만 나름 잘했다! 이걸 타고 눈 덮인 산속을 자동차보다 더 빠른 속도로 달렸다. 좁은 길이라 10명이 넘는 우리 일행은 한 줄로 거리를 두고 질주했다. 나는 평소 같았으면 스피드를 내는 데 겁이 났겠지만 이날만큼은 신나게 달렸던 것 같다.

진짜 동화 속이나 영화 속에 나오는 그림 같은 풍경들이 내 옆으로 휙휙 지나가는데 신기해서 기분이 하늘을 나는 것처럼 좋았다. 너무 빠른 속도라 사진도 찍을 수 없었고 뒤에 달려오는 사람들도 많아서 이 기분을 어떻게 전달해야 할지 모르겠지만 정말 환상적이다! 이 말밖에 할 수가 없다. 정말 멋지고 그림 같은 설경인데 뭐라고 말로 설명을 못하겠다! 그렇게 구불구불한 산 속을 그냥 거침없이 내려왔다. 커브가 있는 길과 낭떠러지가 좀 겁나긴 했지만 나름 속도 조절을 잘하면서 달렸다. 하하, 그래서 덕분에 난 이렇게 살아왔다! 생전 처음으로 해보는 짜릿한 경험이었다.

미국 교환학생, 알고 보니 쉽네!

6. 교환학생 1박 2일 미팅

    1월 초, 기대하던 교환학생 1박 2일 미팅 날이 되었다. 우리 학교는 평소에는 3시가 넘어서 끝나는데 금요일은 1시 30분에 끝난다. 그래서 차를 타고 두 시간 걸리는 미팅 장소에 늦지 않게 갈 수 있었다. 독일 교환학생 토비아스(Tobias)가 미팅이 지루할 거라고 했지만 알래스카에서 한 번도 그런 미팅을 가져본 적이 없던 나로서는 기대가 컸다. 과연 어떤 애들이 올까 설레기까지 했다.

    크림과 토비의 호스트 엄마인 낸시와 카렌이 나를 비롯한 다른 교환학생까지 함께 태워다 주셨다. 숙소에 도착하자 전에 한번 만났던 내 또래 한국 여자아이도 다시 볼 수 있었다. 시간이 흐르자 각 나라 교환학생들이 서서히 모이기 시작했다. 독일, 이탈리아, 스웨덴, 프랑스, 이집트, 멕시코 아이들…… 정말 국적이 다양했다. 특히 이집트 아이는 처음 만나 봐서 신선했다.

애들이 다 나를 처음 봐서 "네가 알래스카에서 왔다던 그 교환학생이야?"하며 관심을 보였다. 역시 교환학생들끼리는 끈끈한 유대감이 있는 모양이다. 특히 스웨덴에서 온 루카스(Lucas)가 말도 잘 통하고 꽤 괜찮았는데 그 애는 한국에 두 번이나 여행을 온 적도 있다고 했다.

둘이서 한국에 대해 신나게 얘기하고 있는데 갑자기 루카스가 "스웨덴 하면 뭐가 생각나?"라고 물어 왔다. 갑작스러운 질문에 나는 엉겁결에 "하이디……?"라고 했는데 그건 나의 큰 실수였다. 들리는 단어는 '스웨덴'이었는데 머릿속에 순간적으로 떠오른 건 '스위스'여서 무심코 하이디라고 말했는데 아차, 싶었다. 그래서 나중에 "미안해, 아까는 내가 실수했어. 스위스라고 생각하다가 말이 잘못 나갔어." 이랬더니 루카스는 그럴 줄 알았다며 항상 다들 그렇게 착각한다고 말했다.

교환학생들이 모두 도착해 서로 얘기를 하다가 코트룸(Coatroom)

미국 교환학생, 알고 보니 쉽네!

에 가서 모의법정을 열었다. 모두가 나름 진지하게 연기하고 있는데 내가 아무 생각 없이 옆에 있던 화장실 문을 열어서 웃음바다가 되었다. 모의법정이 끝나고 숙소로 돌아온 뒤에 지역 코디들과 베로니카(Veronika)의 호스트 엄마인 샤일로(Shylo)가 해주신 홈메이드 스파게티를 먹고 나서 게임을 했다. 솔직히 말해 게임보다는 애들과 둘러앉아서 이야기를 나눴던 게 더 재미있고 기억에 남는 것 같다.

그런데 같이 있던 크림(Cream)과 토비아스가 없어져서 찾으러 방에 갔더니 코디와 얘기하면서 울고 있었다. 호스트 엄마와의 문제로 크림이 호스트를 옮기기로 했고, 토비아스는 그 집에 남기로 했단다. 여기로 오는 차안에서부터 이상한 분위기를 느꼈지만 나중에 크림에게서 자세한 이야기를 듣고 나서야 알게 되었다.

난 정말 크림의 상황을 십분 이해할 수 있었다. 내가 알래스카에서 호스트 할머니와 겪었던 문제들……. 항상 남들에게 내 가십거리를 만들고 했던 사소한 모든 일들을 지금 크림이 겪고 있다고 하니 난 정말 누구보다 마음이 아팠다.

알래스카에 있을 때는 '난 왜 이렇게 지지리도 운이 없나, 나만 왜 이렇게 불행할까……' 하

는 생각만 잔뜩 들었던 것이다. 교환학생 생활을 할 때 호스트와 잘 지내는 게 정말 중요한 것 같다. 난 추운 날씨와 야생동물에게 까지 시달렸으니…… 지금 크림의 상황은 그때의 나에 비하면 훨씬 좋은 것처럼 느껴졌지만 지금 걔가 무슨 생각을 할지, 어떤 마음일지 난 정말 잘 알 수 있을 것 같았다.

크림이 새 호스트를 만나는 것에 대해 걱정을 하고 있을 때 코디네이터가 "걱정 마, 여기에 힘들었던 모든 과정을 다 겪고 새 호스트를 만나 행복해진 대표적인 예로 지아가 있지 않니!"라고 말해 줬다.

크림의 새 호스트는 우리 학교에 있는 사서 도우미이신데 베로니카가 구해줬다고 한다. 역시 베로니카는 '짱!'인 것 같다. 난 미국 애들보다 독일에서 온 베로니카가 더 좋다. 이번 1박 2일 미팅에서 교환학생들은 코디네이터한테 마음을 열고 그동안의 고민을 털어놓을 수 있었다. 아마 코디네이터도 이런 의미 있는 만남 때문에 1박 2일을 하면서까지 교환학생들의 미팅을 기획하는 것 같다.

항상 겉으로는 유쾌하게만 보였던 슬로바키아 교환학생 온드레이(Ondrej)도 한쪽에서 울며 고민을 털어놨다. 나와 재밌게 웃고 떠들었던 루카스 역시 그랬다. 루카스는 스웨덴에 벌써 자기 이름으로 된 집도 있을 만큼 부모님이 엄청나게 부자인데 그걸 호스트 가족이 알고는 교환학생이 지불하지 않아도 될 비용들을 요구하고, 가족여행에도 "네가 낄 여행이 아니야"라며 루카스를 빼버리고 가버렸다고 한다.

물론 그 호스트 가족에게도 어떤 사정이 있는지는 한쪽 이야기만 들어서 잘 모르겠지만, 세상엔 여러 종류의 사람들이 살다 보니 간혹 복불복으로 좋지 않은 인연을 만날 수도 있겠다 싶었다. 다들 어린 나이에 부모를 떠나 낯선 곳에 오니까 이런저런 고민들이 많은가 보다. 그동안 나만 힘든 줄 알았다. 다른 교환학생들도 이렇게 힘들어하는지 미처 생각도 못했는데 꽤 충격적이었다. 뭔가 가치 있는 걸 얻기 위해서는 또 다른 어떤 건 잠시 내려놓아야 한다는 삶의 진리를 깨달은 것 같아 조금은 마음이 아프고 슬픈 밤이었다. 이 깨달음만큼 내가 한 뼘 더 성숙해지고 있다는 생각이 들었다.

나를 변화시키는
많은 것들

미팅의 둘째 날 아침, 분명 10시까지만 일어나자고 공지를 했던 것 같은데 아침 7시부터 남자애들이 여자숙소로 우르르 몰려왔다. 일찍 일어났으면 그냥 자기네들 숙소에나 있지, 아침부터 남의 숙소로 와서 왜 소란을 피우는 걸까. 한참 잘 자고 있는데 독일인 키 큰 남자애가 공을 던져 그게 내 눈에 맞아서 아픔을 못 이기고 잠에서 깨어났다. 이날은 그냥 잊고 지나갔는데 며칠 뒤 내 눈이 대체 왜 이렇게 빨간 걸까 생각하다가 그때서야 깨달았다. 그놈 때문이라는 걸……

어쨌든 미팅 둘째 날 아침은 베이컨과 팬케이크로 식사를 해결하고 양로원에 가기로 했다. 한국에서 나는 적십자 봉사활동으로

양로원에 가보기는 했지만, 미국 양로원이라니 뭔가 낯설 것 같아 살짝 걱정됐다. 나는 양로원으로 가는 차안에서도 다른 교환학생들한테 "안녕하세요"부터 시작해서 다양한 한국어를 많이 가르쳤다. 다들 곧잘 따라 하긴 하는데 발음이 정말 귀여웠다.

양로원에 도착하자마자 우리들은 할머니, 할아버지들 계신 곳에 가서 이야기를 나누기 시작했다. 한국 양로원과 그다지 다른 점을 느낄 수 없었다. 할머니, 할아버지들이 나보고 어디서 왔냐며 이것저것 물으시고, 참 예쁘다며 칭찬까지 해주셔서 기분이 좋았다.

나와 토비아스, 그리고 루카스 이렇게 셋이서 돌아다니다가 어느 방에 배정을 받았는데 가위바위보에 진 사람이 먼저 용기 있게 들어가자고 했다. 결국 내가 가위바위보에 졌다. '그래, 난 운이 없어도 너무 없어. 복불복에서도 항상 불운은 내 몫이야!'라는 생각을 하며 들어가서 인사도 하고 이야기를 하는데 할아버지 치아가

　　　　　　미국 교환학생, 알고 보니 쉽네!

다 빠져 있어서 무슨 말씀을 하시는지 도저히 알아들을 수 없었다.

대충 리액션을 하고 있다가 안타까운 느낌이 들어서 "I'm sorry. That's too bad."라고 말했는데 양 옆에서 애들이 날 쳐다보더니 빵! 하고 터져서 다들 웃음을 참느라고 입을 막고 있었다. 토비아스는 그 방을 나올 때까지 끝까지 마구 웃어댔다.

'음……, 그래. 이번에도 내가 실수를 했구나' 싶었는데 방을 나오자마자 토비아스가 다른 애들한테 달려가서는 지아가 드디어 또 사고를 쳤다고 떠벌렸다. 이야기인즉, 할아버지가 본인이 여든 몇 살이라고 말씀하시고 있는데 내가 "아…… 유감이에요. 정말 안 됐네요"라고 정말 슬프게 말했다는 것이다. 그래서 할아버지를 내가 더 슬프게 만들었다고 토비아스는 아이들 틈에서 쉴 새 없이 떠들어댔다. 그 이야기를 들은 애들이 진짜 지아가 그랬냐고 막 웃어대는데 나는 아니라고 발뺌했지만, 그러기엔 토비아스가 너무 상세하게 설명을 잘해서 더 이상 나도 어쩔 수 없었다.

그래도 양로원에서 나오는 길에 어떤 할아버지는 나와 이야기하는 게 정말 즐거웠다며 내 이름을 언제까지나 기억하겠다고 하셨다. 또 내 손등에 작별인사까지 해주셨다. 다른 사람에게 내가 기쁨이 돼드렸다는 것에 뭔가 뿌듯한 기분이 들었다.

우리는 양로원을 나와서 피자헛에 가서 모두 점심을 먹었다. 나중에 한국에서 온 다른 교환학생 친구가 말해줬는데 코디네이터가 "지아가 영어 이름을 따로 안 만들고 한국 이름을 쓰니까 내가 영어 이름을 하나 지어줘야겠다. 지아는 항상 웃고 다니니까 'Smiling'이라고 불러야겠어"라고 말했다고 한다.

그냥 지나가는 이야기일 수도 있지만 난 1박 2일 동안 이 말이 제일 마음에 남았다. 난 한국에 있을 때 평소에 절대로 남 앞에서 잘 웃는 성격도 아니고, 좋은 걸 좋다고 표현을 잘하지도 못했다. 그래서 날 몇 번 안 본 사람들은 차가운 인상이라고 말하는 경우가 많았는데 미국에 와서 'Smiling'이라는 이름까지 얻게 됐으니 정말 놀라운 발전이다.

미국에 있으면서 이곳 사람들의 스타일처럼 나도 적극적으로 긍정적 표현을 많이 하려고 노력했던 덕분인 것 같다. 내가 기분이 별로 안 좋을 때에도 남들을 배려해 웃으면서 이야기하고, 그냥 지나칠 때라도 눈을 마주치며 미소 지으면서 인사를 건넸던 것이다. 이런 작지만 꾸준한 노력이 조금이나마 날 변화시킨 것 같아서 미국에 온 보람을 느꼈다.

미국 교환학생, 알고 보니 쉽네!

7. 미국에서 맞이한 생일, 그리고 밸런타인데이

내 생일이 다가오고 있었다. 생일이 기다려진다기보 다는 그날 한국에 있는 가족과 친구들이 너무 보고 싶을 것 같아서 오히려 걱정이 되었다. 지난해 생일에는 한국에서 많은 친구들한 테 분에 넘치는 편지와 선물 그리고 축하를 받아 오래도록 기억에 남아 있다. 올해는 그렇게 축하해줄 친구들도 없을뿐더러 가족도 없이 처음으로 혼자서 보내는 생일이라 외로웠던 것 같다.

한국 시간에 맞춰서 자정에 친구들에게서 메시지가 쏟아질 줄 알았는데 그게 아니었다. 김칫국부터 마셨구나……. 눈에서 멀어지 면 마음에서도 멀어지는 게 정말인가 싶었다. 그래도 오후부터는 국악 후배들과 다른 친구들, 엄마와 아빠한테도 생일을 축하한다 는 메시지가 와서 기분이 한결 나아졌다. 하지만 가장 보고 싶었던 친한 친구들로부터 아무런 연락이 없어 서운했다.

그렇게 실망을 하고 있는데 미국 시간으로 생일이 된 날, 드디어 그 친구들한테서 메시지가 와 있었다. 한편으론 위안이 되었지만, 또 다른 한편으로는 등교 시간도 다 되어서 지금 읽으면 괜히 더 슬퍼질 것 같아 학교에 갈 준비만 열심히 하고 있었다.

그런데 첫째 동생 제이든(Jaden)이 내 이름을 크게 부르면서 집 안 여기저기를 찾아 다니길래 화장실에 있다며 문을 열어줬다. 그 러자 아직도 자고 있는 막내 동생을 제외한 첫째, 둘째, 셋째 동생 들이 호스트 엄마와 함께 초콜릿에 촛불을 꽂고 생일 축하 노래를 불러줬다. 별것 아닌 것 같아 보이지만 나는 그 장면을 보자마자 눈물이 났다. 호스트 엄마가 내게 기뻐서 우는 건지, 아니면 한국이 그리워서 우는 거냐고 물으셨는데 솔직히 아직도 그때 감정이 뭔 지는 모르겠다. 그냥 우선 호스트 가족이 고마웠다. 내 생일을 잊지 않고 기억해 주었다는 사실만으로도 정말 감사했다.

최고의 생일 선물과
아주 특별한 케이크

한편, 한국에서 친했던 남자친구들조차 연락이 안 와 서운해 하 고 있던 참에 메시지로 이메일을 확인하라는 전달을 받았다. 난 애들에게 이메일을 알려준 적이 없는데 어떻게 편지를 썼나? 하 고 의심쩍어하며 확인을 하는데 뭔가 용량이 큰 첨부파일이 있었 다. 워낙 용량이 커서 다운받는 데에만 두세 시간이나 걸린 것 같 다. 하…… 미국 인터넷은 너무 느리다. 한국은 인터넷 속도만큼은 정말 최고다! 파일을 다운 받자마자 확인을 하는데 알고 보니 동영상이었다.

클릭을 하자 친했던 남자 친구들의 모습이 보였다. 한국에서 내가 다니던 학교 교실에서 그 애들이 모여 케이크를 준비하고 풍선도 띄워놓은 채 '최지아 없는 최지아 생일파티'를 해주고 있었다. 세상에, 진짜 이런 친구들도 다 있구나……! 잠시라도 그들에게 섭섭함을 느꼈던 내가 미안해졌다. 정말 멀리 한국에 있는 친구들이 내 생일 파티를 하는 동영상 모습은 감동 그 자체였다.

친구들이 생일 축하 노래도 불러주고, 한 명 한 명이 영상편지도 띄워 주고, 그리운 우리 교실, 내 사물함, 내 자리 등 모든 걸 찍어서 보내주었다. 올해 최고의 생일 선물은 바로 '내가 없는 내 생일 파티' 동영상인 것 같다!

미국 학교에서도 친구들과 그 친구들의 호스트 엄마에게서도 선물을 받았다. 또 호스트 아빠가 워싱턴으로 출장을 갔다가 돌아오셔서 다 같이 아이다호 폴스(Idaho Falls)에 가서 저녁을 먹자고 하셨다. 아이다호 폴스는 지금 내가 살고 있는 와이오밍 주 옆에 있는 아이다호 주 남동부에 있는 도시이다. 선생님께 사정을 말씀드려 마지막 밴드 수업은 양해를 받고 빠졌다. 날씨가 좋지 않아서 비행기가 아닌 차로 이동했다. 저녁은 내가 먹고 싶은 메뉴를 고르라고 하셨다. 친구 한 명도 초대하자고 해서 내가 제일 좋아하는 베로니카를 초대했다. 목적지까지 차로 세 시간 정도 거리라 가는 동안은 동생들 때문에 시끄럽고 힘들었지만, 도착해서는 맛있는 초밥도 실컷 먹고 컵케이크 가게도 갔다.

생일에 이런 특별한 저녁식사를 하고서도 일요일엔 진짜 생일 파티가 있었다! 호스트 엄마가 생일 한두 달 전부터 무슨 테마의 생일 케이크를 받고 싶으냐고 물으셨는데 얼마 전까지만 해도 나는 아무 생각이 없었다.

막내 동생은 자기 소망대로 생일 때 만화 영화 캐릭터인 '엘모' 케이크를 받았고, 셋째 동생은 역시 만화영화 '겨울왕국' 케이크를 받았다고 하는데 난 도무지 생각나는 게 없었다. 그러다가 며칠 전에 호스트 엄마에게 내 생일 케이크는 한국과 관련된 것이면 좋겠다며 태극기에 대한 이야기를 해드렸다. 호스트 엄마는 정말 직접 그 생일 케이크를 만들어주셨다. 대충 봐도 섬세함이 돋보였다. 태극기가 펄럭이는 수제 케이크, 그 모양 하나하나 정성스럽게 만들

미국 교환학생, 알고 보니 쉽네!

어주셔서 큰 감동을 받았다.

　여기서 그치지 않고 우리는 40분 정도 떨어진 빅 파이니(Big Piney) 볼링장에 가서 생일 파티를 하기로 했다. 친구들이 우리 집으로 다 모이자 호스트 엄마, 아빠가 차로 볼링장까지 데려다 주셨다. 한국에서 볼링장에 가면 생각보다 잘한다는 소리를 주위에서 많이 들었는데 미국에서는 망했다. 뭐가 다를까? 하여튼 미국에서 맞이한 생일은 시끌벅적했다. 카밀라(Camila)한테는 브라질 슬리퍼, 크림한테는 직접 만든 컵케이크, 호스트 가족에게선 마사지 쿠폰을 선물로 받았다. 오랫동안 기억에 남을 미국에서의 내 생일, 이날 함께 추억을 만들어준 친구들과 호스트 가족이 참 고맙다. 어딜 가서도 영원히 잊지 못할 것 같다.

밸런타인데이의
새로운 발견과 스토킹 이야기

밸런타인데이 하면 한국에서는 여자가 사랑하는 남자에게 초콜릿을 선물하는 정도로만 알고 있었다. 하지만 미국에 와보니 이곳에선 연인들끼리만 밸런타인데이를 보내는 게 아니라 가족들끼리도 이날을 중요하게 생각하는 것 같다. 호스트 엄마도 밸런타인데이 전날에 아침 식사를 10분만 더 일찍 여유 있게 하자고 하셔서 무슨 일인가 싶었는데 아침부터 집안이 온통 핑크빛이다.

교환학생인 베로니카와 나는 이게 뭔가 하며 얼떨떨했다. 밸런타인데이라고 핑크 머그컵, 하트 장식품 등등 여러 가지 아기자기한 선물도 주시는 게 아닌가. 어쨌든 연인들끼리만 기념하는 것보다는 이렇게 가족이 다 같이 선물을 나누는 것도 괜찮은 것 같다.

밸런타인데이 하니까 이곳에 와서 한동안 미국남자애로부터 스토킹에 시달렸던 일이 생각난다. 기초 미적분(Pre-Calculus) 수업을 같이 듣는 애인데 페이스북에서 '친구 추가' 알림이 와서 받아줬더니 계속 물어볼 것이 있다고 메시지를 보내왔다. 그날 인터넷이 자꾸 끊어지니까 걔가 답답해하면서 전화번호를 물어 보길래 그냥 수학문제 때문에 그러려니 생각하고 무심코 번호를 알려줬다. 그랬더니 날 좋아한다며 자꾸 만나달라고 한다. 나는 새로운 학교에 전학 온 지 한 달밖에 안 돼 친구를 잃기 싫어서 할 수 없이 그냥 빙빙 돌려서 착하게 거절했다. 하지만 그날부터 스토킹이 시작되었다.

미국 교환학생, 알고 보니 쉽네!

내가 답장을 안 하면 할 때까지 메시지를 수없이 보냈다. 메시지 말고도 문자, 심지어 우리 학교 계정으로 된 내 이메일 주소를 어떻게 알아냈는지 이메일도 계속 왔다. 숙제 제출 용도로만 쓰는 학교 홈페이지 아이디로도 메시지를 보내고, 진짜 하루 종일 확인할 때까지 지치지 않고 연락이 왔다. 내가 일주일 동안 답장을 안 해도 일주일 내내 메시지를 보냈다.

토비(Tobi)와 베로니카에게 어떻게 하면 좋으냐고 물어봤더니 자기들이 그 애에게 연락하지 말라고 대신 말해줄까, 라고 이야기했다. 또 도움이 필요하면 언제든지 말하라고 하면서 호스트 엄마한테 이 상황을 꼭 알리라고 덧붙였다. 나는 친구들의 충고대로 호스트 엄마에게 이 이야기를 해드렸더니 친구 분들에게 전화를 해서 이리저리 알아보셨다. 그리곤 질이 안 좋은 애라면서 위험하니까 그 애와 어울리지 말라고 말씀하셨다.

　어울릴 생각은 애초부터 없었지만 뭔가 섬뜩하고 조금 겁도 났
다. 다음 날 크림에게서 이야기를 들어 보니까 자기와 같은 밴드
부에서 드럼을 맡고 있고, 내가 처음에 전학 왔을 때부터 나를 좋
아했다고 한다. 그 애에겐 또 여자 친구가 있는데 거기까지 소문이
들어가면 내가 큰일 날지도 모른다며 우스갯소리로 밤길 조심하라
고 했다.

　그 뒤로도 계속 학교나 체육관에서도 자꾸 따라다니고 소름이
끼칠 정도로 귀찮게 하길래 끝내 그 애에게 이렇게 말했다.

　"난 너한테 메시지 같은 것 받기 싫으니까 앞으로 절대로 보내지
마. 그리고 나 좀 혼자 내버려 두고 귀찮게 하지 마."

　아주 심하다고까지 생각될 정도로 모질게 말하니까 그 뒤로는
귀찮게 하지 않았다. 그래도 여전히 학교에서 지나다니다 나를 보

　　　　　　　미국 교환학생, 알고 보니 쉽네!

면 인사는 걸어오는데 그것마저도 불편하다. 정말 거절할 때에는 분명하게 의사를 전달해야 하고, 거절의 태도를 확실히 보여야 한다는 걸 이번 경험으로 알았다. 같은 학교 친구라는 생각 때문에 너무 상대방을 배려해 어정쩡하게 넘어가면 안 된다는 것도 잘 기억해둬야겠다. 첫째 동생 제이든은 내가 호스트 엄마한테 이야기했던 걸 듣고 그 뒤로도 틈만 나면 그 남자애가 아직도 누나를 쫓아다니느냐며 계속 놀려댄다.

8. 나를 애국자로 만들어준 프레젠테이션

4월 초, 우리는 미국 역사 수업(US History Class)을 맡은 선생님이 '내셔널 히스토리 데이 프로젝트(National History Day Project)'를 시켰다. NHD(National History Day)는 미국의 역사 관련 대회 중 가장 공신력이 있는 대회라고 한다. 나는 학기 중간에 전학을 왔기 때문에 처음부터 혼자 새로 시작하기에는 벅찬 상황이었다. 선생님은 다른 친구들 그룹에 껴서 같이 프로젝트를 진행하라고 말씀하셨다.

나는 우리 반 독일 교환학생 친구인 베로니카와 토비아스의 그룹에 들어갔다. 이름 하여 '교환학생 그룹(Exchange Students Group)'이다. 친구들은 이미 1학기 처음부터 해오던 거라 제목과 내용이 정해져 있었다. 프로젝트 이름은 '독일 분단(Divided Germany).'

웹사이트, 전시, 페이퍼 등 몇 가지 분야 중에서 우리는 웹사이트를 만들기로 했다. 그리고 곧바로 지역 예선(Regional Competition)

이 있었고 우리 그룹이 1등을 했다. 워낙 그때까지는 내가 한 게 별로 없어서 뿌듯함 같은 건 사실 없었다. 친구들이 다음 국가 본선(State Competition)에서는 내 파트를 아예 줘야겠다며 생각해 낸 주제가 '남한과 북한의 분단'이었다.

미국 역사 시간이나 남북한 얘기가 나올 때면 솔직히 부끄럽다는 생각을 많이 한다. 항상 안 좋은 쪽으로 얘기가 흘러가기 때문이다. 몇 주 전 영어 시간에도 인권유린에 대한 조사를 해야 했는데 4분의 1 정도가 북한에 대한 내용이었다.

지금은 분단되어 있지만 그래도 같은 민족인데 미국 애들이 남북한을 같이 언급할 때마다 기분이 정말 찝찝하기도 하고 마음이 아팠다. 내 나라가 좋지 못한 일로 다른 나라 사람들의 입에 오르내린다는 게 그리 유쾌한 일은 아니었다. 하여튼 나는 '독일 분단'의 큰 주제에 맞추다 보니 남북한 분단과 북한의 공산주의에 대해 조사도 하고 소개도 써서 내 페이지를 만들어갔다.

한국에서 고등학교에 다닐 때 새터민 강연이 있었는데 그때 탈북을 해서 온 언니가 이야기해줬던 기억들을 간신히 더듬어가며 그럴듯한 인터뷰를 쓸 수 있었다. 내 조국의 분단 문제이니만큼 온갖 열정을 다 쏟고 번역도 알뜰하게 하면서 프로젝트 준비를 열심히 했다. 정말 외국에 나가면 모두가 애국자가 된다는 말이 맞는 것 같다. 아마 여기가 미국이 아니었다면 이 정도로까지는 철저하게 준비를 하지 않았을 지도 모른다. 나는 다른 건 몰라도 이 프로젝트만큼은 정말 제대로 해내고 싶었다.

기적도 가끔은
봄날처럼 온다

드디어 지난 주말에 국가 본선이 있었고 떨리는 마음으로 버스를 타고 다섯 시간을 달려 와이오밍 대학교(UW, University of Wyoming)에 갔다. 호텔에서 하룻밤을 자고 월요일에 대회가 시작됐다.

다행히 프레젠테이션을 실수 없이 마쳤고 심사위원들이 질문할 시간이 되었다. 원래 대부분 한 팀이 같이 대답하게 하는데 깐깐하게 생긴 심사위원 한 분이 날 딱 지목하셨다. 그리곤 이 프로젝트에서 한국의 분단과 독일의 분단이 무슨 연관이 있고 그 차이점에 대해 말해달라고 했다. 갑작스러운 질문에 순간 멍해졌지만 정신을 가다듬고 다음과 같이 차분하게 대답했다.

"독일과 한국은 같은 분단의 아픔을 가지고 있지만, 차이점을 이야기하자면 독일의 전쟁은 다른 세력이 관계가 되지 않은 자체적인 분단이었습니다. 그러나 한국은 어쩌면 소련과 미국 같은 다른 외부 세력의 영향 아래에서 이루어진 전쟁이었습니다. 특히 가장 큰 차이점은 한국인으로서 부끄럽기도 하고 마음이 아픈 일이지만, 한국은 여전히 세계 유일의 분단국가라는 점입니다."

지금 생각해도 내가 이렇게 조목조목 잘 말할 수 있었다는 것이 참 놀랍다.

이젠 남은 건 시상식이다. 그때까지 다섯 시간을 기다렸다. '어떻게 본선에서 상을 받겠어……'라는 생각에 수상을 할 거라는 믿음은 생기지 않았다. 하지만 한편으론 그동안 우리 팀 모두가 열심히

미국 교환학생, 알고 보니 쉽네!

노력해온 걸 떠올리자니 우리도 상을 좀 받았으면 좋겠다는 희망 섞인 기대감도 살짝 들었다.

오래오래 기다리고 나서 발표의 순간이 다가왔다. 그러자 정말 믿기지 않는 일이 일어났다. 이런 걸 기적이라고 불러야 하지 않을까. 시상식장에 언제까지나 잊히지 않을 목소리가 들려왔다.

"1st Place, Jia Choi! Veronika Kolitz! Tobias Käcks!"

이렇게 본선에서 1등을 거머쥔 나와 베로니카, 토비아스는 영화의 한 장면 같은 그 순간을 영원히 가슴에 새길 것이다. 교환학생으로만 이뤄진 우리 팀이 미국 애들을 제치고 일등이라니! 아직도 믿기진 않지만 그 자리에서 우리 팀은 메달과 상금 500달러를 받았다. 미국에서 받는 메달이라니!

그동안 미국에 와서 힘들었던 시간들도 때론 있었지만 그 모든

것들이 한꺼번에 녹아내리는 것 같았다. 비록 작은 승리이지만 나는 뭔가 해냈다는 성취감을 만끽했다. 이날 페이스북에는 현지 원어민들을 이긴 교환학생들의 소식에 축하 글이 마구 쏟아졌다. 내겐 그 축하의 메시지들이 밤하늘의 별처럼 찬란하게 느껴졌다. 꿈처럼 아름다운 봄날이 그렇게 흘러가고 있었다.

미국 교환학생, 알고 보니 쉽네!

9. 새로운 도전, 미국 동부 여행

　　지난 4월 9일에서 16일까지는 미국 동부 지방을 여행하고 돌아왔다. 그 이야기를 해보자면, 나를 미국 국무부 교환학생으로 오게 해준 재단에 개인 여행을 허락 맡고는 비행기를 타고 델라웨어(Delaware)로 날아갔다. 델라웨어에는 교환학생으로 처음 미국에 올 때 타고 왔던 비행기에서 친해졌던 두 살 아래 동생 유진이가 살고 있다. 유진이는 이곳에 있는 학교에 배정받았던 것이다.

　　그 전부터 둘이서 여행 계획을 짜면서 얼마나 신나 있었는지 모른다. 버스도 예약하고 필라델피아, 워싱턴 D. C., 뉴욕 등 가고 싶은 곳을 찾아서 적어 놓았다. 이제 그 설렘이 현실이 되려고 한다. 8시간의 비행을 마치고 델라웨어 가까이 있는 공항에 도착해서 짐을 찾고 있는데, 누군가 갑자기 달려와 끌어안아서 깜짝 놀랐다. 몇 달 만에 본 유진이었다!

　　처음 오리엔테이션에서 만났던 유진이는 나보다 어렸지만 당차

보였다. 그때는 나도 결정하기 너무 힘들었던 미국행을 나보다 어린아이가 선뜻 선택했다는 게 신기했고, 왠지 옆에서 더 유진이를 챙겨주고 싶었다. 우리는 다른 교환학생들보다 더 친해졌고, 각자 다른 지역으로 학교를 배정받았지만 계속 연락을 주고받았다.

유진이 호스트 집에 도착해 보니 전에 무료통화 프로그램인 스카이프(Skype)로 대화했던 유진이네 호스트 아빠가 환하게 웃으며 날 반겨주셨다. 실제로 만나보니 생각했던 것보다 더 친절하고 재밌으셨다. 유진이의 호스트 동생인 줄리어스(Julius)도 날 반갑게 맞이해주었다.

미국의 역사가 흐르는
필라델피아와 워싱턴 D.C.

다음날부터는 유진이와 나, 둘만의 여행이 시작되었다. 먼저 우리의 첫 번째 여행지인 필라델피아는 미국의 역사가 깊게 배어 있는 곳이었다. 자유의 종도 보고 박물관에 가서 미국 역사를 좀 더 배울 수 있었다. 말 그대로 유익한 시간을 보냈다. 또 유명한 맛집에 들러 필라델피아의 치즈 스테이크도 먹었는데 맛있긴 하지만 기대보단 별로였다.

그 다음은 내가 가장 가보고 싶어 했던 유펜! 미국 동부에 있는 8개 명문 사립대학인 아이비리그에 속하는 펜실베이니아 대학교(University of Pennsylvania)는 흔히 '펜(Penn)' 또는 '유펜(UPenn)'이라고 불리는데 난 이곳에 엄청 오고 싶었다. 유펜은 아이비리그 중에서도 가장 아름다운 미국 캠퍼스라고 알려져 있기 때문이다. 또내가 즐겨 보던 미국 드라마에도 자주 그 이름이 언급되어서 한 번쯤은 꼭 와보고 싶었다.

유펜은 역시 듣던 것만큼 아름다웠다. 신분증을 맡기고 유펜 캠퍼스 도서관에도 들어갔는데 발걸음 소리 하나하나에도 신경을 써서 걸어야 할 만큼 다들 조용히 공부를 하고 있었다. 역시 아이비리그는 다르구나 싶었다. 이런 꿈의 학교를 다닐 수 있으면 얼마나 좋을까? 벤치에 앉아서 한국말로 통화하는 어떤 언니를 봤는데 정말 부러웠다.

다음날 여행 일정은 워싱턴 D.C. 유진이와 나, 우리 둘 다 필라델피아에서 너무 걸어 다녀서 일어나기가 몹시도 힘들었지만 피곤한 몸을 이끌고 버스에 올랐다. 통신이 안 되는 한국 휴대전화를 붙들고 와이파이를 잡아가며 위치를 알아냈다. 그 정보대로 따라가면서 지하철도 타고 걷기도 많이 걸었다. 벚꽃 축제가 한창이었던 워싱턴 D.C. 거리에는 화려한 벚꽃들이 활짝 피어 있었다. 한국의 벚꽃 종과는 달리 크고 색도 진했지만, 나는 한국에서 보던 우리 벚꽃이 더 예쁜 것 같았다.

미국의 수도답게 워싱턴 D.C.에는 흥미로운 역사 기념관과 잘알려진 건물과 박물관들이 많이 모여 있다. 우리는 이곳을 미리조사해 링컨 기념관(Lincoln Memorial), 백악관(White House), 스미스소니언 국립 항공우주 박물관(Smithsonian National Air and Space Museum) 등을 여행 코스로 잡았다.

특히 이 중에서 스미스소니언 국립 항공우주 박물관은 미국엔 한번도 온 일이 없다고 하는 영국인 화학자 제임스 스미스가 기부를 해서 설립한 종합박물관 중의 하나이다. 이 항공우주 박물관은 스미스소니언 재단이 운영하는 17개 박물관 중 가장 인기가 좋은 곳이라고 한다. 이곳에는 인류 역사상 처음으로 비행기를 만들었던 라이트 형제의 최초 비행기도 전시되어 있다. 또 아폴로 11호를 타고 인류 최초로 달에 첫걸음을 내디딘 닐 암스트롱(Neil Armstrong) 선장이 달에서 가져온 여러 암석들까지 모두 다 볼 수 있다. 그야말로 미국의 항공우주 역사가 그대로 보존되어 있는 곳이다.

그런데 우리는 깜빡하고 한국전쟁 기념관에 들르지 못한 것이 내내 아쉬웠다. 집에 돌아가는 버스가 한 시간이나 늦게 와서 유진이네 집에 밤 12시가 넘어서야 겨우 도착한 우리는 피곤에 지쳐서 그대로 침대에 뻗어버렸다.

교환학생 오리엔테이션 이후
다시 찾은 뉴욕

그 다음 여행지는 미국 최대의 도시로 알려진 뉴욕. 처음 미국에 도착했을 때 교환학생 오리엔테이션을 했던 곳이 바로 뉴욕이었다. 8개월 만에 다시 찾은 뉴욕은 느낌이 색달랐다. 우리는 뉴욕을 1박 2일 일정으로 잡아서 한인 숙소에 짐을 풀고 현대 미술관인 모마(MOMA)에 갔다. 평소 미술작품 보는 걸 즐겨했던 나에게는 천국

이었다.

저녁은 뉴욕에서 유명한 첼시마켓(Chelsea Market)에서 해결하기로 했다. 첼시마켓은 곁에서 언뜻 보면 뉴욕에서 자주 볼 수 있는 브라운 벽돌 건물이라 그냥 스쳐지나갈 수 있다. 이 건물은 원래 비스킷의 하나인 오레오를 생산하던 공장이었는데, 지금은 건물 틀만 유지한 채 작은 규모의 식료품 가게들로 가득 차 있다. 맛집들이 많이 모여 있는 곳으로도 유명한 첼시마켓은 실내 재래시장쯤이라고 보면 되겠다.

유진이와 나는 비교적 저렴하고 유명한 음식점에 가서 랍스타를 먹었다. 하지만 배가 부르지 않아 타이 음식을 또 사먹었다. 드디어

미국 교환학생, 알고 보니 쉽네!

배를 든든히 채우곤 내가 뉴욕에서 가장 기대했던 브루클린 다리 (Brooklyn Bridge)의 야경을 보기 위해 지하철을 탔다. 브루클린 브릿지는 맨해튼과 브루클린을 연결하는 다리로 1883년 개통될 당시는 세계에서 제일 긴 다리로 주목 받았다고 한다. 걸어서 통과하려면 약 30분 정도가 걸린단다.

특히 다리 가운데에는 고딕 양식의 아름다운 아치가 세워져 있는 걸로도 유명하다. 내가 이곳을 특히 와보고 싶었던 건 아름다운 브루클린 브릿지의 야경에 수많은 예술가들이 영감을 받았다는 이야기를 들었기 때문이다. 또 영화에도 자주 등장하는 모양이다.

한참 동안 지하철을 타다가 내렸는데 우리가 위치를 잘못 잡은 건가, 아니면 기대가 과했던 걸까? 상상했던 것만큼 야경이 그림 같지 않아 조금 실망하긴 했지만 뉴욕의 밤바람을 맞으며 다리 위를 걷는 기분은 정말 좋았다. 밤이라 조금 무섭기도 해서 너무 늦지 않게 숙소로 돌아왔다.

　뉴욕의 둘째 날은 영화 〈박물관은 살아있다〉의 배경이 되었던 자연사 박물관에도 갔다. 그리고 브로드웨이로 가서 한국의 유명 텔레비전 프로그램에도 나왔던 세계적으로 유명한 밀랍인형 박물관인 마담 투소(Madame Tussaud's)에 갔다. 런던 본점을 비롯해 뉴욕, 홍콩, 상하이, 베를린 등 전 세계 9곳에 마담 투소가 있다고 한다. 세계 유명인사의 실제 키와 크기에 가장 비슷하게 만든 밀랍인형들을 모아놓은 곳이었다. 정말 아주 정교하게 잘 만들어져 깜짝 놀랐다.

　이후 우리는 맨하탄에 도착하자 파리바게뜨를 보고 몹시 반가워 하며 한국에서 좋아했던 빵들을 사먹었다. 미국 사람들 입맛까지 고려해 만든 거라 더 맛있었고 인기도 많아 보였다. 시간 관계

　　　　　　　미국 교환학생, 알고 보니 쉽네!

상 내가 가장 하고 싶었던 유엔투어는 하지 못했지만 다음엔 꼭 가
야겠다.

작년에 지도 하나 붙들고 프랑스 여행을 했던 경험이 있어서 미
국 동부 여행은 좀 더 수월하고 덜 무서웠던 것 같다. 이제 정말 미
국 어디든 뚝 떨어져도 살아남을 수 있을 것 같고, 나 자신이 좀 더
성숙해졌다는 걸 느낄 수 있는 시간이었다. 학교를 일주일씩이나
빠져서 걱정이 되긴 했지만 그 정도의 가치는 충분히 될 만한 멋진
여행이었다. 언니를 잘 따라주고 도와줬던 유진이가 고맙다.

10. 마무리 이야기

　　프롬 파티! 와이오밍에서의 새 학교는 학생 수가 200명이 조금 넘었기 때문에 프롬 파티가 솔직히 그렇게 기대되진 않았다. 교환학생 친구인 크림의 집에 가서 다 같이 파티에 갈 준비를 했다. 우리는 드레스를 입고 프롬파티 장소인 도서관으로 향했다. 처음엔 조금 어색했지만 시간이 지나자 구두도 벗어 던진 채 춤을 추며 놀았다.

　한참 춤을 추다 보니 힘들어서 친구들과 조금 쉴까 했는데 어떤 키 큰 남자애가 다가왔다. 나보고 같이 춤추자고 해서 친구들의 환호를 받으며 끌려갔다. 커플들만 추는 이런 느린 곡에 맞춰 처음 보는 남자애와 춤을 추고 있자니 정말 어색했다. 나중에는 처음 보는 애들도 다 같이 어깨동무를 해서 춤도 추고 미친 듯이 놀았던 것 같다. DJ가 주로 미국 전통 노래(Country Song)만을 틀었기 때문에 내가 모르는 노래가 많았지만 그래도 밤 11시까지 신나게 놀았다. 한국에도 이런 문화가 있으면 진짜 좋겠다!

한편, 5월의 셋째 주 수요일에는 학교에 있는데 갑작스럽게 호스트 엄마가 내일 당장 시애틀(Seattle)에 있는 애들 할머니 집에 가게 됐는데 같이 갈 수 있겠냐고 문자로 물어오셨다. 나는 이 학교에 12학년 시니어(Senior), 즉 졸업반이기 때문에 돌아오는 주에 마지막 시험(Final Exam)이 있고 할 일이 투성이지만 시애틀에 너무 가고 싶었다. 고민하던 끝에 같이 가기로 했다. 이동은 전용기로 할 거고 할머니 집이라 숙제할 시간도 있을 것 같아서 공부할 자료를 다 챙겨 가지고 가서 시험 준비를 하기로 했다.

프롬 파티 후
시애틀 깜짝 여행

우리는 네 시간 동안 비행기로 날아가 시애틀에 도착했다. 그곳에 있는 동안 큰 이층 보트를 타고 새우도 잡으며 내가 좋아하는 큰 넙치의 일종인 할리버트(Halibut)도 잡았다. 직접 배 위에서 요리를 해 먹고 바다를 가르며 달리는 기분은 끝내줬다. 마치 내가 드라마의 여주인공이 된 것 같은 기분을 만끽했다.

시애틀의 상징이기도 하고, 이름처럼 끝부분이 뾰족한 바늘 모양을 하고 있는 고층건물인 스페이스 니들(Space Needle)의 전망대도 찾았다. 건물만 빽빽했던 뉴욕의 엠파이어스테이트빌딩(Empire State Building) 전망대 보다는 시애틀의 경치가 내 마음에 더 쏙 들

었다.

　다음 날은 내가 공부를 하느라고 여행을 다니지는 못했는데 나 없는 사이에 아이들이 호스트 엄마에게 한 이야기를 나중에 들었다. 2주 후에 정말 지아가 떠나는 거냐면서 한국에 갔다가 다시 돌아오는 거냐고 물었다고 한다. 애들이 너무 어리고 내가 친구 집에서 자고 여행을 다니느라 며칠씩 집에 없던 것에 익숙해져 그런지 이번에도 내가 한국에 잠시 여행을 갔다가 다시 돌아오는 거라고 생각을 하는 것 같았다.

　호스트 엄마는 미국에서 내가 먹을 수 있는 저녁이 얼마 남지 않았다고 하시면서 새우버터구이를 해주셨다. 또 첫째 동생 제이든이 연못에서 잡은 생선과 내가 좋아하는 립(Rib)을 맛있게 요리해주셨다.

한국에 돌아가서 가족들과 친구들을 만날 생각을 하면 가슴이 두근거리고 설렌다. 하지만 미국을 떠나 호스트 가족과 헤어진다는 것이 믿기지 않고 아직은 실감이 나지 않는다. 한국으로 돌아가면 귀여운 동생들이 가끔 보고 싶을 것 같다. 아이들이 떠들지도 않고, 소리를 지르며 뛰어다니지도 않고, 〈겨울왕국(Frozen)〉 여주인공 엘사에 열광하며 렛잇고(Let it go)를 목청껏 불러대던 그런 귀여운 아이들이 없는 집이 조금은 낯설지 않을까.

마지막 시험과
가짜 졸업식

5월이 끝나는 날, 마지막 시험을 무사히 마치고 올A(Straight A)

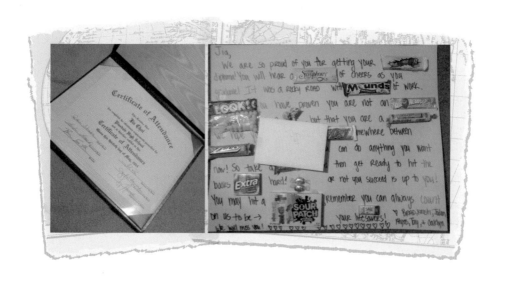

　　　　　　미국 교환학생, 알고 보니 쉽네!

의 성적을 유지할 수 있었다. 오늘은 나의 졸업식, 물론 교환학생이라 진짜 졸업장을 받지는 못한다. 하지만 시니어(Senior, 미국 12학년, 고등학교 졸업반)로서 교장 선생님이 졸업식에 참여할 수 있게 허락해 주셔서 가운을 빌려 입고 졸업식을 하러 갔다. 호스트 가족들에게 서프라이즈 선물도 받았는데 4절 종이에 각종 캔디를 붙이고 그 단어에 맞춰 쓴 귀여운 편지였다. 졸업식에 가기 전, 나는 고마운 마음을 전하며 호스트 가족 한 명 한 명과 따뜻한 포옹을 했다.

비록 말 그대로 가짜 졸업식(Fake Graduation)이었지만 막상 졸업 가운을 입고 시니어 친구들과 사진도 찍고 졸업식장에 들어가니 느낌이 묘했다. 밴드부의 연주에 맞춰 입장을 하는 친구들, 그리고 선생님들의 졸업 축하연설도 듣다 보니 지난 9개월이 눈앞을 획획 스쳐지나갔다. 이제 내가 정말 미국을 떠나 곧 모든 고등학교 과정을 마치고 사회에 첫발을 내딛을지도 모르겠다는 생각에 기대가

되면서도 아쉬웠다.

　온드레이(Ondrej)와 나는 교환학생 대표로서 사람들 앞에서 인사를 했다. 또 나는 몇 명 안 되는 밴드부의 시니어로 연주도 함께 했고 다른 친구들의 축하도 받았다. 호스트 가족도 나의 졸업을 축하해 주기 위해 가장 어린 두 막내들만 빼고는 다 모였다. 졸업 파티에도 갔는데 생각보다 사람은 많이 없었지만 친구들과 마지막으로 사진을 찍으며 이야기도 많이 나눴다.

　다들 보고 싶을 거라고 말해주는데 정말 내가 곧 미국을 떠난다는 게 진짜로 느껴져 슬퍼졌다. 한국에 돌아가면 나는 대학 입시 준비를 해야 하기 때문에 비행기를 조금 빠른 걸로 변경했는데 며칠 더 있고 싶다는 생각마저 들었다.

미국에서의
진짜 마지막 날

드디어 미국 와이오밍 주에 있는 파인데일(Pinedale)에서의 마지막 날. 내가 타고 갈 비행기가 다음날 새벽에 솔트레이크시티(Salt Lake City)에서 출발하기 때문에 전날 공항 가까이에 있는 지역 관리자(Regional Director)의 집에 가서 하룻밤을 잤다. 그리곤 관리자인 미란다(Director Miranda)가 나를 공항까지 데려다주기로 했다.

와이오밍에서 떠나는 날 아침에 나는 동생들을 학교에 데려다주면서 마지막 인사를 하는데 정말 헤어지기가 힘들었다. 다른 막내 동생들은 너무 어려서 내가 간다는 것을 제대로 인식하지 못하는 듯했다. 하지만 첫째 제이든과 둘째 렉시는 학교 앞에서 작별인사를 하면서도 계속 뒤를 돌아보며 손을 흔드는데 눈물이 났다. 동생들과 헤어지는 게 이렇게 마음이 아플 줄은 몰랐다.

호스트 엄마와 차를 타고 네 시간을 이야기하며 달렸다. 이제 호스트 엄마와도 헤어질 시간이 되었다. 나는 호스트 엄마에 대한 정이 남달랐고 평소에도 친구들에게 우리 호스트 엄마가 최고라며 자랑하고 다녔다.

호스트 엄마 성품은 주변 사람들도 잘 알고 있었기 때문에 평소에도 칭찬이 자자했다. 무엇보다 나를 힘들게 했던 알래스카에서 구제해 주신 분이라 더욱 감사하다. 내가 미국에 있는 동안 진짜 큰딸처럼 대해주셨고, 나이 차이가 10살밖에 나지 않아 마음도 잘

통했다. 특히 호스트 엄마와 나는 옷이나 패션에 대한 이야기를 하면서 재미있어 했다. 역시나 눈물이 많은 나는 참지 못했고 그렇게 크리스티(Kristi)와 아쉬운 이별을 했다.

미국에서의 마지막 하룻밤을 재우고 나를 공항까지 데려다 주는 최종 임무를 맡은 지역 관리자 미란다는 내가 알래스카를 떠나 와이오밍에 오기까지 많은 도움을 줬다. 그동안 내가 힘들었던 부분들도 잘 알고 있었다. 그렇기 때문에 미국을 떠날 때 이렇게 다시 만나게 되어 감회가 남달랐다. 미란다는 처음에 내가 새 호스트를 만나기 전에 걱정했던 말들도 다 기억하고 있었다. 우리는 이처럼 다시 만나 지난 5개월 동안 내가 보냈던 미국에서의 시간들에 대해 마지막으로 이야기를 나누었다.

미국 교환학생, 알고 보니 쉽네!

미래로 가는
길 위에서

9개월, 생각해 보면 짧고도 긴 교환학생 생활이었다. 힘든 일도 지나고 나면 다 추억 삼아 웃으며 이야기할 수 있는 시간이 오듯이, 인천 공항에서 집으로 가는 차 안에서는 이야깃거리가 가득했다.

처음엔 날 알래스카에 가게 만들었던 주위 사람들을 원망하던 때가 있었다. '왜 하필 나일까……' 지금 생각해도 다시 돌아가고 싶은 시간은 아니지만 어쩌면 그건 남보다 더 강한 채찍질이 필요했던 나에게 주어진 도약의 기회가 아니었나 싶다. 예전엔 난관에 부딪힐 때면 시골에 태어난 환경을 언제나 탓하게 되었고, '이 정도면 나쁘지 않아' 하고 나만 아는 한계선을 마음에 새기며 살아온 것 같다. 그 선을 끊을 수 있었던 것이 내가 미국 교환학생 생활 속에서 얻은 가장 큰 수확이 아닐까.

1년 전 한국을 떠날 때는 미국에 있는 동안 한국에서 하지 못할 일들 때문에 아쉽기만 했는데, 돌아온 나는 나도 모르는 사이에 큰 사람이 되어 있었다. 한국에 있었으면 절대로 하지 못했을 생각과 경험을 했고, 언어와 생김새는 달라도 마음이 통하는 좋은 사람들을 만났고, 이제는 미국이든 유럽이든 어딜 가도 나를 반겨줄 수많은 친구들이 생겼다.

'청소년 외교관'이라고도 할 수 있는 교환학생으로서 미국을 비롯한 여러 나라 친구들과 소통하고, 어떨 땐 목에 핏대를 세워가며 각자의 나라를 자랑했던 시간들은 내가 10년 뒤, 20년 뒤 그 어떤 일을 하더라도 나를 지탱해줄 큰 버팀목이 될 것이라고 나는 확신한다. 또, 지금은 비록 한국에 돌아와 복학과 입시 준비에 스트레스를 받기도 하지만, 10대의 끝자락을 누구보다 멋지고 의미 있게 장식할 수 있도록 힘이 되어 주신 부모님께도 감사를 드리고 싶다.

분명한 건, 지금 내 앞에는 예전과는 달라진 모습의 내가 있다는 사실이다. 1년 전에는 결코 내 눈에 보이지 않았던 수많은 길들, 즉 수많은 가능성 위에 내가 서 있다는 거다. 이젠 그 어디에 있어도 나 혼자 힘으로 당당히 설 수 있다는 것, 그리고 돈을 주고도 사지 못할 인생의 큰 교훈과 용기를 얻었다는 것이 큰 수확이 아닐까. "불가능한 것은 없다!(Nothing is impossible!)" 그걸 깨달은 것만으로도 이미 나는 남들보다 꿈에 한 발짝 더 나아간 것이 아닐까?

미국 교환학생, 알고 보니 쉽네!

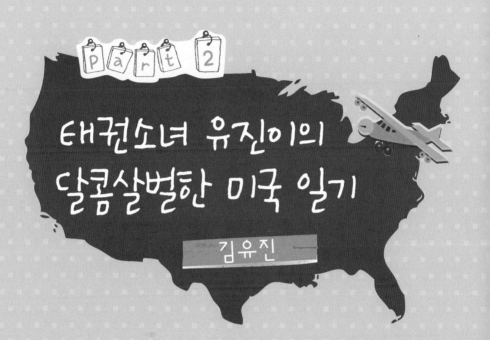

Part 2

태권소녀 유진이의
달콤살벌한 미국 일기

김유진

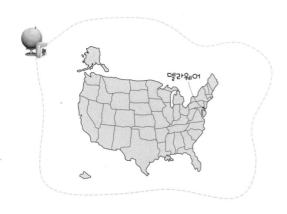

덴라웨어

"하루하루를
어떻게
보내는가에 따라
우리의 인생이
결정된다."

- 애니 딜러드
  (Annie Dillard,
   퓰리처상을 받은
   미국의 여성 작가)

1. 미국 교환학생, 그까이꺼!

환상의 섬 '블루 시티(Blue City)'라고 불리는 거제도에서 태어나고 자란 나는 어릴 때부터 태권도를 좋아해 거기에 빠져 살았다. 태권도 말고는 특별나게 이야기할만한 것도, 잘하는 것도, 뛰어난 것도 없는 그저 평범한 아이였다.

친구들과 놀기 좋아하고 항상 학원에 가서 공부 하느라 바쁜 그런 평범한 '대한민국 학생'과 다를 바가 없었다. 그러던 어느 날 같은 학원에 다니던 소미에게서 우연히 전해들은 '미국 교환학생'에 대한 이야기. 바로 귀가 솔깃해졌다.

미국 교환학생 생활이 평범한 내 이력에 뭔가 새로운 장을 열어줄 것 같은 기대감으로 가슴이 두근거리기 시작했다. 그러던 중 정보를 모으기 시작하다가 미국 교환학생 전문기관인 애임하이교육을 알게 되었다.

부모님에게 교환학생에 대한 말씀을 드렸지만 고지식한 거제도

토박이 아빠의 마음을 얻기란 쉽지 않았다. 그렇게 며칠을 실랑이를 벌이며 내가 미국에 가야 하는 이유와 다짐을 줄줄이 이야기했다.

어떤 날은 몇 시간 동안 졸졸 따라다니며 나의 새로운 도전에 대해 똑 부러지고 당차게 설명했다. 이런 흔들리지 않는 딸의 의지를 확인하신 부모님은 결국 마음의 문을 여셨다. 드디어 나를 믿고 미국에 교환학생으로 보내기로 결심하신 것이다.

그렇게 나는 친구들을 뒤로 하고, 부모님의 기대와 걱정을 안은 채 2013년 9월 '안 될 게 뭐가 있어, 뭐든지 하면 되지!'라는 긍정적인 마인드로 씩씩하게 미국으로 떠났다. 내가 배당 받은 학교는 미국에서 두 번째로 작은 주(State)인 델라웨어(Delaware)에 있었다. 9월 4일부터 나는 미국에서 있었던 일들을 일기로 기록하기 시작했다.

미국 교환학생, 알고 보니 쉽네!

더블트리 호텔(Double Tree Hotel)에서 첫날을 보내다 :
2013년 9월 4일 수요일

- -

9월 3일, 어제 인천공항에서 다른 애임하이교육 교환학생들과 한국을 잠시 떠날 준비를 하고 있었다. 3일에 출발한 사람들 중에선 내가 제일 나이가 어렸다. 그래서 언니들도 나를 잘 챙겨줘서 고마운 마음이 들었다.

특히 지아 언니는 계속 내가 사투리를 쓰는 것이 웃기다며 가르쳐 달라고 졸랐다. 나는 이때까지 내가 사투리를 많이 안 쓰는 줄 알고 있었는데 아니었나 보다. 그렇게 배웅을 나온 엄마와 눈물의 이별을 하고 드디어 도쿄행 비행기를 탔다. 그리고 도쿄에서 다시 뉴욕으로 가는 비행기를 갈아탔다.

9월 4일, 오늘이 미국에서의 공식적인 첫 번째 날이구나. 첫날의

2013/09/03

느낌은 뭔가 뉴욕의 하늘도 한국보다 더 푸르른 것 같고 모든 것이 더 크고 넓다고 할까나. 시차 적응이 안 되서 그런지 몽롱하다.

사실 비행기에서는 자느라 못 써서 오늘 처음 쓰는 일기이다. 핑계일 수 있지만 교환학생을 위해 떠나는 첫날부터 일기를 쓰겠다는 다짐과는 달리 피곤해서 못 썼다. 앞으로는 꼭 매일매일 써야겠다. 오늘은 아침부터 일찍 일어났다. 아마 시차 적응이 아직 안 된 것이 원인인가 보다.

그래서 윤지 언니 폰으로 보이스톡, 카스, 네톤을 했다. 재밌었다. 나도 폰을 가져 올 걸 그랬나 후회가 된다. 뉴욕에서 배도 타고 재밌는 곳을 여행도 했다. 너무 힘들었다. 시차 적응이 이래서 필요한 거구나.

오늘도 역시 엄마가 보고 싶었다. 언니들이 보이스톡을 하게 해 줘 정말 고마웠다. 내일은 호스트 할머니를 만날 텐데 기대가 된다. 오늘 밤에는 지아 언니를 좋아하는 어떤 오빠 덕분에 처음으로 미국 과자 파티를 했다. 흥미롭긴 했지만 왠지 좀 어색했다. 아직도

미국 교환학생, 알고 보니 쉽네!

시차 적응 중인지 피곤해서 씻지도 않고 노래를 듣다가 그냥 자버렸다. 내일은 또 어떤 일이 기다리고 있을지 기대가 된다.

뉴어크 고등학교와 향수병 :
2013년 9월 6일 금요일

- -

우선 내가 사는 델라웨어 주는 미 연방 헌법을 가장 먼저 승인해 '첫 번째 주(First State)'라고 불린다. 뉴욕에서 2시간 정도 떨어져 있고, 도시라고 해도 괜찮을 것 같다. 특히, 내가 머무는 집에서 5분 정도만 차를 타고 나가면 '델라웨어 대학교(The University of Delaware)'라는 미국에서 60위 안에 드는 괜찮은 대학이 있어서 외국인들이 많고, 한국인들도 많다. 심지어 한국마트, 식당도 있다.

오늘은 처음으로 내가 다닐 학교에 가보았다. 뉴어크 고등학교(Newark High School)인데 여기에도 외국인들과 아시아인들이 많이

보였다. 학생 수는 1,650명 정도 되고, 내가 다닐 학년인 10학년은 총 429명이란다. 외국인이 많은 학교라 그런지 공립학교이지만 ESL 반도 있다고 했다. 오자마자 잠시 입학 절차를 밟고 곧이어 바로 테스트를 봤는데 거의 알아듣지 못했다. 이렇게 영어를 못하는데 과연 여기서 살아남을 순 있을까……. 말 그대로 '멘붕'이다. 이젠 이 학교에서 일 년 동안 무사히 잘 지낼 일만 남았구나!

그리고 나를 교환학생으로 맡아주신 호스트 분은 메리(Mary) 할머니이다. 할머니가 오늘 햄버거를 사주셨다. 햄버거는 맛있었는데 물맛이 이상했다. 미국에 다녀온 친구가 미국은 수돗물을 정수해서 안 먹고 그냥 바로 먹는다고 했는데 과연 진짜였다. 아직도 수돗물 맛이 나는 것 같다. 입 안에 그 느낌이 계속 남아 너무 끔찍하다. 집에 와서 잠시 쉬어도 되냐고 물어보고 잠을 잤다.

할머니의 딸인 데프니가 오늘 온다고 했는데 안 왔다. 아마 내일 올 것 같다. 갑자기 한국에 두고 온 가족들이 너무 보고 싶어졌다. 평소에 가족에게 잘할 걸 그랬다. 후회가 돼 눈물이 날 것 같다. 1년 뒤 돌아가면 가족에게 잘해야겠다.

저녁에는 호스트 할머니와 조깅을 했다. 할머니는 콧물을 흘리며 힘들어했다. 저질 체력이라고 느꼈다. 가족들이 너무 보고 싶어서 나도 모르게 울어버렸다. 할머니가 전화하지 말라고 해서 더 슬펐나 보다. 내가 우니깐 할머니도 당황하셨는지 그제서야 전화하라고 하셨다.

아빠 목소리를 들으니 살 것 같다. 아빠가 보고 싶다. 물론 엄마도 마찬가지다. 빨리 내가 이곳에 적응을 해서 더 이상 이런 일로 눈물을 흘리지 않았으면 좋겠다. 내일은 오늘보다 더 나은 날이 되길 꿈꾸며 잠자리에 든다. Good Night. 엄마, 아빠 잘 자요!

정식으로 처음 등교하는 날 :
2013년 9월 9일 월요일

오늘은 9월 9일, 한국에 있는 베스트 프렌드 김은영의 생일이다. 다른 친구인 이수진도 보고 싶고 모든 친구들이 정말 눈물 나도록 보고 싶었다.

오늘 하루, 나의 학교 첫날은 좋았다. 대학교처럼 선생님 방을 찾아가는 식의 수업이었다. 첫 수업에 들어갔는데 흑인밖에 없었다. 가정 과목 같은 옷에 대한 수업이었는데, 음…… 별로였다.

2교시 요리 수업에서 지수 언니를 만났다. 처음엔 한국인인지도 몰랐는데 둘 다 한국인의 '삘(?)'이 느껴져서 동시에 "Where are you from?"이라고 물었는데 "Korea!"라고 똑같이 대답했다. 누구든지 그냥 한국인이 있다는 것 자체로도 난 행복했다.

우리 학교는 1시간 20분 수업에 4교시를 마치면 끝난다. 3교시를 마치고 점심을 먹는데, 학생들이 워낙 많다 보니 점심시간이 세 번으로 나뉘어져 있다. 매일 3교시 수업의 담당 선생님이 정해주는 그 시간에 점심을 먹어야 한다. 오늘 나는 '첫 번째 점심(1st Lunch)' 때 점심을 먹을 수 있었다. 친구를 사귀긴 했지만 같은 점심시간이 아니라서 나는 5달러를 내고 혼자서 밥을 사먹었다. 지수

미국 교환학생, 알고 보니 쉽네!

언니가 점심을 어떻게 먹는지 귀띔을 안 해줬더라면 아마 나는 굶었을 것이다.

식사는…… 맛이 없었다. 어떻게 저걸 돈을 주고 사먹는지. 이런 사기꾼들! 그래도 살려면 먹어야지 생각했다. 세 번 먹고 버렸다. 돈이 아까워 죽겠다. 미국 음식은 나와 안 맞다. 그나마 먹는 것은 과일뿐이다. 내 손목시계가 헐렁헐렁할 때 그새 살이 많이 빠진 걸 깨달았다. 마음 한편에선 탄성이 절로 나왔다. 아, 내가 드디어 한국에서 못 빼던 살을 여기 와서 빼는구나!

한편, 한국에서 가져온 '새콤달콤' 과자는 한 박스 다 학교 친구들에게 나눠줬다. 반응은…… 그냥, "응, 고마워" 이런 정도? 다른 학교에 교환학생으로 간 회원이는 친구들이 한 개만 더 달라고 떼를 쓴다더니 역시 미국은 아이들 성향이 지역별로 다르다는 말이 맞는 듯하다.

아! 오늘 하교 버스를 놓쳤다. 할머니가 데리러 오신다고 했는데 안 오셨다. 버스를 타고 오라는 말을 못 들은 것 같은데 아침에 하셨단다. 나는 할 말이 많았지만 왠지 더 큰일이 될 것 같아서 그냥 "네……, 죄송해요"라는 말만 하고 끝냈다.

여전히 어색한 미국 고등학교 생활과 문화 : 2013년 9월 10일 화요일

9월 10일 화요일, 일주일 전 딱 오늘이 내가 가족들과 떨어져 처음 미국에 왔던 날이구나. 새삼스럽지만 그때의 나를 생각하면 안타깝다. 내가 봐도 나는 정말 대단한 아이 같다. 물론 많은 학생들이 미국에 유학을 오는 세상이지만 그래도 뭔가 내가 그중 하나라는 것이 정말 뿌듯하다. 대단하다, 김유진!

이 일기장을 다 쓰는 날이면 나는 미국에 완전히 적응이 다돼 있겠지. 그때쯤 한국으로 돌아갈지도 모르겠구나. 내가 이렇게 나와 한 약속을 지키기는 처음인 것 같다. 부모님 없이 혼자 살아가려니 나도 힘이 드는 것일까. 이 작은 공책 하나에 이런저런 이야기를 풀어 놓으며 위안을 삼고 있으니 말이다.

나는 나름 한국에선 말이 많은 애였는데……… 확실히 영어가 익숙하지 않으니 말이 잘 안 나오고 자연히 말수가 줄어든 것 같다. 이제 겨우 일곱 번째 일기밖에 쓰지 않았지만 지나간 하루하루의 이야기들을 읽어보며 얼마나 큰 위안이 되는지 모르겠다. 아마 내년 이맘때쯤이면 책을 한 권 펴내도 되지 않을까 기대해 본다.

미국의 다른 학교에 간 교환학생 친구들 말을 참고해 보면 우리 학교는 상대적으로 엄청 큰 것 같다. 아마 이렇게 큰 규모의 학교에 다니는 교환학생은 다섯 손가락 안에 꼽힐 정도가 아닐까. 학교가 크다 보니 정말 전 세계 아이들은 다 모인 것 같다.

이마에 까만 점을 찍은 아이, 이상한 걸로 얼굴을 막고 다니는 아이, 흑인, 엄청 기묘한 느낌이 드는 애, 등등 정말 한국과 달리 하나도 비슷한 차림의 애들이 없고 각양각색이다. 아마 이 글을 보는 어떤 누군가가 보면 놀랄 정도로 많다. 학교 애들이 너무 많아서 누가 누군지 구별도 못하고 이름도 못 외울 정도이다.

미국 교환학생, 알고 보니 쉽네!

아! 나는 미국 친구들에게 더 이상 'Yujin(유진)'이 아니다. 나는 그냥 'Kim(김)'이다. 애들이 발음하기 힘들어서 그런가, 짧게 '김'이라고 부른다. 오늘 스쿨버스에서 이름은 기억이 안 나지만 백인 남자애를 만났다. 나한테 여러 가지 질문을 계속 던지며 옆자리에 앉아서 갔다. 같은 스쿨버스를 타니까 앞으로 매일 만날 것 같다.

미국에 온 뒤로 나는 학교가 제일 재밌는 듯! 오늘은 점심을 혼자 안 먹고 미국 친구들과 같이 먹었다. 학교생활에서 하나 힘든 건 미국 친구들 이름을 진짜 잘 못 외우겠다는 것이다. 음…… 내가 여기서 사귄 미국 친구는 5명 정도, 모두 여자 친구이다. 남자 친구까지 합하면 8명쯤 된다. 미국에서는 남자, 여자 구별이 별로 없어서 그냥 같이 어울려 논다.

반면에 미국에서 인종차별이 없어졌다고 하지만 겉으로 표현을 안 할 뿐인 것 같다. 점심시간에 학교식당에서 보면 흑인 학생은 흑인 학생끼리, 백인 학생은 백인 학생끼리 무리 지어 밥을 먹는다. 어린 학생들에게조차 인종주의가 아직도 남아 있다는 게 안타까웠다.

오늘도 역시 학교 점심은 맛이 없었다. 미국에 오니 휴대폰도 없어 시간 보낼 것이 아무것도 없어 심심하다. 일기를 다 쓰고 나면 숙제나 해봐야겠다. 아! 오늘도 아마 옆집에 사는 동생인 줄리어스(Julius)와 스케이트를 타러 갈 것 같다. 신나는 오후가 되겠지!

2. 호스트 할머니와의 전쟁

　　미국생활은 생각했던 것만큼 호락호락하지 않았다. 가장 처음 큰 장벽으로 다가오는 건 호스트 할머니와의 관계였다.

　　호스트 할머니와의 첫 번째 갈등이 시작됐다. 어제 할머니가 저녁식사 준비를 하시는데 나는 배가 불러 조금만 먹겠다고 했다. 그러나 할머니는 안 된다며 다 먹으라고 하셨다. 할머니는 음식을 버리는 게 싫다면서…….

　　그러니깐 내 말의 뜻은 이랬다. 나는 조금만 먹을 테니깐 저녁을 많이 만들지는 말라고 한 것이었다. 그런데 할머니는 화를 내시면서 자긴 돈이 없다며 나보고 음식을 버리지 말라고 야단치셨다. 내가 먹다가 남긴 저녁만 버린다고 했는데도 계속 그러셨다.

　　그때부터 나도 조금 화가 났다. 에휴…… 할머니가 자기 식사만 그릇에 담고는 먹기 싫으면 식탁에서 일어나라고 그랬다. 왠지 먹어야 할 것 같아서 정말 속이 별로 좋지 않는데도 저녁을 먹으려고

　　　　　　　　미국 교환학생, 알고 보니 쉽네!

접시에 음식을 뜨러 갔다.

음식도 접시도 모두 다 너무 뜨거웠다. 오븐도 뜨거웠다. 결국 나 혼자서 음식을 담아내다가 데이고 말았다. 그 순간 너무 슬펐다. 나는 누구이며, 여긴 어디인지 모를 정도로 참담해졌다. 내가 지금 여기 와서 뭐 하는 건지도 잘 모르겠고……. 하여튼 몹시도 기분이 우울한 하루였다.

즐거운 학교생활 VS 나와 안 맞는 호스트 할머니 : 2013년 9월 11일 수요일

나쁜 얘기부터 먼저 하면 안 될 것 같아 학교생활 얘기부터 하려고 한다. 오늘 아침, 한국이었다면 쿨쿨 자고 있을 시간인 새벽 5시

40분에 일어나 학교에 갈 준비를 했다. 샤워하기가 너무 싫어서 세면대에서 머리만 감았는데 나름 괜찮았다.

그다음 물 한 잔만 마시고는 호스트 할머니 차를 타고 스쿨버스 정류장에 갔다. 벤치에 앉아서 버스가 오기를 기다리는데 크리스찬을 만났다. 크리스찬은 참 좋은 친구다. 나의 생활을 매일 물어봐 주고 친절하게 대해준다. 크리스찬은 여자 친구가 있는데 누군진 몰라도 남자 선택은 잘한 듯싶다.

오늘 1교시는 푸드(Food) 시간이었다. 새로 사귄 친구 에이미와 같이 치킨수프를 만들었다. 우리가 함께 만든 치킨수프는 그 맛이 일품이었다. 그렇게 한 그릇을 뚝딱 다 먹어 치우고 난 다음 일종의 아침조회 같은 시간이었는데, 그때 학교 직원이 나를 불렀다.

가보니 한국인이지만 미국에서 태어난 언니 두 명이 나를 기다리고 있었다. 한국말이 서투른 언니들과 영어로 대화를 하려니 조금 힘들기도 했지만 마음이 편안해서인지 영어가 나름 잘 나왔다. 그렇게 한참을 이야기를 하던 중 나도 모르게 그만 감정이 북받쳐서 울어버렸다. 언니들은 "울지 마(Don't Cry)"라며 토닥토닥 나를 달래주었다. 호스트 할머니와 겪는 갈등을 얘기하니깐 자신의 집도 홈스테이를 한다며 오라고 그랬다. 정말 당장이라도 언니네 집으로 가고 싶었다. 우리는 내일도 다시 만날 것을 약속하고 헤어졌다.

그 다음엔 2교시 수학 수업이 기다리고 있었다. 일본에서 개발된 수학 퍼즐 게임인 스도쿠(Sudoku) 문제를 푸는 걸 배웠는데 내가 제일 먼저 다 풀었다. 옆자리에 앉은 친구들이 답을 보여 달라고 졸라서 다 보여줬다. 한 친구가 나를 보며 천재라면서 엄지를 세우며 "지니어스! 지니어스!"라고 말했다. 그 말을 듣자 어깨가 으쓱해지고 뿌듯했다. 그래서 "한국 사람들은 원래 좀 다 이래!"라고 말해줬다.

그런데 패션에 대해 배우는 수업(Clothing Class)은 너무 마음에 들지 않아서 미술 수업(Art Class)으로 바꿔달라고 요구했다. 옷을 만드는 수업은…… 내 적성에 좀 안 맞는 것 같다. 이렇게 미국에서의 또 하루가 지나갔다. 엄마 없이 나 스스로 모든 일을 혼자 해결하려니깐 너무 힘이 드는구나. 내일은 지수 언니와 친구들과 커피를 마시러 가기로 했다. 호스트 할머니에게 허락을 받으려고 말씀드렸는데 그것마저도 의견이 안 맞아 할머니와 또 다퉜다. 휴…… 막막하다, 정말!

끝나지 않을 것 같은 할머니와의 갈등 :
2013년 9월 12일 목요일

오늘 아침에 학교를 가기 위해 호스트 할머니의 차를 탔는데 타자마자 할머니는 날 다그쳤다. 어제 코디네이터 크리스틴과 한국에 있는 엄마한테 전화를 걸어서 뭐라고 했냐며, 왜 전화했냐고 따지셨다. 난 그냥 전화를 할 수 있지 않느냐, 할머니도 다 아는 사람들이 아니냐고 대답했다. 내가 느끼기엔 할머니가 나를 좋아하지 않는 것 같다고 덧붙였다. 역시나 내 말을 잘 못 알아들으시는 것 같았다.

크리스틴은 그래도 내 말을 잘 알아듣고 내 이야기에 공감도 많이 해줘왔던 편이다. 호스트 할머니는 어제까지는 나보고 놀러가도 된다고 말해놓곤 갑자기 오늘 아침에는 가지 말라며 소리를 질렀다.

내가 그럴 순 없다고, 미리 약속했다고 말했는데도 막무가내였다. 그래서 그냥 차에서 내려서 크리스틴에게 그 이야기를 들려줬더니 함께 슬퍼했다. 이렇게 그나마 나를 위로해 주는 사람들이 곁에 있어서 정말 다행인 것 같다.

CIEE 교환학생 소풍 & 할머니와의 큰 싸움 : 2013년 9월 13일 금요일

어제 호스트 할머니와 싸우고 나서 오늘까지도 할머니와 사이가 좋지 않았다. 오늘은 CIEE 재단을 통해 미국에 온 교환학생들이 다 모여 소풍을 가는 날이다. 그런데 나는 가지 않겠다고 해서 집에서 오후 3시까지 자려고 했다. 그런데 정오쯤 코디인 크리스틴한테 나오라는 문자가 와서 그냥 나가 봤다.

오드(Aude)와 몇몇 교환학생들이 벌써 와 있었다. 다들 행복해 보였다. 그런데 독일에서 온 교환학생 한 명이 호스트 가족 얘기를 하며 울었다. 너무 공감이 되어서 나도 울 뻔했다. 얼마나 힘들지 나도 잘 알기 때문에······.

난 호스트 할머니가 너무 마음에 안 든다. 오늘 소풍 가서도 다른 사람들에게 내 욕을 했다. 나도 다 느낄 수 있고 들을 수 있는데 왜 그러는지 알 수가 없다. 그렇게 집에 오는 길에 우린 한 판 했다. 어른한테 '한 판'이라는 표현은 좀 그렇지만 진짜 나도 못 참아서 폭발한 것 같다.

아침에 소풍을 가는데 호스트 할머니가 여러 짐들을 무겁게 들고 가시길래 내가 좀 들어드리려고 했는데 손대지 말라며, 내 도움 같은 건 필요 없다며 나를 그냥 무시했다. 크리스틴은 내 입장을 잘 이해해줄 거라고 진짜 믿었는데 결국 크리스틴도 할머니 편인 것 같다.

화가 너무 난다. 정말 짜증 나! 오늘만큼은 나도 소리를 질러대며 내가 하고 싶은 말을 다 해버렸다. 그러니깐 호스트 할머니가 나보고 방에 들어가서 나오지 말라고 했다. 너무 짜증이 나서 나는

이렇게까지 말했다.

"다 필요 없어요. 그럼 나도 나가겠어요!"

그러자 호스트 할머니도 소리를 지르셨다.

"그냥 방에 들어가 있어!"

결국 너무 화가 나서 밖에 나와 버렸다. 정말 스트레스 받는다. 여기 있는 1분 1초가 내겐 너무 힘들다. 오늘은 내가 먼저 할머니에게 화해를 위한 시도를 했고 진짜 할 만큼 다했다. 미안하다는 편지도 드렸다. 할머니는 거들떠보지도 않으시더니 한참 있다가 답장으로 '너와 행복한 시간을 보내고 싶다'라고 적힌 이상한 종이 쪼가리 한 개를 봉투에 담아서 내게 줬다.

그리곤 나보고 가까이 오라고 하셨다. 손을 달라고 하길래 손은 드렸다. 그러자 호스트 할머니는 내 두 손을 맞잡고, "자, 이젠 내 눈을 바라봐"라고 말씀하셨으나 그건 아직 못 하겠다고 했다. 진짜다. 여기까지밖에 못하겠다. 내 한계다. 난 정말 노력했지만 내 몸이 거부하는 걸 어떡하란 말인가? 오늘은 기분이 영 안 좋다.

3. 말도 많고 탈도 많은 나날

아직까진 여전히 힘든 미국생활 :
2013년 9월 24일 화요일

그렇게 호스트 할머니와 소동이 있고 나서 결국 나는 메리 할머니 댁을 나오기로 했다 내가 다른 집으로 간다는 이야기를 듣고 옆집 동생인 줄리어스가 나를 보러 집으로 찾아왔다. 왜 벌써 가냐며, 같이 놀고 싶다며 슬퍼했다. 나도 헤어지는 게 너무 슬프고 어린 줄리어스에게 고마운 마음이 많이 들었다.

그렇게 마지막으로 포옹을 하고 집을 나와 임시 코디네이터인 샌디(Sandy)네 집에서 이틀 정도를 머물렀다. 그 다음부터는 바로 새 호스트가 구해지진 않으니깐 미국에서 태어난 한국 사람인 준희 언니 집에서 며칠 동안 머무르기로 했다.

이곳에서 나는 한국 음식도 먹고 한국말도 조금씩 쓰면서 그렇

게 지내고 있다. 오늘 아침에는 등교하자마자 7시 15분부터 C건물의 100호실에 가서 디캐스(DCAS) 시험을 봤다. DCAS 시험은 델라웨어에서 주최하는 모의고사(?) 같은, 그냥 학생들 실력이 어느 정도인가 평가하는 시험이다. 미국인을 상대로 하는 시험이니 어렵겠거니 생각은 했지만 정말 너무 어려웠다. 재미도 없고 한 문제도이해를 못해서 그냥 다 아무거나 골라 답을 체크해버렸다.

그러자 시간이 많이 남아서 인터넷 서핑을 하기 시작했다. 한국친구들한테 이메일도 보내고 뉴스도 보면서 이리저리 돌아다녔다. 친구들에게 메일을 쓰고 있자니 문득 이런 생각이 떠올랐다. '지금쯤 한국에 있는 친구들은 뭐할까. 그러고 보니 지금 한국 학교에선자습, 아니 1교시가 다 끝나갈 시간이구나. 요즈음 시험기간일 텐데 친구들은 잘 있을까? 힘들진 않을까……'

문득 나도 지금 당장 한국에 가서 중간고사 같은 시험공부에도

미국 교환학생, 알고 보니 쉽네!

찌들어 보고 며칠 내내 시험을 쳐도 괜찮으니깐 돌아가고 싶다는 생각도 났다. 한국에 가서 친구들도 만나고 매운 음식도 많이 먹고 싶다! 꼬리에 꼬리를 물고 이어지는 한국에 대한 그리움으로 남은 시험 시간이 채워지고 있었다.

남은 날들도
잘 버틸 수 있기를

오늘 학교에서 점심으로 피자를 먹고 나자 오후에는 생물 (Biology) 수업 시간이 되었다. 그런데 선생님이 자습만 시키면서 한 시간 있다가 질병에 관련한 인류 재난 비디오를 20분쯤 틀어줘 그걸 봤다. 비디오는 생각보다 지루했다.

학교 수업을 다 마치고 처음으로 633번 버스를 타고 잠시 동안 살게 된 준희 언니네 집으로 와서 깻잎부침개를 먹었다. 오랜만에 느껴보는 깻잎이 향긋하게 그 특유의 맛으로 다가왔다.

내일이면 나도 노트북을 살 수 있을까. 꼭 사고 싶다! 노트북을 사면 무료 영상 통화 프로그램을 깔고 한국에 있는 가족들과 친구들에게 연락을 해야지. 내일 일기에는 노트북 이야기로 도배했으면 좋겠다.

오늘은 김치도 많이 먹었다. 아, 김치를 여기서 먹게 되다니! 정말 맛있다. 여기 미국에 와서 물이 바뀌어서 그런지 여드름이 많이 났다. 울긋불긋한 내 얼굴을 보니 슬프다. 약을 발라도 잘 낫지 않는다. 빨리 여드름이 없어졌으면…….

생각해 보니 미국에 온 이후로 정말 일찍 잠자리에 드는 것 같다. 밤 10시만 되면, 아니 9시 30분만 되어도 눈꺼풀이 무거워지고 잠이 와 죽겠다. 왜 이렇게 피곤한 걸까.

내일 컴퓨터, 아니 노트북으로 놀기 위해서 목요일 숙제를 오늘 미리 다 끝냈다. 물론 내일은 제일 중요한 숙제가 있다. 과학 프로젝트…… 정확하게 숙제 내용이 무엇인지 잘 이해를 못하겠다. 내일 학교에 가서 친구들에게 물어봐야겠다.

아 참! 며칠 전에 학교에서 단체로 개인 사진을 찍었는데 오늘 학생증이 나왔다. 뭔가 내가 이 학교의 정식 학생이 된 것 같아서 뿌듯했다. 그리고 오늘 수업 시간에는 수업을 열심히 듣는다고 소셜 스터디(Social Study) 선생님께서 '랩(Rap)' 카드를 주셨다. 'Rap' 카드는 우리 학교에서 만든 쿠폰 종류의 카드인데 이걸로 학교 안에 있는 가게에서 옷, 과자, 학용품 등을 살 수 있다. 이 카드를 많이 모아서 다음에 학교 티셔츠를 사고 싶다!

미국 교환학생, 알고 보니 쉽네!

　이윽고 저녁 시간이 되어 준희 언니와 밥을 먹는데 호스트 할머니에 대한 얘기를 나눴다. 준희 언니는 내 마음을 잘 이해해줬다. 휴……, 진짜 그 집을 나오길 잘한 것 같다.

　여기도 이제 슬슬 추워진다. 미국에선 아프면 병원비도 비싸고 간호해 줄 엄마도 없으니깐 서러울 것 같다. 감기 걸릴까봐 미리 비타민도 잔뜩 챙겨 마시면서 건강을 조심하고 있다. 한국에 있을 때 태권도도 더 열심히 해둘 걸……. 요즘 따라 태권도가 더 많이 그립고 다시 하고 싶다.

　아! 생각해 보니 오늘은 미국에 온 지 딱 3주일이 되는 날이다. 지난 3주 동안 정말 말도 많고 여러 가지 일도 많고 탈도 많았다. 하지만 잘 버틴 것 같다. 이제 남은 날들도 이렇게 잘 버틸 수 있으면 좋으련만……. 앞으로 많이 보고 배우고 느꼈으면 좋겠다!

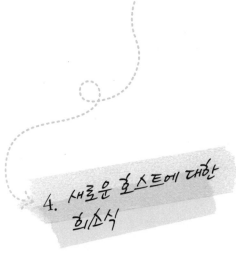

4. 새로운 호스트에 대한 희소식

옆집 꼬마 줄리어스와의 인연 :
2013년 10월 2일

오늘도 하루가 변함없이 이렇게 끝이 나나 했더니 나의 임시 코디네이터인 샌디에게서 전화가 왔다. 드디어 새 호스트가 구해졌다는 것이다. 마음 졸이며 기다렸던 소식이라 그런지 가슴이 두근두근, 정말 기대가 되었다. 나의 새 호스트 가족은 누구일까……, 이런 궁금증을 안은 채 1년 같은 10초가 지나고 드디어 나의 새 호스트 가족에 대해 알게 되었다.

바로 나의 첫 호스트인 메리 할머니네 바로 옆집에 사는 꼬마 줄리어스네 가족이었다! 한편으론 정말 뛸 듯이 기쁘고 감사했지만 다른 한편으론 걱정도 많이 되었다. '바로 옆집'이면 메리 할머니를 매일 만날 텐데…… 어떡하지……. 그래도 피할 수 없으면 즐기라

미국 교환학생, 알고 보니 쉽네!

고 하지 않았던가! 내일부터 새로운 호스트 집으로 옮기면 줄리어스에게도 친누나처럼 잘해 주고 새 호스트 엄마, 아빠에게는 친딸처럼 애교도 떨며 잘해드려야겠다. 조금 긴장이 되기도 하지만 그래도 난 잘할 수 있을 거라고 믿는다.

새로운 호스트 가족 소개 :
2013년 10월 15일

나의 새로운 호스트 가족을 소개해야겠다. 조금은 나이가 많으신 엄마, 아빠 그리고 귀여운 외아들 줄리어스! 먼저 54세이신 호스트 아빠(Julius Santiago Senior)의 취미는 낚시이다. 그래서 나도 종종 호스트 아빠와 낚시를 하러 간다.

호스트 아빠는 델라웨어에서 가장 큰 물고기를 잡으셔서 10년 전쯤 신문에도 나온 적이 있는 프로 낚시꾼이라고 한다. 그리고 내가 경상도 남자들만 보고 자라서 그런 건진 모르겠지만 정말 매너가 흘러넘치는 모습이 신선하다! 진짜 멋지고 좋은 아빠다. 훗날에 내가 결혼할 땐 꼭 우리 호스트 아빠같이 성격이 좋은 남자를 만나야지!

다음엔 우리 호스트 엄마(Florence Santiago) 소개. 엄마는 45세이신데 매일 줄리어스한테 소리를 지르신다. 물론 줄리어스가 워낙 개구쟁이라서 그런 것도 있는데 목소리가 하이톤이라 그럴 때마다 귀가 정말 터져버릴 것 같다. 그래도 나한텐 소리 한번 안 지르시고 쿨 하신 멋진 엄마이다.

　　그리고 마지막으로 나의 미국 남동생인 9살 줄리어스(Julius Santiago Junior)! 이름이 호스트 아빠와 똑같아서 시니어(Senior), 주니어(Junior)를 붙여 쓰는데 나는 그냥 '빅(Big) 줄리어스', '줄리어스' 이렇게 구별해 부른다. 어쨌든 줄리어스는 귀여운 동생이지만 정말 나를 피곤하게 할 때가 많다.

　　처음엔 어색해서 그런지 안 그러더니 요즘엔 항상 숙제를 할 때, 친구들과 놀 때, 밥을 먹을 때, 잠자리에 들 때까지 나를 졸졸 따라다닌다. 동생이 없던 내겐 낯선 경험이라 처음에는 정말 적응이 안 되고 스트레스를 많이 받았다. 그래도 이제는 내가 줄리어스의 하나뿐인 누나니깐 다 참고 이해해 주기로 했다. 역시 사람은 마음먹기에 달렸구나.

　　아참, 무려 13살인 아메리칸 불독(American Bulldog)인 강아지 브

　　　　　　　　미국 교환학생. 알고 보니 쉽네!

랜디를 빼먹을 뻔했다! 브랜디는 정말 하루 종일 누워 있기만 한다. 하지만 먹을 것만 보면 한 달 정도 굶은 강아지처럼 먹이에 대한 집념이 장난이 아니다. 그래도 귀엽고 착한 우리의 가족이다.

이렇게 네 식구에 나까지 이제 다섯 식구가 된 새로운 가족. 짧으면 짧고 길다면 긴 일 년이라는 시간동안 어떤 재미난 일들이 벌어질까 많은 기대가 된다.

미국 태권도 도장에 가다 :
2013년 10월 17일

- - - - - - - - - - - - - - - - - - - -

나는 한국에서 어릴 때부터 8년 정도 태권도를 배웠다. 어느 순간부터 그냥 태권도가 내 취미가 돼버렸고 어딜 가나 김유진을 수식하는 단어가 돼버린 지도 오래다. 그렇다고 내가 태권도를 국가대표 수준으로 잘한다는 것이 아니라 그래도 나름 거제시 대표로 항상 활동해왔다는 것이다. 그런데 이렇게 미국에 와서 처음으로 태권도를 오랫동안 쉬니까 몸도 항상 뻐근하고 근육도 안 풀려 있었다.

그렇지만 우연의 일치인지 내 동생 줄리어스가 일 년 정도 전부터 한국 태권도를 배우고 있다는 사실을 알게 되었다. 처음엔 'Taekwondo'라는 말을 내가 잘못 들은 줄 알았는데 아니었다. 정말 '태권도'였다. 그렇게 줄리어스를 따라 미국의 태권도장에 구경을 하러 갔다.

선생님이 세 분 계셨는데 나보다 태권도를 다들 못 하시는 것 같았다. 보고 또 봐도 진짜⋯⋯⋯ 못 한다. 그런데 갑자기 관장님이 한국의 품새를 보여줄 수 있냐고 물어보셔서 할 수 있다고 대답했다. 도장에는 사람들이 엄청 많았지만 그 자리에서 고려, 금강, 태백 품새를 보여주고, 뒤후려차기, 거듭옆차기, 외발턴, 등등 발차기도 많이 보여줬다. 그랬더니 관장님이 물개 박수를 치시면서 이렇게 말씀하셨다.

"내가 너를 호스트 했어야 하는데, 정말 잘하구나!"

나중에 전해들은 얘기지만 그 자리에 계시던 학부모님들은 내가 새로 온 사범인 줄 알았다고 한다.

이런 칭찬과 큰 박수까지 받자 나는 몹시 뿌듯해졌다. 관장님은 내년에 내가 한국으로 돌아갈 때 자기도 캐리어에 넣어서 데려가

미국 교환학생, 알고 보니 쉽네!

달라는 농담까지 하셨다. 바로 이 스튜어트 관장님(Mr. Stewart)에게는 세 명의 아이가 있는데, 그중 한 명은 한국에서 입양된 다섯 살 여자아이이다.

그래서 그런지 나도 관장님에게 관심이 더 가고, 관장님도 나를 더 아껴주시고 챙겨 주시는 것 같다. 이리저리 태권도 덕분에 내가 여기서 더 잘 적응하고 미국인들과 소통할 기회가 더 많이 생기는 것이 아닐까, 라는 생각이 든다.

오늘따라 한국에서 내게 태권도를 지도해 주셨던 손기복 사범님께 감사하는 마음이 더 생기는 것 같다. 그렇게 줄리어스의 태권도 수업이 끝나고 스튜어트 관장님과 상담을 하는데, 나보고 태권도를 배우면서 다른 애들한테 조금씩 가르쳐 주라고 하셨다. 나는 흔쾌히 알겠다고 했다.

미국의 태권도 교육비는 정말 비싼데 관장님께서 무료로 해주

시겠다고 하셨다. 나는 진짜 운이 좋고 복이 많은 아이라는 생각이 들었다. 나에게 꼭 맞는 미국 도복도 새로 받았다. 이 새 도복을 입고 내일부터 정말 열심히 수련해야겠다!

하나씩 쌓여가는 행복한 추억들 :
2013년 10월 27일

그렇게 호스트를 바꾼 후 하루하루 더할 나위 없이 행복한 생활들을 즐기고 있는 중이다. 호스트 아빠와 둘이서 낚시도 가고 가족들과 할로윈 파티도 했다. 어제는 '더치 원더랜드(Dutch Wonderland)'라는 펜실베이니아 주에 있는 놀이공원에도 갔다. 놀이공원에 가면 으레 그렇듯이 마음이 들뜨기 시작한다. 케이크도 먹고, 킹덤롤러코스터 등 여러 놀이기구들도 엄청 많이 탔다. 모처럼 신나게 놀았던 하루였던 것 같다.

저녁에 아니 밤에 밥을 먹으러 식당에 갔는데 치킨덤프라는 이상한 수제비 같은 것을 먹었는데 진짜 맛이 없었다. 조금 먹다가 말았다. 그렇게 놀다가 밤 12시쯤에서야 집으로 돌아왔다. 무척 즐겁긴 했지만 어제는 정말 긴 하루였다.

그런데 새로운 호스트 집으로 옮긴 이후부터 미국 음식들을 본격적으로 먹기 시작해서 그런지 살이 많이 찐 것 같다. 내일부터 식사 조절을 좀 해야지! 이제 내 방에는 DVD 플레이어도 있어서 매일 영화도 볼 수 있다. 내 향수병도 덜하진 않을까. 내일부턴 한

미국 교환학생, 알고 보니 쉽네!

국 생각은 정말 하나도 하지 말고 잘 지내자. 이렇게 좋은 가족들도 만났으니! 한국에서 나를 위해 고생하시는 부모님을 봐서라도 이러면 안 되지, 정신 차리고 내일부턴 열심히 공부하자. 미국에 오기 전, 나 자신과 한 약속을 꼭 지키자.

내일부턴 다시 2학기가 시작된다. 매주 5일 동안 학교도 가고 숙제도 있는 시간이 다시 돌아오는 것이다. 이번 학기에는 한눈팔지 말고 더 열심히, 최선을 다해 학업에 집중하자! 2학기엔 영어 점수를 B학점 이상 유지했으면 좋겠다. 형편없는 성적을 받고 한국으로 돌아가긴 너무 창피하니깐 말이다. 내일부턴 더 성숙해진 나를 기대하며 이제 자야겠다!

점점 더 익숙해져 가는 미국 생활 :
2013년 11월 12일 화요일

오늘은 11월 12일, 첫눈이 내렸다. 와, 11월에도 눈이 내리다 니……거제 친구들에게 말해 줘도 믿지 않겠지만 진짜 눈이 내렸 다. 신기하고 뭔가 내가 순수해지는 느낌이었다. 벌써 내가 미국에 온 지 두 달 정도 지났다는 사실도 놀랍다. 그렇게 안 갈 것 같던 시간들도 잘만 흐르는구나. 1사분기(Quarter 1)도 끝났고, 교환학생 의 자격이 유지되는 평균 성적 'C' 학점도 유지하고, 게다가 미국인 들 사이에서 A학점까지 받은 내가 대견하기도 하다.

먼 나라, 먼 땅에서 아무도 없이 나 혼자 이렇게 지내는 게 말처 럼 쉬운 일은 아니지. '잘 해내고 있다, 김유진! 앞으로 이렇게만 쭉 파이팅! 2사분기(Quarter 2)에는 꼭 6과목 모두 A학점을 받도록 해 야겠다. 그러려면 더 열심히 공부해야 되겠지? 이제 2주 뒤면 미국 의 추수감사절(Thanksgiving day)이고, 곧 그 다음에는 크리스마스 이다.

지금은 비록 힘들지만 내 옆에서 말썽을 피우는 개구쟁이 남동 생 줄리어스도 있고, 또 호스트 엄마, 아빠 그리고 친구들도 많으니 맘껏 느끼고 성장해서 가는 거야. 다신 돌아오지 않을 귀중한 시간 들……. 지금은 잘 모르겠지만 한국에 가면 그 소중함을 뼈저리게 느끼겠지.

사실 처음에 뉴어크 고등학교(Newark High School)에 왔을 땐, 한국인도 몇 명을 본지라 영어 실력이 늘지 않을까봐 걱정도 많이

했다. 하지만 미국 친구를 훨씬 더 많이 사귀고(이제 슬슬 미국 친구들 이름에 익숙해진다. 처음에는 죽어라고 안 외워지던 낯선 이름들도 자연스럽게 입에서 술술 나온다) 긍정적인 마인드로 나름 잘 생활하고 있는 것 같다.

내가 짧지만 두 달 정도 교환학생 생활을 하면서 느낀 건 영어도 영어지만 독립심, 그리고 뭔가 세상 일에 관심이 많이 생겼다는 것이다. 또 벌써부터 한국 과자 이름이 생각이 안 난다……. 이렇게 짧은 시간에 사람이 변화될 수 있다는 게 놀랍다. 그렇지만 여전히 한국이 그립다!

그런데 나는 미국 성적과 한국 성적이 거의 비슷하다. 부끄럽지만 초등학교 이후로는 공부에 영 흥미가 없었던 지라 한국에서 중학교 다닐 땐 430명 중에서 정말 잘하면 130등 정도였다. 딱 중간이다. 마찬가지로 여기 미국에서도 429명 중 140등이다. 나는 어딜 가도 중간밖에 못하는 앤가 싶어 자존심도 상하는 게 사실이다.

하지만 미국에 와서 나는 뭔가 내가 중요한 게 아니라 한국이 잘 되어야 할 것 같은 마음이 마구 든다. 이런 마음 때문에 '한국이 정말 똑똑한 나라라는 걸 보여 줘야 돼'라는 생각으로 그나마 쉬운 수학시간에 제일 먼저 문제를 다 풀고 애들이 보여 달라고 하면 막 보여줬더니 "한국인은 진짜 똑똑한가 보다!"라는 소리도 결국 들었다. 하핫, 어깨에 힘이 막 들어가고 자랑스럽다.

유치할 수 있지만, 외국에 있으면 사소한 것에도 애국심이 마구마구 샘솟는다. 나를 때때로 광적(?)인 애국자로 만드는 이런 미국이 좋긴 하지만, 여전히 적응되지 않는 스킨십 문화와 느끼한 음식, 그리고 카펫과 식기세척기가 너무 불편한 것을 보니 나는 아직까진 쌀밥에 젓갈과 깻잎이 좋은 토종 한국인인가 보다.

미국 교환학생, 알고 보니 쉽네!

5. 한해의 마무리와 새로운 시작

　　지난 주 금요일(2013. 11. 22.)부터 일요일(11. 24)까지 호스트 엄마의 언니가 살고 있는 버지니아에 다녀왔다. 그런데 돌아 올 때 노트북 충전기를 놔두고 와서 호스트 엄마가 여분으로 충전기 하나를 더 사주신다면서 베스트 바이(Best Buy), 월마트(Wal-mart) 등으로 사러 다녔다. 결국 내 노트북에 맞는 충전기가 없어서 그냥 충전기가 오기를 기다렸다.

　　하여튼 내가 충전기까지 빠뜨리고 올만큼 즐거웠던 버지니아에서 지냈던 주말 이야기를 지금부터 하려고 한다. 제일 기억에 남는 건 크리스마스 축제를 생각나게 하는 곳에 간 것이다. 그곳에서 산타할아버지와 사진도 찍고 눈사람 액자도 만들었다. 한국에 있는 가족이 보고 싶어서 어릴 때 가족사진을 내가 만든 눈사람 액자에다 끼워놓았다. 이날 내가 갖고 싶은 걸 호스트 엄마는 다 사주셨다. 한국에 계신 부모님 선물까지도 말이다. 호스트 엄마는 이때뿐만 아니라 평소에도 한국의 부모님이 너를 얼마나 보고 싶어 하시 겠냐면서 틈날 때마다 사진을 찍어주신다. 이런 세심한 마음씀씀 이에 나는 매번 폭풍 감동을 느끼곤 한다.

그런데 크리스마스는 12월 말인데 왜 지금부터 준비하는지 궁 금해서, "크리스마스를 왜 지금부터 축하해요?"라고 질문했더니 미 국에서는 9월부터 크리스마스를 축하한다고 말해주셨다. 하긴 전 부터 호스트 엄마가 이제 추수감사절을 지내고 나면 바로 크리스 마스트리를 장식할 거라고 말해주신 적이 있었다. 바로 이런 걸 두 고 하신 말씀이구나. 11월인 벌써부터 설레고 기대된다.

하루는 태권도를 마치고 집에 가는 길에 호스트 맘이 내게 이렇 게 물으셨다.

"유진아, 크리스마스에 너 무슨 선물 받고 싶은지 산타클로스 할 아버지한테 말했어?"

미국 교환학생, 알고 보니 쉽네!

　나는 이 말을 듣고 깜짝 놀랐다. 호스트 엄마는 나를 너무 순수하게 생각하는 것 같다. 난 알 건 다 아는데……. 호스트 엄마는 설마 내가 이 나이에 산타클로스 할아버지를 진짜로 믿는다고 생각하시는 걸까. 동생이 내 옆에 함께 있어서 이런 질문을 했겠지 싶었다. "음…… 아직 말 안 했어요"라고 순수한 척을 했더니 뒤에서 줄리어스가 한마디 거들었다.

　"나는 레고랑 비행기랑 자동차랑 X-BOX360 그리고 새로운 CD와 등등……을 말했어요."

　어휴……! 나와 호스트 엄마는 동시에 한숨을 쉬었다. 끝없이 나오는 선물 리스트에 한편으론 한숨을 쉬었지만 정말 귀여웠다. 너무 장난이 심해서 만날 엄마, 아빠한테 혼나지만 절대 포기할 줄 모르는 줄리어스의 그 끈기, 어떤 때는 닮고 싶기까지 하다. 하지만 미워할 수 없는 귀여운 동생이다.

내 꿈에 알록달록 색칠하기 :
2013년 12월 15일

이제 정말 다사다난했던 2013년도 다 끝나갈 무렵이다. 크리스마스만 지나면 진짜 2014년이 오겠구나! 다른 교환학생 선배들이나 친구들은 대부분 2012년부터 간다고 결심했지만 난 2013년 4월에 정말 늦게 신청을 했다.

나는 2013년 한 해를 전부 다 교환학생 문제로 급하게 보내느라 어떻게 일 년이 지나갔는지 모르겠다. 미국에 온 지 넉 달이 다 되어 가는데 낯선 땅에서 힘들지만 포기하지 않고 아직 잘 버티고 있는 나도 대단하다. 영어 실력도 요즘 부쩍 늘고 이제 수업도 거의 다 알아들어서 나 자신 스스로가 더욱 더 대견한 것 같다.

우리 가족이 여전히 많이 보고 싶지만 요즘은 나름 모든 게 익숙해져서 그리움도 아무렇지 않다. 한편으론 내년에 돌아가서 겪을 한국에서의 고등학교 생활도 많이 걱정되고, 친구들이 중학교 마지막 졸업여행을 갔다는 소식을 들었을 땐 나도 가고 싶어서 혼자 울기도 했다.

하지만 요즘 내겐 꿈이 생겼다. 물론 7년 전부터 태권도를 시작할 때부터 생각했던 꿈이지만 최근 들어 그 꿈이 아주 선명해졌다. 어릴 때부터 여자답게 키우고 싶으셨던 어머니에겐 죄송하지만 그래도 내가 하고 싶은 일을 확실히 찾았다는 게 좋은 것 같다. 나 혼자 생각만 하고 마음에 담아두는 것보다 이렇게 글로 적고 나면 진짜 함부로 포기를 못할 것 같다.

미국 교환학생, 알고 보니 쉽네!

나는 경찰이 되고 싶다. 나의 자랑스러운 이 꿈을 머나먼 미국 땅에서 확실히 깨달았다. 나를 잘 모르는 사람들 사이에 있으니까 내 꿈이 더 잘 보였다. 앞으로 이 꿈에 더 색을 입히며 나의 미래를 잘 그려가야겠다.

내 동생 줄리어스 :
2014년 1월 4일

방학동안 줄리어스와 지지고 볶고 했더니 힘들다. 동생이 남자라 그런지 장난도 너무 많이 치고 말도 잘 안 듣는 편이다. 화를 내야 겨우 말을 듣는데 그래도 만날 내 방에 와서 잔다.

에휴, 아무리 미워도 어린 동생이기에, 게다가 얘는 국적도 다르고 얼굴 생김새도 다르지만 어쨌든 내 동생이니까 귀엽게 보인다. 얘가 형제가 없다 보니 어떻게 애정 표현을 하는지 잘 모르는 것 같다. 남자애들이 원래 다 이렇게 "나 방구 꼈다!", "나 트림했다!" 라는 말을 달고 사는지, 우리 동생만 이런 건지 잘 모르겠다. 나도 남동생이 없어서 잘 모르지만 하여튼 아직 철이 없는 것 같다.

어떤 날은 갑자기 내 방에 들어와 사진을 같이 찍자고 하질 않나, 또 어떤 때에는 헬리콥터 장난감을 불쑥 선물해 주질 않나, 하여튼 나와 자꾸 놀려고 한다. 줄리어스가 레고를 정말 좋아하는데 크리스마스 선물로 헬리콥터 레고를 받아서 조립하더니 한번도 안 가지고 놀았던 그걸 나한테 크리스마스 선물이라며 주는 게 아닌

가. 그 순간 감동했다. 이 어린 것이 자기가 아끼는 보물을 내게 선물하다니!

줄리어스에게 크리스마스 전날 선물을 하나 더 받았는데 자기의 돼지 저금통(Piggy Bank)을 갖고 와 돈을 다 꺼내서 주는 것이다. 자기 딴엔 소중한 것일 텐데 내게 다 내놓는 게 정말 감동이었다. 물론 받진 않았다. 어린애에게 돈을 받는 건 예의가 아닌 것 같아 줄리어스가 잘 때 다시 넣어두었다. 이렇게 한 번씩 나를 감동시키는 내 동생, 자주 악동처럼 굴지만 그래도 미워할 수 없는 이유이기도 하다. 결국 이번 크리스마스 때에는 어린 동생에게서 세상에서 제일 가슴 따뜻한 선물을 두 개나 받은 셈이다.

고마워, 줄리어스!

미국 교환학생, 알고 보니 쉽네!

눈 내리는 마을 :
2014년 1월 15일

요즘 줄리어스는 셀카 찍기에 맛이 들린 모양이다. 장소를 여기 저기 옮겨 다니며 사진을 찍느라 난리다. 그리고 이젠 내가 가르쳐 준 '김치'라는 한국어 발음도 제법 잘한다. 나보고 만날 하는 소리 가 내년에 나와 같이 한국에 갈 거라고 한다. 아마 한국에 있는 학 교에 가면 자기는 영어가 백 점일 거라고 큰소릴 치면서 늘 입버 릇처럼 말한다. 그래, 그 말은 맞을지 모르겠지만 내가 너를 감당 못할 걸!

또 매일 X-BOX에 빠져 사는 줄리어스. 그래도 내가 오고 난 뒤 로부턴 게임시간이 줄었다고 호스트 엄마는 좋아하신다. 물론 그 만큼 난 힘들지만 내 동생이 정말 귀엽다. 내 눈에만 귀엽나. 하지 만 이러다가 10분 뒤면 또 아웅다웅 싸우고, 5분 뒤 미안하다고 내 방에 찾아오는 정말 못 말리는 귀여운 녀석이다. "I won't……" 를 늘 입에 달고 살지만 한번도 지킨 적이 없는 거짓말쟁이 작은 악당이다. 그래도 내겐 귀엽고 유쾌한 하우스메이트이자, 남동생 이다.

오늘은 눈이 많이 와서 학교에 안 갔다. 한 달 동안 눈 때문에 학 교를 세 번 안 간 듯하다. 내 고향 거제도에선 눈을 잘 볼 수가 없 어서 맘껏 구경하는 중이다. 줄리어스와 뒤뜰에서 놀았다. 눈이 너 무 많이 쌓여서 눈썰매도 묻혀버려 못 탔지만, 내일은 신나게 타야 지. 우리 동네는 모두 열한 가족이 살고 있는데 참 정감이 가는 곳

이다. 차를 타고 5분만 나가도 바로 시내이고 대학도 있지만, 우리 집이 위치한 동네는 완전히 시골 같은 분위기다. 덕분에 고즈넉하기도 하지만 시내가 가까워 편리하기도 하다.

문득 생각난 이야기인데 한국도 물론 셀프주유소가 있지만 대부분 비가 오나 눈이 오나 아르바이트생들이 나와서 "안녕하십니까, 어서 오세요!"라며 물과 휴지도 주는데, 여기는 거의 모두 다 셀프다. 그게 신기했다. 확실히 편리한 서비스 문화는 한국이 최고인 것 같다. 왜 뜬금없이 이 생각이 나는 걸까. 아무리 아름다운 동네에 살아도 한국이 문득 문득 생각나는 건 어쩔 수 없나 보다.

미국 교환학생, 알고 보니 쉽네!

6. 바쁜 학교생활, 미국에서 첫 상장을 받다

　　2014년 1월도 이제 얼마 안 남았다. 미국에 온 지 5개월이 다 되어 간다. 다음 주면 한국은 설날인데 매년 이맘때면 모여 명절 음식을 먹고 세배를 하며 가족들과 시간을 보냈는데 올해는 느낌이 이상할 것 같다. 내 생일도 한 달 남았는데 더욱 더 기분이 묘할 것 같다.

　　2학기가 시작됐는데 지난 한 주 동안 무척 짜증이 나고 슬프고 힘들었다. 문제는 학교! 2학기가 되면 과목 몇 개는 바뀌는 게 정상인데 나만 그대로이다. 내가 바꿔 달란 수업을 학교 카운슬러가 처음부터 안 바꿔 주더니 2학기 때 바꿔 주겠다고 약속했는데 결국 안 바꿔 주었다.

　　내가 한국에서 왔다는 이유로 제일 낮은 수준 반 수업을 다 들었는데 거긴 정말 마약을 하고 담배를 피우는 흑인, 멕시코 애들도 있어 수업 분위기는 엉망이었다. 그래도 나름 한 학기동안 나는 잘 참고 견뎠다. 그나마 괜찮은 요리와 수학 수업, 그리고 다른 몇몇 수업들에서는 친구도 많이 사귀었다. 어차피 일 년만 있을 건데 성적이 조금 안 나오더라도 더 어려운 반에 가서 정말 미국 수업 같은 걸 많이 해보고 싶었다. 결국 2학기 때는 바꿔주기로 약속을 받고 참고 견딘 것인데 이게 뭔가. 이제 너무 늦어버려 수업을 절대 못 바꾼다니! 진짜 너무 속상하고 이럴 거면 학교를 옮기는 게 나을 것 같다.

2학기에는 사립학교로 옮길까 생각도 했는데, 사립이 돈이 정말 많이 든다고 해서 부모님께 미안해 어떻게 해야 할 지 모르겠다. 일단 월요일에 학교 가서 한 번 더 물어보고 내가 수업을 바꿔야 하는 이유를 분명히 설명하려고 한다. 이번엔 정말 확실하게 이야기해야겠다. 그래도 안 되면 아직은 결정을 못 했지만 다른 방법을 찾아야 하는 건 아닌지 모르겠다. 나의 욕심일 수도 있지만 다시 또 올 수 있을지 어떨지도 모르는 미국 생활인데 이렇게 마음에 안 들게 보내는 건 너무 아깝고 다음에도 후회할 것 같다.

아이스 스케이트장을 가다! : 2014년 1월 27일

일요일, 오늘은 내가 다니는 미국 태권도장에서 아이스 스케이트장에 갔다. 장소는 델라웨어 대학교의 빙상장. 일요일이라 그런지 사람도 무척 많았다. 이날 파란 색 옷을 입고 온 꼬마가 있었는데 저번에 일기에서 언급했던 태권도장의 관장님 딸이다. 5년 전 애가 태어난 지 한 달쯤 됐을 때 입양하셨단다. 한국 이름은 '이은수', 기특하도록 예쁘고 착하다. 다음에 아빠와 한국에 가니까 자기한테 한국말을 가르쳐 달라는 말도 했다.

그래도 미국에서 사랑을 많이 받고 좋은 가족을 만나서 다행이라는 생각이 든다. 같은 한국인이라 그런지 마음이 더 쓰이는 것 같다. 얼마나 예쁜지 마치 아기 모델 같다. 내가 평소 아기를 좋아하는 것도 있겠지만 더 정이 간다.

또 제이다(Jaida)는 목소리가 정말 예쁜 아이인데 내가 이날도 안아주니까 그 앙증스런 목소리로 좋알거린다. 항상 나만 보면 "유진이 언니, 있잖아!(Yujin, guess what?)"하면서 하루 종일 있었던 일을 다 말해주는데 정말 귀여워 죽겠다.

이날 함께 온 숀(Sean)은 내 동생 줄리어스와 매일매일 붙어 다니는 단짝이다! 가끔 숀이 우리 집에 오면 너무 소란스러워지지만 그래도 귀엽다. 빙상장 한쪽에는 과학 실험이라면서 솜사탕을 만

드는 것도 보여 주고 공짜로 나눠줬다. 기대 이상으로 맛있었다.

스케이팅을 마치고는 피겨쇼를 봤다. 어린애들부터 할머니, 할아버지까지 무척 잘 타셨다. 다들 동작이 딱딱 잘 맞고 호흡이 잘 맞았다. 그 모습을 보니 나도 피겨를 배우고 싶어졌다. 하지만 배우기엔 너무 늦은 나이겠지, 안 되겠지. 김연아 선수와는 비교할 수 없지만 다들 선수 포스가 확 풍겼다. 오늘은 갈라쇼도 보고 태권도 사범님, 그리고 동생들과 같이 손잡고 스케이트를 신나게 탈 수 있어 행복한 하루였던 것 같다. 바꾸지 못한 학교 수업 시간표 때문에 요즘 속상했는데 오늘만큼은 즐거웠다.

Student of Second Marking Period! :
2014년 2월 8일

오늘부터 2014년 소치 동계올림픽이다. 김연아 선수를 비롯한 모든 자랑스러운 우리나라 선수들이 기량을 맘껏 뽐내길 미국에서 기도하고 있다. 1월 말쯤 2사분기(Second marking period)가 끝났다. 1사분기 때는 처음이라 그런지 과제 같은 것도 몰라서 못 낸 적도 많았다. 이번엔 조금 열심히 했더니 A학점 6개와 B학점 2개를 받았다. 뭔가 뿌듯한 이 느낌!

한국에서도 이런 성적을 받아본 건 초등학교 이후론 없는 듯하다. 맞아, 나도 나름 초등학교 땐 전교 일등도 했고, 중1때도 나름 영재반에도 들어갔는데……. 문득 나의 잠시나마 화려했던 과거(?)

미국 교환학생, 알고 보니 쉽네!

들이 스쳐갔다.

하지만 중학교 이후로는 공부 쪽엔 재능이 없었는지 노는 데 바빴다. 그런데 미국에서 열심히 공부하는 친구들과 선후배들에겐 미안한 이야기이지만 확실히 한국과 미국은 많이 다른 것 같다. 미국은 한국만큼 노력을 안 해도 한국에 비하면 쉽게 성적을 받을 수 있었다.

그래서 그런지 요즘 한국에 있는 엄마와 내 진학에 대해 고민 중이다. 에휴, 어떻게 해야 할지 모르겠다. 내게는 네 살 차이가 나는 오빠가 있는데 한국에서 고등학교를 다녔던 오빠는 폰까지 정지를 하고 고1부터 3년을 새벽 2시가 되어야 집에 오면서 하루에 3시간만 잤다. 그 힘든 일상을 3년 동안 한 것이다.

엄마는 요즘 오빠가 너무 힘들게 공부한 그 전철을 내가 꼭 밟아야 하는지 고민하시고 있단다. 나도 이런 한국 교육 시스템이 싫어서 미국에서 고등학교까지는 마치고 한국으로 돌아가는 진로를 깊

이 생각하고 있는 중이다. 물론 그 길을 선택한다면 지금 교환학생 기간인 10개월을 마친 후에 잠시 한국으로 들어갔다가 다시 미국으로 와야 할 것이다.

그런데 나는 한편으로는 여기서 졸업하고 싶은데, 내 마음의 60퍼센트는 내가 다시 와도 잘할 수 있을까 하는 염려도 있다. 가족들도 보고 싶을 테고, 친구들도 많이 보고 싶을 거고, 어휴, 아직 잘 모르겠다. 여기서 지내는 게 기쁘고 재미있는 일도 많고, 또 할 수 있는 일도 많지만, 항상 24시간 가족과 친구들이 그리운 건 어쩔 수 없으니까 말이다.

이런 고민을 하고 있는데 며칠 전엔 학교에서 메일이 한 통 왔다. 내가 우수 학생으로 뽑혔다는 소식이었다. 정말 신기했다. 공부로 내가 상을 다 받다니…… 이럴 수가! 상상할 수 없을 만큼 행복했다. 이 상은 전교생 1,600명 중에 20명쯤 주는 건데 미국인들이 거의 17명 정도이고, 외국인은 나를 포함해서 3명쯤 되었던 것 같다.

미국 교환학생, 알고 보니 쉽네!

부모님도 참석해서 축하해 달라는 공지도 있었는데 우리 호스트 부모님은 다들 일이 있으셔서 못 오셨다. 그렇게 수상자 20명 중 15명 정도만 부모님과 가족이 참석하셨다. 나는 덩그러니 혼자 박수를 치며 앉아 있었다. 그 순간 부모님이 더 많이 그리웠다. 축하해주러 오신 다른 학생들의 부모님들을 보니 특히 더 그랬다.

그런 내 마음을 어떻게 알았는지 요리 수업(Food Class) 단짝 친구인 에이미가 일일 엄마가 되어 주겠다면서 축하한다며 나를 안아줬다. 기분이 한결 나아졌다. 여기까지 오느라 정말 힘들었는데 보상을 받는 느낌도 들고 내가 오늘따라 더 대견스러웠다.

7. 우리 가족의 플로리다 여행기
(2014년·2월 21일-3월 1일)

　　추운 겨울이라 그런지 움직이는 건 정말 귀찮고 살만 푹푹 찌고 있는 요즘이다. 귀국하면 한국 고등학교에 편입해야 하는데 나 혼자 수학 바보가 될 것 같아 수학 공부에 몰입하고 있다.

　　하지만 그것도 마음대로 진도가 잘 나가지 않아 이런저런 생각에 스트레스를 엄청 받고 있던 참이었다. 그런 나에게 사막의 오아시스 같은 소식이 전해왔다. 바로 우리 가족이 지난 2월 21일부터 3월 1일까지 다녀왔던 열흘간의 휴가 계획!

　　여긴 너무 춥고 눈이 많이 와서 싫다고 항상 떠날 거라고 말씀하셨던 호스트 아빠께서 마침내 2월 21일로 날을 잡았던 것이다. 21일 학교 수업이 끝나고 저녁 6시쯤 차를 타고 출발했다.

　　물론 비행기를 타면 두 시간밖에 걸리지 않지만 우리는 이곳저곳 많이 돌아다닐 예정이라 그냥 차를 타고 가기로 결정을 내렸다. 18시간을 운전해서 갔는데 호스트 아빠는 한 숨도 안 주무시고 에

너지드링크만 연달아 마시며 운전하셨다.

나에게 미국의 더 많은 곳을 보여 주려고 앞좌석에 태우셨던 것 같은데, 나는 그런 호스트 아빠의 마음도 모르고 옆에 앉아 18시간 동안 먹는 시간 말고는 잠만 쿨쿨 잤다. 지금 생각해 보니 너무 미안하고 부끄럽지만 그동안 나도 모르는 사이에 학교생활로 많이 지쳤었나 보다.

'선샤인 스테이트'의 반전과 게이터랜드

플로리다에 들어서자마자 '선샤인 스테이트(Sunshine State)' 팻말이 보였다. 그래, 햇빛이 비치는 주……이지. 그런데 왜 우리가 갔던 10일 내내 비만 오고 '선샤인(Sunshine)'은 잘 못 느꼈던 걸까. 가는 날이 장날인가. 어쨌든 플로리다에 입성하니 기분은 새로웠다!

원래 플로리다에 도착한 첫날은 그냥 호텔에 들어가서 쉬려고 했는데 체크 인(Check In)이 오후 5시라고 해서 근처에 있는 게이터랜드(Gatorland)에 갔다. 악어랜드……, 악어가 진짜 깜짝 놀랄 만큼 많았다. 한 몇 천 마리는 됐을 정도! 플로리다는 더웠지만 우리는 델라웨어에서 막 도착했기 때문에 긴 팔 차림이라 더 더웠다.

게이터랜드에 들어가서 악어들을 좀 구경한 뒤 돈을 주고 사진도 찍었다. 목에 뱀을 감은 채 동생과 악어를 들고 포즈를 취했다. 악어는 입을 묶어 놓았기 때문에 안전했다. 악어를 만진 느낌은, 음…… 뭐랄까, 일단 차가웠다. 그게 다인 듯하다. 뱀은 약간 따뜻했던 것 같고 뱀이 움직일 때마다 소름이 돋는다고 해야 하나, 하여튼 느낌이 좀 이상했다.

그런데 한편으론 악어와 뱀들이 불쌍하다는 생각도 들었다. 온종일 작은 통에 들어갔다 나왔다, 사람들과 잠시 사진을 찍고는 다

미국 교환학생, 알고 보니 쉽네!

시 좁은 통 안으로 들어가고……. 또 진짜 큰 거북이도 있었는데 냄새는 좀 났지만 무척 귀여웠다. 거북이는 말 그대로 진짜 느렸다.

이렇게 첫날은 이곳만 갔다가 호텔로 돌아와 호텔수영장에서 밤새도록 수영을 했다. 그리곤 방에 들어와 씻고 잠을 청하며 침대에 누우니 한국의 부모님 얼굴이 떠올랐다. 이런 행복한 시간을 사랑하는 엄마, 아빠와 함께 보낼 수 없어 유난히 더 부모님이 그리웠던 밤이었다.

디즈니월드로 고고 씽!

2월 23일 일요일 아침, 플로리다 여행의 두 번째 날이 밝았다. 이날에는 원래 디즈니월드에 가기로 했는데 일요일이라 무척 혼잡할 것 같아 다음날 가기로 했다. 대신 이날은 호텔 풀(Pool)에서 수영하고 밤에는 호텔에서 2분 정도 떨어진 올드 타운(Old Town)과 펀스팟(Funspot)에 갔다. 작은 놀이공원이었는데 세계에서 가장 크고 높은 '스카이 코스터'가 있었다. 정말 그렇게 높은 놀이기구는 처음 본 것 같다. '저걸 설마 내가 타겠어……'라고 말했는데, 맞다! 결국 타고야 말았다.

호스트 아빠와 아홉 살인 줄리어스와 나, 이렇게 셋이서 타는데 정말 죽을 뻔 했다. 몇 백 미터를 쭉 올라가서 한 명이 허리 옆에 있는 줄을 당겨야 낙하하는데 다들 나보고 줄을 당기라고 한다.

　마음속으로 '저 이런 거 못한다고요!'하고 외쳤지만 그래도 별 수 있나…… 모두가 보고 있는데 무서워서 못하겠다는 말도 못한 채 결국 내가 하기로 하고 꼭대기까지 올라갔다 정말 너무 무서워서 금방이라도 울 것 같았다. 그런데 줄을 당기란다. 한 번 당겼는데 실패, 두 번째 당기는데 빠른 속도로 낙하하기 시작했다. 정말 짜릿짜릿했던 4초였다.

　딱 4초가 지나니 별로 무섭지도 않고 플로리다 풍경들이 내 눈을 사로잡았다. 하늘을 나는 기분, 정말 최고였다. 만일 무서워서 타지 않았더라면 정말 두고두고 후회했겠지! 아직도 그때를 생각하면 심장이 두근두근거린다.

　그리고 다음날! 드디어 플로리다에서의 세 번째 날이 되었다. 디즈니 월드(Disny World)에서 가장 크고 유명한 매직 킹덤(Magic Kingdom)을 다녀왔다. 항상 디즈니 영화를 보면 맨 처음에 나오는

　　　　　　　미국 교환학생, 알고 보니 쉽네!

성이 있는 바로 그곳이다.

아침 9시쯤에 입장권을 사서 들어갔다. 먼저 주차장에서 내려 작은 기차 같은 걸 타고 표를 사는 곳에 도착해서 입장권을 산 다음에 배를 타고 매직 킹덤으로 들어갔다. 'Where dreams come true……' 처음 딱 보이는 이 문구처럼 정말 꿈이 실현되는 세계로 들어가는 기분이었다. 그런데 배를 타고 들어가니 거기서도 가방 검사! 아마 911테러가 있고 나서부터 미국에서는 어딜 가더라도 다 가방 검사를 하는 것 같았다. 월요일이었지만 그래도 유명한 곳 이라 그런지 사람들이 바글바글 정말 많았다. 하지만 일요일이나

토요일보단 훨씬 낫겠지.

　내 눈앞에 드디어 디즈니 입구가 보였다. 정말 내가 여길 올 거라곤 상상도 못했는데 이게 꿈인가 생시인가 했다. 마치 어린애처럼 마냥 신이 났다. 이젠 어린애도 아닌데 이토록 들뜰 수 있다니 정말 마법의 왕국인가 보다!

　사실 남들은 디즈니월드에 한 번 가면 기본 4일 정도는 있는데 우리는 그냥 당일치기였다. 하루에 한 사람이 들어가는 데만 거의 10만원이 넘었는데 우리의 플로리다 여행은 디즈니월드만이 목적이 아니라서 하루 동안만 여기저기 다 돌아다녔다. 좀 피곤하긴 했지만 그래도 할 건 다 하고 즐긴 건 다 즐기고 탈 건 다 타보고 볼 것도 다 본 셈이다. 이 정도면 나쁘지 않은 듯하다. 그래서 우리는 하루에 디즈니월드의 4개 테마파크, 즉 에프코트 센터(Epoct Center), 매직 킹덤(Magic Kingdom), 할리우드 스튜디오(Hollywood Studio), 애니멀 킹덤(Animal Kingdom)에 다 갈 수 있는 티켓을 샀는데 입장하는 데만 600달러(우리 돈으로 약 62만 원) 넘게 썼다.

　매직 킹덤 다음으로 애니멀 킹덤에 갔다. 매직 킹덤에서 애니멀 킹덤까지는 디즈니월드 버스를 타고 한 10분 정도 이동해야 했다. 그리고 다시 매직 킹덤에서처럼 가방 검사를 하고 나서 지문을 찍고 들어갔다. 이곳에서는 대표적 볼거리가 사파리다! 사람들이 적어 다행히 줄을 서지 않고 바로 들어갈 수 있었다.

　그 다음엔 에프코터 센터. 여기선 무슨 과학 기술 같은 걸 다 보여주는 느린 롤러코스터를 탔는데, 기계로 만든 인형들이 다들 움직이고 말하는 것을 보니 정말 신기하고 재미있었다. 또 그 앞에

있는 분수대도 멋있었다. 노래에 맞춰 춤추는 분수대가 정말 예쁘고 화려했다. 호스트 엄마한테 "저 분수대를 그대로 떼어서 우리 집 앞에 두고 싶어요"라고 말했더니 막 웃으셨다.

우리는 유명한 차를 디자인해서 레이싱 하는 곳도 갔는데 이건 줄이 좀 길어서 40분 정도 기다렸던 것 같다. 차를 직접 디자인하고, 색, 바퀴 등 사소한 것 하나하나까지도 모두 디자인하는 놀이를 해볼 수 있었다. 디즈니월드에서 진짜 재밌었던 것들 중 하나이다. 게다가 우리가 디자인한 차들은 시속 60마일로 엄청 빨리 달렸다.

이날 한 가지 아쉬웠던 것은 디즈니월드까지 와서 퍼레이드를 못 본 것이다. 전부터 무척 보고 싶었는데 안타까웠지만 매직 킹덤에 다시 들어가려면 배를 타고 가야 하는데 너무 시간이 늦어서 배가 없었다. 멀리서나마 마지막으로 디즈니 성의 야경을 찍으며 아쉬움을 달랬다.

모노레일을 타고 돌아오는 길에 기념품 가게에서 선물을 잔뜩 산 뒤 호텔에 도착해 보니 벌써 밤 11시가 다 되어 가고 있었다. 오자마자 너무 피곤해서 침대에 쓰러지다시피 뻗어버렸다. 오늘 하루는 정말 쇼킹 그 자체였다. 세상에, 내가 그동안 텔레비전에서만 보던 디즈니월드에 실제로 와보다니……! 아직도 믿어지지가 않는다. 진짜 꿈같은 하루였다.

헬리콥터 투어와
해리포터 마을

디즈니월드를 다녀온 다음 날! 아침부터 오후 3시까지 6시간 동안 동생과 미친 듯이 수영을 한 뒤, 4시쯤 헬리콥터 투어를 하러 가기로 했다. 올랜도(Orlando)에 있는 씨월드, 다운타운, 디즈니, 유니버설 등등 도시 전체를 한 바퀴 도는 건데 우리는 한 사람당 100달러짜리를 선택해서 20분 정도 헬리콥터 투어를 했다. 우리가 탈 헬리콥터는 아담하긴 하지만 그래도 귀여웠다.

미국 교환학생, 알고 보니 쉽네!

　내가 앞에 앉기로 했는데 갑자기 줄리어스가 앞에 앉고 싶다고 해서 결국 누나인 내가 양보했다. 헬리콥터 조종사님도 잘생기고 친절하셨다. 또 조종도 잘하셔서 정말 멋졌다! 헬리콥터는 처음 타 봤던 거라 신기했지만, 밖을 보면 아찔하기도 했다.

　플로리다에서의 다섯 번째 날, 우리는 유니버설 스튜디오 (Universal Studio)에 갔다. 호스트 엄마는 놀이 기구를 안 좋아하셔서 그냥 호텔에서 쉬셨고 호스트 아빠, 동생, 그리고 나만 갔다. 호텔에서는 10분 정도 떨어져 있었다. 이날 다행히 사람들이 별로 없어서 원래는 줄을 길게 서야 탈 수 있는 놀이 기구들도 모두 다 3분 만에 탈 수 있었다. 계속 이렇게 빨리 탈 수 있을 줄 알았더니 5분마다 소나기……, 결국 우비를 사 입고 다니긴 했지만 별로 놀지도 못하고 돌아온 것 같아 무척 아쉽다.

　제일 기억에 남는 건 바로 해리포터 마을! 원래 나는 해리포터를 좋아하기도 했지만 4D가 정말 신기했다. 한바탕 비가 쏟아진 후

라 그런지 더욱 진짜 해리포터 마을 같아 보였다. 해리포터를 마법
학교에 데려다준 기차도 보았다. 해리포터 마을은 모든 직원들이
다 마법학교 분장을 하고 있어서 기념사진도 함께 찍었다. 해리포
터에서 유명한 젤리! 코딱지 맛, 잔디 맛, 토 맛……, 등등 해리포터
1편에 나오는 젤리들. 한국에서는 팔지 않고 구하기 힘들다길래 친
구들 하나씩 먹여주려고 사는 것도 잊지 않았다.

　해리포터 마을까지 다 구경하고 나자 이때부턴 진짜 비가 계속
주룩주룩 내렸다. 그래서 우리는 내부 시설로 이동했다. 공룡 알 엑
스레이(X-ray)도 있었는데 공룡 알을 선택해서 엑스레이를 통해 보
면 아기 공룡 형체가 보이고 진짜 움직이는 것까지 보인다. 마치 공
룡이 태어나려는 것처럼 보여서 묘한 느낌이 났다. 공룡 설명도 잘

　　　　　　　미국 교환학생, 알고 보니 쉽네!

듣고 나서 유니버설에서의 하루를 끝마쳤다. 비록 비는 쫄딱 맞고 호텔로 돌아왔지만 오늘도 역시 새로운 추억이 가득한 하루였다.

이렇게 우리 가족의 플로리다 여행은 성공적으로 끝이 났다. 살면서 해보지 못한 것들을 많이 경험하고 볼 수 있어서 정말 좋았다. 만약 다음을 기약할 수 있다면, 다음번에는 나의 한국가족과 이곳에 다시 와보고 싶다.

8. 돈 주고도 살 수 없었던 미국에서의 경험

테니스 팀에 들어가다 : 2014년 3월 10일

플로리다에서 돌아오자마자 눈코 뜰 사이도 없이 이번엔 테니스다. 작년부터 쭉 "교환학생으로 가면 학교에서 운동 하나 정도 하는 게 도움이 많이 된다"는 말을 많이 듣기도 들었고, 운동도 무척이나 좋아해서 꼭 어느 팀이든 운동팀에는 들어야지, 라는 생각을 늘 하고 있었다. 그러던 참에, 봄에 하는 운동 가운데 유독 테니스가 나를 사로잡았다.

사실 테니스 라켓을 잡는 방법, 테니스 치는 방법 같은 건 하나도 모른 채 테니스부에 지원을 했다. 친구들 말을 들어 보니 테니스 팀은 그나마 경쟁률이 약하다고 해서 안심하고 있었는데 '헐……!', 지원서를 넣은 친구들은 25명 정도, 테니스 팀 정원은

13명. 말 그대로 대박이다.

결국 코치선생님들께서 테스트를 해서 12명을 자르기로 결정하셨다. 테니스의 기본도 모르는 내가 과연 붙을 수 있을까, 걱정을 하며 배드민턴을 치듯이 공을 저 멀리 날려버렸다.

당연히 떨어졌겠지 생각했는데, 붙었다……! 그것도 13명 중 13등으로. 떨어뜨리려다가 힘이 좋아서 붙여 줬다는 코치님 말씀. "I'll do my best. Thank you!(최선을 다할게요. 감사합니다!)"라고 90도 인사를 하면서 싱글벙글 웃으며 친구들에게 달려갔다. 친한 친구인 스카이와 베스트니도 같이 붙어서 정말 좋았다!

테니스부에 들어가기 위해선 일단 학교 옆의 병원에 가서 건강검진을 받아야 했다. 그리고 마침내 조금은 마음에 안 드는 우리 학교 유니폼도 받았다. 또 다음 주면 일주일에 두 번씩 꼬박꼬박 다른 학교와 게임이 있을 예정이다. 아직 잘하지는 못하지만 그래도 매일매일 열심히 연습해서 실력을 키워 나가야겠다.

지아 언니와 함께한 동부 여행 :
2014년 4월 9-15일

지아 언니가 9일부터 15일까지 우리 집에 놀러왔다. 둘 다 교환
학생의 초기에는 호스트 가족과의 문제 등으로 힘들어서 의지를
많이 했는데, 지금은 그 누구보다 좋은 호스트 가족을 만나 잘 지
내고 있다. 사실 우린 작년부터 여행갈 계획을 세웠다. 드디어 그날
이 온 것이다!

델라웨어에 있는 뉴캐슬(New Castle) 공항까지 호스트 아빠와 함
께 지아 언니 마중을 나갔다. 목을 빼고 한참을 기다리니까 드디어
지아 언니가 보였다. 몇 달 만에 보는 거라 조금 어색하기도 했지
만 얼마 지나지 않아 밤새도록 이런저런 얘기를 하며 스트레스를
풀었다.

다음날 우리는 저렴한 메가버스를 타고 필라델피아로 떠났다.
그렇게 1시간 30분 정도를 달려 도착한 곳은 유펜(University of
Pennsylvania). 그 이름의
명성처럼 정말 아름다
웠다. 그리고 작은 카페
에 들어가 아침을 먹고
이리저리 지하철을 옮
겨 타며 걷다 보니, 드
디어 자유의 종(Liberty
Bell) 앞에 다다랐다.

미국 교환학생, 알고 보니 쉽네!

　자유의 종은 세계에서 가장 유명한
종이며 전 세계적으로 널리 알려진 자
유의 상징이다. '자유의 종'이라는 이
름은 노예 제도로부터 해방을 얻어내
기 위해 오랫동안 노력하면서 이를 자
신들의 상징으로 삼았던 노예 폐지론
자들에게서 유래된 것이라고 한다.

　그 다음날은 내가 정말 기대하고 있
던 미국의 수도인 워싱턴 D. C. 가는
날! 새벽부터 호스트 아빠가 버스 타는
곳까지 태워주셔서 편하게 갈 수 있었
다. 그렇게 워싱턴 D. C.에 도착한 뒤
제일 먼저 링컨기념관에 갔다. 워싱턴에 있는 거의 모든 박물관들
과 미술관들은 무료라서 정말 좋았다.

　그렇게 링컨 기념관을 다 둘러본 뒤 시원한 산책로를 따라 워싱

턴 기념비가 있는 곳까지 걸어가면서 사진도 찍고 미국의 자유를 느꼈다. 가다 보니 시원한 분수대가 기다리고 있었고, 걷느라 지칠 대로 지쳐버린 우리는 주저앉아 버렸다. 그리고 몇 분이 흘렀을까…… 정신을 차리고 지나 온 길을 다시 걸어가 백악관(The White House)도 보고 국회의사당도 보았다.

그렇게 걷던 중 '스미스소니언 국립 자연사 박물관(Smithsonian's National Museum of Natural History)'에 들러 잠시 구경을 하고 그 다음엔 '스미스소니언 국립 항공우주 박물관(Smithsonian's National National Air and Space Museum)'에 들렀다. 이 박물관은 항공 우주 기술의 발달사를 주제로 전시하고 있으며 해마다 1천만 명의 방문객이 다녀간단다. 특히 라이트 형제가 만든 세계 최초의 동력 비행기 '플라이어호'와 린드버그가 최초로 대서양 횡단 비행에 성공한 '스피리트 오브 세인트루이스호', 세계 최초로 달 표면에 착륙한 아

미국 교환학생, 알고 보니 쉽네!

폴로 11호의 사령선 '컬럼비아' 등등 역사적 전시물이 많아서 인기
가 좋은가 보다.

그런데 우린 박물관 운영 시간도 모르고 길을 헤매느라 너무 늦
게 도착해 곧 문을 닫는다고 해서 서둘러 움직였다. 상대적으로 일
찍 문을 닫는 박물관 같은 걸 먼저 코스로 잡고 백악관이나 링컨
기념관 같은 건 좀 늦게 볼 걸 후회가 되긴 했다.

하지만 그렇게 후회할 시간도 없이 바쁘게 구경을 하고 녹초가
되어 집으로 돌아왔다. 이젠 마지막 여행지인 기대하고 기대하던
뉴욕 여행만이 남았다. 드디어 D-day! 잘 다녀오라는 호스트 아빠
의 배웅을 뒤로 한 채 우리는 뉴욕으로 떠났지만, 도착하자마자 추
운 날씨 탓에 귀한 시간을 카페에 앉아 보냈다. 그러고 나선 모마
(MOMA, The Museum of Modern Art)로 가서 많은 작가들이 남긴 아
름다운 작품들을 감상했다.

　미국 최초의 성조기 그림부터 치킨누들수프 캔, 그리고 세계적으로 유명한 고흐의 '별이 빛나는 밤에' 등등 유명한 작품들도 다양하게 많았다. 그렇게 두 시간 정도 감상을 마치고 첼시마켓에 가서 랍스타와 젤라또를 먹었다. 그런 다음 우리가 머물 숙소로 향했다. 맨해튼에 있는 한인 숙소였는데 싸고 깔끔해서 좋았다.

　그렇게 조금 쉬고 나서 뉴욕의 아름다운 야경을 보기 위해 브룩클린 브릿지(Brooklyn Bridge)로 발걸음을 돌렸다. 처음에는 '저게 뭐야……'라며 실망했는데 다리를 건너면 건널수록 보이는 아름다운 풍경에 넋을 놓고 감상했다. 그렇게 잊지 못할 추억들을 또 한가득 가지고 숙소로 돌아왔다.

　다음날 아침이 밝자 우리는 영화 〈박물관은 살아 있다〉 촬영을 한 미국 자연사 박물관(American Museum of Natural History)에 갔다. 그런데 가자마자 실수로 카메라를 떨어뜨려 고장이 나서 정신이 없었지만 여행 첫날이 아닌 마지막 날에 이런 일이 생긴 것에 오히려 감사한 마음을 가졌다. 만약 첫날에 떨어뜨렸으면 사진을 한 장도 못 찍고 여행 내내 기분이 안 좋았을 테니 말이다.

　그렇게 많은 생물들, 공룡, 그리고 한국에 대한 전시관도 있어서 신기하고 거대한 자연사 박물관에서 많은 것을 보고 느꼈다. 그 다음에는 인기 있는 텔레비전 프로그램인 〈무한도전〉에도 나온 적이 있었던 '마담투소'(밀랍인형들을 진짜 배우들, 유명한 사람처럼 꾸며 놓은 곳)에 가서 사진도 많이 찍고 즐거운 시간을 보냈다.

　이처럼 꿈같던 여행이 끝나고 다시 집으로 돌아오자 지아 언니는 와이오밍으로 떠날 준비를 했다. 정말 친언니 같던 지아 언니가 며칠간 내 곁에 있다가 없으니 많이 허전하고 기분이 이상했다. 그래도 우린 결국 둘이서 '자유 여행'이라는 공동의 목표를 성공적으로 이루어 냈던 것이다!

　　　　　미국 교환학생, 알고 보니 쉽네!

CIEE 재단의 델라웨어 교환학생 소풍 :
2014년 4월 28일

이번 '2013-2014' 기수의 CIEE 재단의 델라웨어 교환학생들은 약 13명 정도이다. 우린 공식적인 소풍이 딱 두 번 있었는데 2013년 9월에 한 번, 2014년 4월에 한 번 있었다. 럼스 공원(Lums Park)에 가서 카약(Kayak)도 타고 재밌게 놀았다. 맛있는 음식도 많이 먹고 호스트 아빠 덕분에 짚라인(Zip Line)도 탈 수 있었다. 한국보다 더 긴 3시간 코스였다. 힘들었지만 재밌었던 경험이다.

확실히 달라진 것은 작년 9월에는 의사소통도 잘 안 되었는데 지금은 장난까지 칠 수 있다니! 그 당시 다른 교환 학생들은 영어를 자기나라 말처럼 잘하는데 난 왜 이럴까……라는 생각도 많이 들면서 좌절감도 느꼈는데 지금 난 정말 완전히 진화한 것이다.

미국 교환학생, 알고 보니 쉽네!

그땐 친구들과 대화도 제대로 못했는데 이번에 만나서 보니 내가 봐도 정말 영어 실력이 많이 발전한 것 같아 진짜 뿌듯하고 나 자신이 자랑스러웠다. 처음에 만났을 때는 서로 어색했는데 지금은 예전부터 쭉 만난 친구처럼 친하게 지낸다. 이제 서로 자기 나라로 갈 시간을 앞두고 있지만 세계 각국으로 흩어지더라도 앞으로 쭉 친구들과 연락하면서 잘 지낼 것이다. 또 기회가 된다면 다음에는 이 친구들이 살고 있는 나라들을 여행해 보고 싶다.

뉴어크 고등학교 테니스부 마지막 파티 있던 날 : 2014년 5월 31일

오늘은 우리 테니스 팀의 쫑파티가 있었다. 3개월간 정말 가족처럼 잘 지냈던 지라 이제 오늘이 끝이라는 게 너무 슬펐다. 우리는 지난 석 달 동안 총 14번의 게임을 해 '12승 2패'라는 어마어

마한 성적을 냈고, 그렇게 2014년 뉴어크 고등학교(Newark High School) 테니스 팀은 끝이 났다.

팀의 지난 성과를 자축하기 위해서 우리 팀의 캡틴인 '아이셔'의 집에서 쫑파티 셈인 연회(Banquet)가 있었다. 다들 메인 음식을 하나씩 가져왔는데 나는 내가 직접 만든 프레첼과 또 다른 요리를 준비했다. 다들 정말 맛있게 먹어줘서 고마웠다. 그렇게 먹고 떠들며 기념사진을 찍은 뒤 상장 수여식과 선물 교환식이 있었다.

우리는 코치님께 감사한 마음으로 컵과 큰 테니스공에 우리 이름과 소감 한 줄씩을 적은 뒤 드렸다. 별것 아닌 선물인데도 코치님은 감격을 하시곤 눈물을 흘리실 정도로 기뻐하셨다. 그리고 뒤

이어 캡틴이 작은 테니스공 열쇠고리를 돌렸다. 앙증맞게 작고 귀여운 모양이라 테니스 팀에 대한 추억으로 평생 잘 간직할 수 있을 것 같았다.

그렇게 우리끼리의 향연을 마친 뒤 집으로 돌아가는데 너무 허전하기도 했다. 이제 끝이라니…… 많이 보고 싶을 것 같았다. 돌이켜 보면 비록 3개월이었지만 훌륭한 코치님들, 좋은 친구들과 이 따뜻한 테니스부에서 팀원으로 활동했던 건 정말 행운이었다.

올해의 학생 상을 받다! : 2014년 6월 7일

2014년 6월 7일, 1년 동안 열심히 공부한 대가로 상을 받았다. 중간 중간에 상을 2개 받았던지라 그것들에 만족하고 '올해의 학생 상(Student of Year)'은 아예 상상도 안 하고 있었다. 그런데 막상 상을 받게 되니 행복하고 꿈만 같았다. 일 년간 받은 모든 스트레스를 날려주는 듯한 특별한 상이었다. 이렇게 나의 고생을 알아주는구나 생각하니 고맙기도 했다.

호스트 가족들도 축하해 주러 오셔서 사진도 찍어 주셨다. 한국 부모님의 빈자리가 컸지만 그래도 그 자리를 호스트 가족이 대신해주시니 감사한 마음뿐이었다. 시상식을 마치고 내가 가장 좋아하는 프렌드리즈(Friendly's)에 가서 저녁을 먹었다.

그러고 보니 오늘은 학교의 모든 정규 수업이 끝나는 날이기도

했다. 처음 학교에 들어섰을 때 그 떨림은 지금 어디에서도 찾아볼
수 없다. 이제야 비로소 나는 미국 학생이 된듯한데 이렇게 적응이
다 되니까 떠나갈 시간이구나. 작년 9월에 그토록 원했던 1년의 미
국 교환학생 생활도 다 끝이 났다. 막상 끝이 나니 마냥 아쉽고 더
잘할 수 있었을 텐데 하는 후회도 많이 든다. 후회는 아무리 빨라
도 늦다고 했으니 더 이상의 후회는 하지 말고 열심히 공부해서 마
지막까지 좋은 성적을 내자!

미국 교환학생, 알고 보니 쉽네!

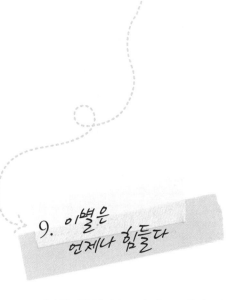

9. 이별은 언제나 힘들다

나를 위한 서프라이즈 이별 파티 : 2014년 6월 15일

미국에서 떠날 날을 일주일 정도 남겨둔 날, 호스트 가족이 파티를 열어 주셨다. 원래 이건 '깜짝 파티'였는데 동생 줄리어스가

파티 전날에 눈치를 채고는 내게 알려줬지만 난 모른 척을 하고 있었다. 그렇게 다음날이 되자 친구들부터 시작해 미국에서 만난 60명 정도의 사람들이 와 있었다. 파티를 위해 준비된 워터슬라이드, 스노우 콘(Snow Corn) 그리고 정말 근사했던 케이크는 감동적이었다. 파티가 끝나고 밤이 되니 정말 이별이 점점 실감이 나는 듯 했다.

그런 나의 마음을 알았던 것일까. 호스트 아빠가 내 곁으로 다가와 잠시 이야기를 하자고 했다. 반딧불이가 수놓은 예쁜 밤하늘을 보며 이런저런 이야기들을 했다. 먼 땅, 낯선 곳에서 열린 나의 이별 파티, 오늘따라 미국에서 만난 이 사람들과 하나가 된 듯한 느낌이 들었다. 햇빛에 새까맣게 타버린 피부 하며 작년과 달라진 내 모습을 보며 생각이 참 많아졌다. 이날은 그렇게 끝이 났다. 그리고 이별의 날은 하루하루 다가오고 있었다.

미국 교환학생, 알고 보니 쉽네!

가족들과 간 마지막 여행 그리고 가족 사진 :
2014년 6월 16일

미국을 떠나기 일주일 전의 일요일, 영원히 오지 않을 것 같았던 마지막 주가 되었다. 10개월간의 추억을 하나, 둘씩 작은 캐리어 두 개에 담고 있던 중, 호스트 아빠가 마지막으로 여행을 가자고 제안하셨다. 나는 망설임 없이 "콜!"을 외쳤다.

그 자리에서 바로 떠난 메릴랜드 주의 오션 시티(Ocean City of Maryland). 분명 바닷가이긴 한데 그 앞에 놀이 기구들과 많은 가게들이 있었다. 정말 신기해 눈이 핑핑 돌아가던 중 호스트 아빠가 가족 사진을 찍자고 제안하셨다. 그 말에 "슬프게 무슨 가족 사진을 찍어요……"라고 말했지만 나도 가족 사진 하나는 마지막으로

남겨야 한다고 생각했다. 그 때문인지 말과는 달리 이미 사진관에 따라 들어가고 있었다.

사진관에서 이상한 옛날 미국 옷 같은 것들을 입고, 맥주병을 들고 총을 든 채 미국 서부 개척시대 스타일로 사진을 찍었다. 어색하긴 했지만 그래도 나보고 나름 잘 어울린다며 큰소리로 웃던 호스트 아빠, 그리고 깔깔대며 따라 웃는 철부지 동생 줄리어스…….
이런 소소한 즐거움을 며칠 뒤면 함께하지 못한다는 것이 나를 슬프게 했다.

사진을 성공적으로 찍은 후에 똑같은 사진 액자를 두 개 만들었다. 하나는 한국으로 보낼 것이고, 또 하나는 미국 집에 걸어놓을 액자였다. 각자 가족 사진을 잘 걸어놓고 보고 싶을 때 보기로 했다.

이렇게 마지막으로 가족 사진을 찍고 나서는 놀이공원에서 좀 놀다가 수영도 했다. 호스트 아빠가 나보고 꼭 생쥐가 물에 빠진 것 같다고 하셨다. 마음속에 평생 담고 지닐 또 하나의 소중한 추억이 그렇게 쌓여 가고 있었다.

이젠 정말 짐을 싸야 하는데 영 속도가 나지 않는 짐 싸기. 이곳을 떠나면 더 이상 영어를 쓰는 것 때문에 스트레스를 받을 일도 없을 것이다. 또 미국 가족만큼 소중한 한국 가족들도 다시 볼 수 있을 텐데 내 마음이 왜 이렇게 허전한지…….

미국에 처음 도착해 낯선 곳에서 짐을 풀며 나 스스로 다짐했던 말, "이 짐들을 다시 쌀 때까지 포기하지 말고 잘 지내자." 나의 이 다짐을 지킨 것 같아 한편으론 뿌듯하다. 지난 일 년 여간의 내 흔

미국 교환학생, 알고 보니 쉽네!

적들이기도 한 짐들을 하나하나 다시 담으며 미국을 떠날 마지막
준비를 마쳤다.

미국 태권도 도장에서의 마지막 수련 : 2014년 6월 18일

한국 태권도 도장을 8년 동안 다녔던 나에게 처음으로 다른 태
권도 환경, 어색함 투성이였던 미국 태권도 도장에서 많은 인연들
을 만났고, 그 '태권도'를 통해 나 '김유진'을 더 많이 보여줄 수 있
었다.

나는 영어와 미국의 문화를 배우며, 또 미국인들은 한국어와 한
국의 태권도에 대해 조금 더 알게 되었을 서로에게 아주 특별했던
10개월.

그렇게 10개월의 미국 생활을 건강히 마치고 떠나기 하루 전
날, 첫날과는 다른 긴장된 마음을 안고 태권도장으로 갔다. 이날은
30분 정도 수련한 뒤 관장님이 준비하신 나를 위한 이별 파티가 기
다리고 있었다. 고마워서 눈물이 나려는 걸 일부러 꾹꾹 참았다. 내
미국생활을 훨씬 더 재밌게 해준 한국 태권도와는 또 다른 느낌의
미국 태권도.

이제 끝이라니 아쉽기도 하고 개구쟁이 동생들이 보고 싶을 것
같고 관장님도 그리울 것 같다. 특히 관장님이 한국에서 입양한 딸
앨리(Ally)도 무척 보고 싶을 것 같았다. 선물들도 한가득 받고 마지

막 사진을 찍고 나서 태권도장을 나오는데 계속 뒤를 쳐다보게 되었다. 그만큼 아쉬움이 많이 남았다.

　내가 마지막으로 태권도장의 문을 나설 때 "감사합니다!"라고 크게 외쳐 주시던 관장님, 그 목소리를 들었을 때 또 다시 울컥했다. 이젠 진짜 이별이구나……, 라는 생각이 들면서 이때까지 받은 은혜들을 다음에 꼭 갚으리라 다짐했다. 이제 가면 언제 또 올 수 있을까. 차마 떨어지지 않는 무거운 발길을 돌렸다. 역시 이별은 언제 어디서든 항상 어렵다.

10. 교환학생을 마치고

　　2013년 9월 3일 출국하던 날, 무서움과 기대감 반반이었다. 두려움에 벌벌 떨며 부모님, 친구들에게 작별인사를 할 때까지 펑펑 울며 비행기를 탔던 내 모습과 그 공항의 냄새까지 아직 생생한데 벌써 10개월이 훌쩍 흘렀다니! 이제 교환학생 생활을 무사히 마치고 포근한 우리 집의 내 방에 앉아 있다.

　　처음 미국에 도착했을 때 모든 것이 막막하고 적응이 안 돼 당장 돌아가고 싶을 만큼 힘들었던 순간이 있었다. 그때 피부색도 다르고 말도 잘 못하는 나에게 손을 내밀어준 정말 좋은 사람들을 보면서 많은 걸 배우고 느꼈다.

　　돌이켜 생각해 보면 10개월 여 전 거제도 이 시골에서 아무것도 모르면서 미국을 가겠다고 설치는 내 모습이 부모님이나 내 친구들에게 얼마나 철이 없게 보였을까. 하지만 끝까지 보내 달라고 고집을 부렸던 내가 오늘만큼은 자랑스럽다. 언어도, 집도, 음식도,

　　　　　미국 교환학생, 알고 보니 쉽네!

모든 게 낯설어 힘들었지만 그걸 이겨내고 나니까 내 마음의 키가 한 뼘, 두 뼘 더 자라지 않았을까? 많이 부족했던 나를 따뜻하게 감싸 안아준 우리 호스트 가족과 이웃들 그리고 친구들 덕에 지금의 내가 있는 게 아닐까.

내 사랑스런 딸아
언제나 기억하렴

그렇게 길고도 한편으론 짧았던 10개월이 후딱 가버리고 2014년 6월 19일, 드디어 귀국하던 그날의 마지막 풍경이 문득 떠오른다. 18세 미만이라 비행기를 타는 곳까지 호스트와 같이 갈 수 있다는 행복도 잠시, 비행기 2시간 연착에 금방이라도 폭풍우가 올 것 같은 날씨에 정신이 하나도 없어졌다. 호스트 아빠와 동생과 함께하는 이별의 시간도 많이 못 보내고 겨우겨우 그렇게 비행기에 올라타는데, 호스트 아빠가 울며 하시는 말.

"내 사랑스런 딸아, 언제나 기억하렴. 너는 나의 한국 딸이고, 나는 너의 미국 아버지라는 걸. 우리는 항상 여기서 널 기다리고 있을게. 한국에 조심히 잘 가고 곧 다시 만나자!(Sweet heart always remember that you are my korean daughter and I'm your American Dad. Here is your second home and we will be always here for you. Have a safe travel. See you again!)."

그 말을 듣고 있으려니 정말 너무 슬퍼져서 순간 울음이 터져버

렸다. 겨우 눈물을 그치고 비행기에 앉아 있는데 아홉 살배기 내 동생 줄리어스에게서 전화가 왔다. 폰 너머로 가지 말고 돌아오라며 너무 슬프게 끅끅 우는 목소리가 들려왔다. 평소처럼 장난기 섞인 음성이 아니라 애절한 울음이 섞인 목소리를 들으니 가슴이 무너져 내릴 것만 같았다.

조금 더 예뻐해 줄 걸, 하나라도 더 챙겨줄 걸, 시끄럽다고 짜증내지 말 걸……. 오만 가지 생각과 후회에 나도 또 울음이 터져 버릴까봐 비행기가 출발한다며 간신히 전화를 끊었다. 이후 시카고 공항에 내리자마자 도착한 문자 10통, 줄리어스와 호스트 아빠의 사랑한다는 마지막 인사말에 다시 힘을 내면서 정신을 차렸다. 그리곤 남은 24시간의 비행을 마치고 한국에 도착했다.

1년 만에 만난 한국의 가족들과 너무 커버린 조카를 보니 또 터진 울음……. 호스트 아빠에게 잘 도착했다는 전화를 한 뒤 한국 가족들과 시간을 보내고 있다. 지금도 항상 내가 없어 집이 허전하

미국 교환학생, 알고 보니 쉽네!

다는 우리 호스트 가족들, 특히 내가 너무 보고 싶다는 내 동생 줄리어스, 다들 빨리 다시 만날 수 있었으면 좋겠다.

나만의 스토리를
만들어내다

이렇게 내 파란만장한 1년은 끝이 났다. 이제 혹시 주위에 미국 교환학생을 가고 싶어하는 친구나 동생, 언니, 오빠들이 있다면 자신 있게 얘기해 줄 수 있을 것 같다. 꼭 다녀오라고! 정말 평범한 대한민국의 학생이었던 나도 이렇게 무사히 마치고 돌아왔으니 정말 누구든지 도전하면 모두 다 성공할 수 있을 것이다.

너무 부모에게만 의존하지 말고 자기의 주관대로 똑똑하게 자신의 인생을 개척해 나가라고 말해주고 싶다. 자신의 인생은 오직 자신의 것이니까 말이다.

난 약 1년 여의 교환학생 프로그램을 마치고 국내 고등학교로 복학을 선택했다. 이제 2학기가 시작되면 여느 친구들과 똑같이 평범한 고등학생 1학년으로 돌아갈 것이다. 다시 또 친구들과 함께 '야자'를 하고 시험공부를 하겠지. 하지만 이제는 예전과 다른 마음으로 공부에 집중할 수 있을 것 같다. 예전에는 시험을 위한 벼락치기 공부를 했다면 이제는 나의 미래를 위한 공부를 할 것이다.

내 꿈을 위해서 열심히 달려 나가 꼭 대한민국을 안전하게 지키는 '경찰'이 될 것이다. 미국도 혼자 다녀왔는데 이제 못할 일이 뭐가 있으리. 이런 행복하고 가슴이 따뜻한 기억들을 많이 만들어준 미국과 미국 사람들에게, 또 호스트 가족에게, 친구들에게, 그리고 사랑하는 나의 부모님께 정말 감사한 마음을 다시 한번 전하고 싶다.

이렇게나 많은 사람들의 희생과 수고 덕분에 나에겐 이제 평생 잊을 수 없고 남들과는 다른 '나만의 스토리'가 하나 생긴 셈이다. 다같이 모두 자기만의 삶의 이야기를 찾아 떠나자. 그건 결코 생각만큼 어려운 일이 아니다. 정말 평범했던 나 '김유진'도 이렇게 멋지게 해냈으니까 말이다!

미국 교환학생, 알고 보니 쉽네!

Part 3

내 인생의
터닝 포인트

이소미

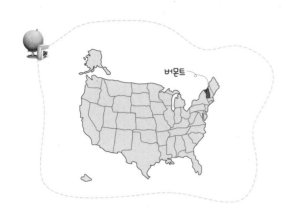

버몬트

> 나는 유별나게
> 머리가 똑똑하지 않다.
> 특별한 지혜가
> 많은 것도 아니다.
> 다만 나는
> 변화하고자 하는 마음을
> 생각으로 옮겼을 뿐이다.
>
> – 빌 게이츠

1. 버몬트에서의 1년을 회상하며

　　　　　　　대학생인 외사촌 언니의 뉴질랜드 유학 소식을 처음
으로 들은 날······. 막연히 나도 떠나고 싶다는 생각을 했다. 많이도
무료했던 중학교 생활을 보내던 나에게는 일종의 도피였을지도 모
른다. 그 생각의 시작으로 지금의 내 삶은 아주 달라져 있다.

　한국에서도 제일 남쪽 끝에 있는 작은 섬 거제도에서 삶의 목적
도 없었고 학교 성적을 조금 올려보는 게 그나마 내가 할 수 있는
최선이라고 생각하며 지냈다. 때로는 그 최선마저도 뒤로 한 채 노
는 것 좋아하는 친구들과 어울려 학생으로서 해서는 안 될 행동도
서슴지 않고 한 적도 있었다. 한편으로는 마음속으로 늘 불안함을
간직한 채 그렇게 중학교 2학년을 흘려보내며 막연히 중3을 기다
리고 있던 즈음이었다.

　유학이라는 돌파구를 이용해 그냥 이 무료한 학교를 떠난다는
것만으로도 좋아서 엄마에게 "유학 가고 싶어요!"라고 한마디 툭

던진 말에 우리 엄마는 너무도 심각하게 받아들이셨다. 내가 공부에 뜻이 있어서 결심한 걸로 아셨는지 곧 여기저기 유학원을 알아보셨다.

내 예상과는 달리 너무도 진지한 엄마의 모습에 "엄마, 나 그냥 해본 말이었어요……"라는 속마음도 털어놓지 못한 채 오히려 '이러다 진짜 가라고 하면 어떡하지', 라는 걱정까지 슬며시 들었다. 훗날 엄마가 들려주신 말씀이 내가 중학교 2학년 때 너무 많이 속을 썩여서 지난 잘못을 반성하는 줄 아셨다고 한다. 내가 이제야 철이 들어 진심으로 삶을 대하는 자세를 바꿔야겠다는 결심을 해서 유학 얘기를 꺼낸 것이라고 말이다.

어쨌든 나의 미국 교환학생의 출발은 이렇게 막연한 생각과 엄마의 오해에서부터 시작됐다. 결과적으로 자의반타의반 한국을 떠나게 된 전날, 서울에서 마지막 밤을 보내며 내 곁에서 곤히 자고 있는 엄마에게 태어나 처음으로 눈물로 시작된 편지를 썼다. 아마도 내 삶에서 가장 진솔한 순간이었을 것이다.

내일 엄마가 숙소로 돌아와서 보게 될 이 편지를 어딘가 넣어 놓았다. 그리고 그동안 내가 들어왔던 수많은 미국 체험담들을 떠올리며 걱정도 되긴 했지만 이 기회를 내 인생의 터닝 포인트로 삼는 계기로 꼭 만들어서 돌아오리라 결심을 했다.

얼떨결에 시작된
나의 교환학생 생활

드디어 미국에 도착하자 나를 맞이한 호스트 부모님은 두 분 다 70대 할아버지, 할머니셨다. 나와 너무나 나이 차이가 많이 나는 호스트 가족과 얼떨결에 시작된 미국 생활은 솔직히 마음에 들지 않았다.

왜냐하면 두 분 모두 연로하셔서 심심하고 외로울 것 같아서 내심 걱정이 많이 됐기 때문이다. 하지만 내 염려와는 달리 호스트 가족을 만나고 처음 몇 주는 진짜 이렇게 미국 생활이 좋아도 되는 걸까 하는 생각마저 들만큼 행복했다.

호스트 할아버지, 할머니는 날 정말 잘 챙겨주셨다. 먼 나라에서 미국 문화를 체험하고 공부를 하러 온 어린 학생이라 생각하셨는 지 마치 친손녀처럼 잘 이끌어주셨다. 눈물로 편지를 쓰고 떠나온 한국이 굉장히 그리울 것 같았는데, 미국에 오자마자 나는 즐겁기만 했다. 모든 게 새롭고 신기해서 들뜬 마음까지 들었다.

하지만 이런 설렘도 잠시였다. 호스트 가족과 같이 지내는 시간이 길어지면서 서로 다른 사고와 문화를 가진 걸 느꼈다. 서로 별것 아닌 일로 매일 트러블이 생기고, 내 호스트 엄마(사실 연세로 보자면 내겐 할머니)의 손녀가 온 뒤론 차별을 받는다는 걸 은근히 느꼈다. 정말 외로웠고 호스트 가족을 바꾸고 싶었다.

하지만 바꾸기 보다는 맞춰 나가는 게 맞다고 생각했다. 호스트 엄마가 원하는 게 뭔지, 내가 뭘 맞출 수 있는지, 서로 맞출 게 뭔지

생각하려고 노력했다. 그러면서 한 달, 두 달이 지나가면서 마침내 반 년 정도가 흐르자, 그 후부터는 우린 정말 잘 맞았다. 우리 가족은 드디어 화목해졌고 서로에게 만족하며 지냈다.

내 생각을 조금 바꾸자 다음에 내게 주어진 보상은 엄청났다. 나는 한국에서 승마를 한동안 배운 적이 있었는데, 미국에 와서도 호스트 가족의 손녀들과 함께 승마대회도 출전할 수 있게 해주셨다.

또 버몬트 주 오케스트라 단원이신 호스트 부모님과 함께 나는 피아노를 맡으며 연주회 준비와 오케스트라 출전도 하면서 정말 행복한 시간들을 보냈다. 미국에 와서 내 성적 역시 처음 Q1(Quarter 1, 1사분기)부터 Q4(Quarter 4, 4사분기)까지 비교해 보니, 많이 발전이 되어 있었다. 내가 목표라는 걸 세우고 그 목표에 근접해 본 적은 처음이었다.

마지막 시험은 올A가 목표였지만 아쉽게 여섯 과목 중 한 과목은 B였다. 그래서 적잖이 실망도 했지만, 성적표를 보면서 내가 이만큼이나 성장을 했다는 것에 감회가 새로웠다. 흐릿했던 나의 꿈이 서서히 그 모습을 드러내는 것 같았다. 사실 내 꿈은 법조인이

미국 교환학생, 알고 보니 쉽네!

되는 것이었다. 하지만 한국에 있을 때에는 학교생활을 너무 엉망으로 해서 내 꿈에 대해 나 자신조차도 확신을 가질 수 없었다. 이젠 검사가 되는 길에 비로소 내가 그 출발점에 서 있는 걸 느끼며, 앞으로는 그 길만을 똑바로 바라보며 걸어갈 것이다.

아, 역시 미국이구나!

지난 일 년을 되돌아보면 특히 인상 깊게 남는 건 내가 상을 받았던 순간이다. 우리 학교는 1년 동안 전체 과목을 통계를 내어 학년별로 상을 준다. 그리고 학년별로 과목당 또 통계를 내서 상을 주고 있다. 한마디로 전체로 봤을 때 전 과목 1등, 과목별 1등에게 각각 상을 준다고 선생님들이 이야기해 주셨던 적이 있다.

그런데 문제는 내가 왜 받았냐 이거지. 상을 주는 날에 전교생을 대강당으로 모이라고 했다. 난 그때 미술에 열중하고 있었고 '전 과목이든 과목별이든 1년 동안 A학점 이상 받은 우수한 학생에게만 상을 주는 시상식인데 내가 가봤자 시간만 낭비하는 거지' 하며 안 갔던 것이다.

그 다음 주가 되도록 나는 무슨 일이 일어났는지 꿈에도 몰랐다. 하루는 도서관 구석에서 내가 책을 찾고 있는데 수학선생님이 오셔서 상을 받았다고 말씀해주셨다. 그리곤 상장과 상금을 주셨다. 난 너무 당황해서 "Me······? I got that······?(제가요······? 제가 받아

요……?)"라고 되물어봤다. 그랬더니 데이먼 선생님(Mr. Damon)께서 "Yeah! You did a great job!(그래, 아주 잘했어!)"이라고 하셨다. 나는 내 수학 성적이 좋았던 건 알고 있었지만, 상까지 받게 될 줄은 몰랐다. 상이란 게 참 신기해서 받게 되니 어쩐지 어깨가 으쓱해지며 뿌듯한 기분이 들었다.

이뿐만이 아니었다. 상을 또 받은 것이다. 미술상은 미술 선생님이 미리 알려주셔서 알고 있었지만 수학과 정부는 정말 상상도 못해서 깜짝 놀랐다. 한국에 있을 때 나는 초등학교와 중학교를 다녔지만, 9년을 통틀어서 학습에 대한 걸로 상을 받아본 건 처음이었다. 막상 상이란 걸 받으니 감동 그 자체였다. 미술상은 말해주지 않아도 살짝 짐작하고 있었지만, 수학과 정부상은 정말 뜻밖이었다.

미술상에도 초상화 파트, 수채화 파트, 유화 파트 디자인 파트 등등 이렇게 파트별로 상을 주는데, 난 내 이름을 적고 그걸 디자인

해서 나를 가장 잘 나타낼 수 있는 장르를 선택해서 그렸다. '어머, 미국에 오니까 이상하게 미술도 더 잘되는 것 같아.' 속으로 이런 생각을 하면서 그렸던 기억이 난다.

보드 위에 한국 국기를 그린 이유는 그냥 미국 국기를 처음에 먼저 그렸다가 어쩐지 우리나라 국기도 함께 그려야 할 것 같은 느낌이 들어서 그냥 그려 넣었던 것이다. 그런데 미술 선생님은 내 디자인이 한국인이라는 의미를 되새기며 세계로 또는 미국으로 나가는 걸 상징하는 것 같다면서 많은 의미를 부여하시는 게 아닌가. 마구 칭찬을 해주시는 데 몸 둘 바를 몰랐다. 나는 꼭 그럴 의도는 아니었는데……. 그래도 선생님이 좋게 봐주시니 감사할 따름이었다. 칭찬은 고래도 춤추게 한다더니, 칭찬을 받으니 나도 학업에 대한 의욕이 더 솟아났다.

미술상의 상품으로는 드로잉북을 받았다. 더불어 내 그림은 몇

주 동안 학교 복도의 한 자리를 차지한 채 걸려 있었다. 나는 한국에서는 미술 시간을 제일 싫어했다. 그 이유는 한국의 학생이라면 말하지 않아도 다 알 것이다. 미술 시간에 수업하는 내용이 실기가 아니라 매번 우리 미술의 역사 등등 뭐 이런 이론 수업만 하니까 그렇다. 그에 반해 정말 여긴 천국인 것 같다. 선생님도 정말 멋지게 품평을 잘해주실뿐 아니라 미술에 대한 접근 방법도 다르셨다. '아, 역시 미국이구나!, 내가 지금 미국에 있구나……'라는 생각을 저절로 하게끔 해주는 선생님이셨다.

미국 교환학생, 알고 보니 쉽네!

2. 반전의 묘미를 주는 미국생활

　　지금 여기 미국은 저녁 8시 5분이다. 한국은 아마도 오전 10시 5분, 아침을 열고 있겠지. 가끔 미국에서 이곳 시간과 한국의 시간대를 동시에 떠올리곤 한다. 아마 한국이 그리워서이 겠지.

　어쨌든 오늘 집에서 쿠키를 만들었다. 솔직히 한국에서 나는 단 한 번도 쿠키를 구워본 적이 없다. 지난번에 호스트 엄마의 딸인 제니퍼(Jeniffer)의 집에서 한번 만들어 보고 이번이 두 번째인데, 호스트 엄마가 오늘 뜬금없이 쿠키를 만들자고 한 것이다. 알고 봤 더니 크리스마스 파티용이라고 하셨다. 나름대로 굉장히 신선한 제안이라 신기해하면서 쿠키를 다 구웠는데 호스트 엄마가 이렇게 말씀하셨다.

　"그 쿠키들, 접시에 있는 채로는 못 가져가겠지?"

　"어디 들고 갈 건데요?"라고 내가 물으니까 호스트 엄마가 "너 내

일 학교에서 파티 있다며, 그때 가져가서 다 같이 먹으렴"이라고
하신다.

"아아…… 당사자인 나도 깜빡 잊고 있었는데 쿠키까지 신경 쓰
시다니. 솔직히 우리 호스트 엄마는 잔정은 별로 없다고 느꼈는데,
그날은 날 감동시키셨다. 그리고 처음 만났을 때, 우리나라와 북한
의 관계에 대해 더 잘 알고 있는 호스트 엄마를 보면서 깜짝 놀랐
는데, 그건 시작에 불과했다. 역사, 정부 이런 주제에 대해서 토론
하는 걸 굉장히 좋아하신다.

차로 긴 시간 동안 이동할 때엔 사전을 들고 다니시면서 몰랐던
단어들을 외우는 것도 즐기신다. 처음에 호스트 가족을 배정받았
을 때 너무 연세가 많아서 걱정이 앞섰는데 괜한 염려였다. 우리나
라 할머니, 할아버지들만 생각하고 미리 고민했지만, 그 열정이나

미국 교환학생, 알고 보니 쉽네!

삶의 방식은 우리나라 젊은이들 못지않았다. 역시 겪어보지 않고 걱정만 앞서 하는 건 어리석은 행동 같다.

하아……, 나를 위한 쿠키라는 걸 알고는 뒷정리도 굉장히 열심히 했다. 호스트 엄마가 얼마 전엔 춥다고 장갑과 모자도 사주셨다. 우리 호스트 엄마를 자랑하는 건 아니지만 고지식한 면도 있는 반면에 가끔씩 비치는 세심한 배려가 나를 항상 감동시킨단 말이다. 그리고 내가 밤에 전등을 완전히 끄는 건 무섭다고 하니깐 야간등(Night light)도 마련해주셨다.

어쨌든 내일 학교에서 열리는 파티는 크게 열리는 정식 파티가 아니라 그냥 크리스마스 콘서트를 잘 끝마쳤다고 합창부끼리 모이는 것이다. 다들 파티복을 잘 차려 입을 텐데, 걱정하며 나도 나름대로 준비하려고 샀던 옷을 막상 입으려니 신경이 쓰인다. 아, 신경 안 쓸래! 내일 파티 분위기가 조용히 흘러갈지, 다들 춤을 추면서 댄스파티로 이어질지는 잘 모르겠지만 확실한 건 내가 지금 마냥 흥분해 있다는 것이다. 몹시 기대된다!

사탕으로
우정을 지키다

이 이야기를 꺼내면 한국 사람들은 다들 깜짝 놀라겠지만 내 미국친구들이 나한테 마약까지 제안했다. 처음엔 담배, 두 번째는 마리화나, 세 번째는 '대마초(Weed)'인가? 마리화나와 대마초는 같은 말이라고도 하는데, 하여튼 이거와 또 다른 게 뭐가 있었다. 그냥 내 눈엔 다 풀처럼 보이는데 그게 마약이라고 한다. 마약……, 내겐 참 생소한 단어이다.

처음에 내게 마약이라며 "냄새 좀 맡아 볼래?"라고 쑥 내미는데 순간 소름이 쫘아악 돋았다. 아니, 마약이라니! 이름만 들어도 나와는 다른 세상 같았다. 그러나 솔직히 한국에서 있었던 내 부끄러운 과거 이야기를 하자면 창피하다. 처음에 한국에서 담배는 지금 내가 생각하는 마약처럼, 나와는 다른 세상 물건 같았다. 하지만 노는 친구들과 어울리면서 하지 말라는 짓도 하고 담배를 피기 시작했다.

처음엔 무섭기도 하고 '내가 왜 이걸 하고 있지……'라는 생각이 순간순간 들었지만, 어느 샌가 아무렇지도 않게 태연히 담배를 피우고 있는 날 보면서 스스로 실망도 했다. 그렇게 나는 담배의 유혹에 빠져들고 있었다. 이미 그땐…… 그랬다. 지금은 당연히 담배를 안 하지만 아직 가끔 냄새를 맡거나, 보거나 하면 아주 많이는 아니지만 조금은 충동이 생기곤 한다.

그러나 예전과는 다르게 지금은 목표가 있기 때문에 앞으로 담배를 안 필 자신이 있다는 건 장담한다. 친구들이 담배를 그냥 준다며 "우리 같이 담배 피우러 갈까?"라고 권해도 쉽사리 거절을 할 수 있었다. 그런데 이번엔 좀 스케일이 많이 커졌다. 마약이라니! 참…… 어이가 없었다.

지난번엔 그냥 "아니, 됐어. 너희들도 하지 마!"라고만 말하다가 이번은 좀 아닌 것 같아서 "난 그런 것에 관심도 없을뿐더러, 해서도 안 되고, 너희들이 내 친구면 나한테도 그런 걸 권하지 마. 내가

그런 걸 하는 일은 절대로 일어나지 않을 거야."라고 딱 잘라 말했다. 나의 이 단호한 말투에 친구들 표정들이 썩 좋아 보이진 않았다. 그래도 말할 건 해야겠기에 아주 차갑고 확실한 어조로 내 뜻을 전해줬다.

자기 자신은 자기가 만드는 것이라는 사실을 요즘 나는 늘 가슴에 새긴다. 이제야 그 인생의 비밀을 깨달았다는 게 좀 늦었을 수도 있지만, 늦다고 생각한 때가 가장 빠르다는 말도 있지 않은가. 내게 마약을 권한 친구들 중 한 명인 데니스(Dennis)는 그 일이 있고 나서 사과를 했다. 그리고 "변함없이 우리는 친구야"라면서 마약 대신 사탕을 건네주었다. '귀여운 짜식……!', 어쨌든 이건 말로 표현할 수 없는 기분이지만, 내 원칙을 잃지 않으면서 친구까지도 잃지 않은 것은 정말 다행이다.

3. 미국의 깜짝 생일파티에 초대 받다

　　오늘은 펄낸(Fernand)의 깜짝 생일파티가 있었다. 펄낸이 누구냐고? 호스트 엄마의 사위 분이다. 나는 호스트 엄마의 딸인 제니퍼의 집에 자주 놀러가서 자고 오기도 해서 펄낸과도 많이 친한 편이다. 펄낸은 나를 볼 때마다 항상 "안녕, 말썽쟁이! (Heyy, Trouble Maker!)"라고 농담 섞인 인사를 건네며 장난도 많이 치지만 마치 아빠처럼 날 잘 챙겨주신다.

　　하여튼 오늘은 펄낸의 50번째 생일이다. 홀을 빌려서 스케일 크게 파티를 했다. 사실 나는 깜짝 생일파티를 한다기에 이렇게 상상했다. 그냥 집에서 맛있는 음식을 해놓고 불을 꺼놓은 채 주인공이 들어오면 케이크를 내밀면서 생일 축하 노래나 불러줄 줄 알았다. 그런데 홀을 빌리다니! 스케일 한번 크다. 하아, 놀랍다.

　　하여튼 파티장에 들어오자마자 깜짝 놀라서 두리번거리는 펄낸. 미국에서 자주 보는 컵케이크들이 이날 파티에도 잔뜩 놓여 있었

다. 정말 미국은 신기한 모양의 컵케이크들이 많은 나라다. 햄버거 모양의 컵케이크가 있는데 맛도 짱이다! 빵 말고는 전부 설탕 맛이지만 어쨌든 맛있었다.

호스트 엄마의 사위인
펄낸 가족

펄낸의 깜짝 생일파티에는 제시카(Jessica)와 카산드라(Cassandra), 그리고 카르멘(Carman)도 왔다. 제시와 카산드라는 펄낸의 예쁜 딸들인데 아빠 생일이라고 기대를 진짜 많이 하고 있다. 카르멘은 생일을 축하하기 위해서 캐나다에서 여기까지 4시간 동안 차를 타고 왔다. 헐! 내가 살았던 거제도에서 서울까지 4시간이었는데······.

여긴 나라와 나라 사이가 그 정도 시간밖에 안 되다니 놀랍다!

또 생일파티에는 호스트 엄마 낸시(Nancy)의 바이올린 선생님이신 피터(Peter)도 참석했다. 연세가 쉰두 살이라는데, 45년 동안 바이올린을 연주하셨다고 한다. 정말 듣던 대로 실력도 대단하셨다. 그리고 호스트 엄마의 손녀인 아만다도 파티라고 렌즈까지 끼고 왔다. 평소엔 외모 가꾸기에 관심이 별로 없지만 그래도 아빠 생일파티라서 신경을 좀 쓴 모양이다. 원래 못생긴 건 아닌데 '사진빨'은 별로 안 받는 편이다.

이날 생일파티에는 여지없이 댄스 타임이 있었다. 미국에선 파티 때 댄스타임은 기본이다. 나는 한 번도 누군가 손을 잡고 둘이서 춤을 춰본 적이 없었는데 호스트 아빠에게서 배웠다. 생각보다 어렵진 않았다.

드디어 파티의 마지막 순서인 애피타이저! 영어론 'Apetizer'라

미국 교환학생, 알고 보니 쉽네!

고 하는데, 우리나라 단어론 '전채'라고 하기도 한다. 즉 식욕을 돋우기 위해 먹는 간단한 음식이다. 주로 파티는 오후(점심 이후)부터 저녁 혹은 밤까지 하기 때문에 파티에 참석한 후 저녁을 먹기 전, 애피타이저를 먹으면서 즐기다가 때가 되면 저녁을 먹는다.

미국 생활에서
꼭 알아야 할 Bonus Tip!

여기서 Bonus Tip! 꼭 파티가 아니더라도 같은 테이블에서 다른 사람들과 밥을 먹을 때, 본인이 더 가지고 오거나, 먼저 일어나야 할 경우, "Excuse me(실례합니다)"라고 말해야 한다는 건 다 알 것이다. 미국은 동방예의지국인 우리나라보다 더 예의를 중요시하는 것 같다. 그 때문에 "Excuse me"나 "Sorry" 혹은 "Thank you"
는 필수! 항상 입에 달고 살아야 한다. 그 덕에 나도 이젠 그런 말
들이 자동으로 튀어나오는 경지에 이르렀다.

또 다른 두 번째 Bonus Tip. 미국에서는 파티를 자주 하는 편이
다. 결혼식 같은 축하할 장소에 갈 땐 반드시 격식을 갖춰서 입는
다. 특히 여자 분들은 학교에서 프롬 파티 같은 행사에 갈 땐 예쁜
드레스를 입어야 된다는 걸 들은 적이 있을 것이다. 나는 그런 격
식 있는 옷들을 입어본 적도 없을 뿐더러, 드레스 같은 옷이 없다.
또 가방은 백팩밖에 없으며, 구두도 드레스에 맞는 게 역시나 없다.

그동안 내게 맞는 신발은 운동화가 최고라고 생각했는데 오늘
펄낸의 생일파티가 내 생각을 바꾸는 계기가 되었다. 꼭 드레스는
아니더라도, 파티복장 하나 정도는 미국에 올 때 꼭 챙겨오든지, 아
니면 미국에 와서 사야 할 것 같다. 미국은 파티가 일상이니까 그
냥 챙겨두면 편할 것이다.

물론 오늘 파티에는 난 헐렁한 스웨터에다 물 빠진 청바지, 거기
에 운동화를 신고 왔는데 나 혼자 캐주얼하게 입어서 머쓱하기도
했다. 이번에 내가 절실하게 느꼈기 때문에 꼭 이 말만은 남기고
싶다. 미국에 올 때에는 여자 분들은 언제 열릴지 모를 파티를 위
해 드레스나 정장차림의 옷은 반드시 필요하다는 팁은 잊지 말자.
남자 분들 역시 정장 한 벌 정도는 가져 오면 좋을 듯.

미국 교환학생, 알고 보니 쉽네!

4. 미국에서 맞이하는 메리 크리스마스

한국에서 크리스마스 땐 선물을 받지도 못했고, 뭐 말은 달라고 했지만 딱히 관심 있는 것도 아니었다. 그저 매년 크리스마스에 맞춰서 스키장으로 놀러 갔던 것에 마냥 감사했다. 내가 교환학생을 신청할 때 미국, 특히 북쪽을 원한 이유가 학교에 따로 스노보드 팀이 있다고 해서이다. 북쪽 지방이라 날씨가 춥지만, 스노보드는 원 없이 탈 수 있을 것 같아서 자기소개서에도 보드 얘기만 잔뜩 적어놓았다. 그런데 막상 와보니 춥기만 굉장히 춥고 보드는 발목 때문에 잘 타지도 못했다. 또 호스트 부모님도 스노보드를 타는 걸 별로 안 좋아하셨다.

나도 여기 스키장에 눈사태 때문에 죽은 사람들이 많다고 해서 살짝 꺼려지기도 했다. 그래서 봄에 다른 운동을 하기로 했다. 어쨌든 우리 집은 23일부터 25일까지 크리스마스 파티를 했다. 파티하면 좋을 것만 같은데 정말 피곤해 죽는 줄 알았다. 준비하고 치우고, 또 준비하고 치우고……. 첫 번째 날엔 스캇(Scat)과 아내 분이 오셔서 1박 2일을 하고 갔다.

스캇은 진짜 음악 천재인 것 같다! 피아노로 바로바로 작곡도 하시고, 내가 피아노를 치면 바로 바이올린으로 화음까지 넣었다. CD도 벌써 몇 장 발매한 것 같다. 정말 동경의 대상이다. 또 스캇은 따로 녹음실까지 있단다! 다음에 내가 한국으로 돌아가기 전에 녹음실에서 나는 피아노를 치고, 스캇이 바이올린으로 화음을 넣어서 10곡 가량 녹음한 CD를 굽기로 약속했다. 생각만 해도 설레고 정말 행복하다!

크리스마스
선물과 팔찌

크리스마스의 둘째 날엔 호스트 엄마의 딸과 손녀들이 놀러 와서 자고 갔다. 마지막 크리스마스 날에는 호스트 엄마의 아들과 그 손자들이 와서 저녁을 같이 먹었다. 호스트 엄마의 아들은 변호사인데 다음에 공개 법정에 나를 데려가서 미국의 법정시스템이 어떤지 보여준다고 했다. 왜냐하면 내 꿈이 검사라는 걸 알기 때문이다. 정말 기대된다!

크리스마스라 거실에는 그림엽서에나 나올법한 예쁜 크리스마스트리가 세워졌다. 뿐만 아니라 내 생애 이렇게 많은 크리스마스 선물을 받은 적도 처음이다. 호스트 엄마가 주신 선물은 무려

500달러짜리다! 원래 선물 가격은 미국에서도 말을 안 해주는 거라는데 내가 워낙에 뭘 잘 잃어버려서 호스트 엄마가 내린 특단의 조치라고 한다.

원래 판도라 팔찌는 추억을 간직하고 싶을 때 그 추억과 관련이 있는 그림이 그려진 동그란 큐빅을 사서 하나씩 끼는 것이다. 나는 큐빅 3개를 끼운 팔찌를 선물 받았는데 세계지도, 눈꽃, 해와 달의 그림들이다.

먼저 세계지도! 나는 아시아에 있는 한국에서 왔고 여긴 아메리카 대륙의 미국이다. 그런 의미로 세계지도를 넣었고, 두 번째 눈꽃은 내가 사는 버몬트(Vermont) 주를 상징하는 마크란다. 마지막 해와 달은, 여기가 밤일 때 한국은 낮이고, 한국이 밤일 땐 여기가 낮이므로 이 그림을 넣었다고 한다.

이런 의미 있는 선물을 크리스마스에 받게 되어 정말 감사드린다. 영원히 간직해야지. 호스트 엄마가 번역기를 써서 한국에 있는 우리 엄마한테 편지를 썼는데, 차라리 그 번역기에 넣기 전에 영어로 된 편지가 이해하기 더 쉬웠다. 엄마가 그 편지를 읽는 데 시간이 좀 걸릴 것 같다.

크리스마스
Bonus Tip!

돌아보면 그동안 미국에서 재미있는 일뿐만 아니라, 호스트 가

족과의 갈등도 있었다. 때로는 가끔씩 호스트 엄마를 바꾸고 싶단 생각도 들었는데, 시간이 지나면서 이런저런 추억이 생기니까 떠나기 싫어진다. 이런 게 정인 걸까. 어쨌든 여기서 Bonus Tip 또한 가지!

미국 가정은 크리스마스 때 다 집안에 크리스마스 나무가 있다. 혹시 크리스마스 전에 호스트 부모님의 지인으로부터 선물을 받거나, 한국에서 부모님이 포장지로 포장해 놓은 상태로 선물을 보냈을 경우 바로 열어 보면 안 된다. 선물이 뭔지 몹시 궁금하겠지만 크리스마스 나무 밑에 그 선물을 놓아두어야 한다.

크리스마스 선물은 그날 아침이 되어서야 비로소 가족끼리 다 같이 여는 것이란다. 나는 선물을 받는 즉시 개봉했는데 그걸 보고 호스트 엄마가 크리스마스 나무 밑에다 놓아두었다가 다른 가족들

미국 교환학생, 알고 보니 쉽네!

도 함께 있을 때 선물을 열어보는 것이라고 알려주셨다. 나도 이런 정보를 미리 알고 갔더라면 더 좋았을 것 같다. 별것 아닌 것 같지만 알고 가면 훨씬 편리한 사소한 팁들을 챙기는 것도 필요하다.

5. 미국 교환학생
School Tip

    나는 집보다 학교가 훨씬 더 좋다. 공부해야 되는 것 빼고는 친구들과 놀 수도 있고 그냥 학교가 편하다. 그런 의미로 학교는 우리가 교환학생 생활을 하면서 호스트 가정생활만큼 중요한 부분이다. 미국에 있는 동안 주로 학교에서 친구를 사귀고, 학교에서 공부를 하고, 학교에서 문화생활을 더 접할 수 있기 때문이다.

    미국에 있는 학교의 대부분은 A-Day, B-Day가 있다. 다 있는 건 아니지만, 있는 학교가 더 많을 것이다. '~A-Day', '~B-Day'는 그냥 시간표라 보면 된다. 날마다 'ABABAB' 이런 식으로 돌아가면서 할 수도 있고, 매 주마다 돌아가면서 할 수도 있다. 그건 학교마다 다르다.

    예를 들어, 나 같은 경우는 A-Day에 영어, 정부, 스터디 홀, 대수학, 스터디 홀(A-Day : English, Government, Study Hall, Algebra, Study Hall), B-Day에는 P.E. 합창, 스터디홀, 대수학, 생물(B-Day : P.E,

미국 교환학생, 알고 보니 쉽네!

Chorus, Study Hall, Algebra, Biology)이다. 처음에 아무도 나한테 시간 표에 대한 이런 말을 안 해 줘서 혼자 머리 좀 썼다.

그래도 좋은 점이라면 좋은 점이고, 안 좋은 점이라면 안 좋은 것은, 미국 학교는 학년대로가 아닌 레벨 별로 수업을 듣는다는 것이다. 학교마다 모두 똑같진 않지만 대개 비슷한 모양이다. 우리 학교는 순서대로 'Basic – 숫자(학년에 맞는 숫자, 예를 들어 자신이 10학년이면 English10) – Accelerated – Honors – AP'이다.

미국 학교에선
수학 천재, 참 쉽죠잉~

수업은 자신의 학력 수준에 맞춰서 들어야 하기 때문에 선택한 수업이 너무 어렵거나, 쉽다고 생각하면 학교 카운슬러한테 말해야 된다. 수학 같은 경우엔 다들 알다시피, 한국에서 기본적인 수준만 돼도 미국에 오면 수학 천재 소리를 듣는다. 나도 원래 내 학년에 기하학(Geometry : 도형, 각도 등등)을 배우는 게 맞는 건데, 내가 도형보다는 방정식, 함수 같은 대수학(Algebra)을 더 좋아하기 때문에 반을 내려서라도 바꿨다.

수학 같은 경우엔 '대수학1 – 기하학 – 대수학2 – 자유 계산 (Algebra1 – Geometry – Algebra2 – Free Calculation)'이 대개 기본적인 단계이다, 그 뒤로 더 있긴 한데, 나는 '대수학1 수업'에 처음 들어갔을 때 깜짝 놀랐다. 덧셈, 뺄셈, 곱셈, 나눗셈, 백분율 같은 걸 하고 있었기 때문이다. 알고 보니 이런 것들을 중학교에서 배우긴 하지만 고등학교에 와서도 하는 의도는 복습하기 위해서라고 한다. 어쨌든 대체적으로 미국 학교 수업에서 수학 유형 같은 것들은 아주 쉽다고 느꼈다.

난 처음에 호스트 엄마가 'Honors', 그리고 몇몇 과목은 'AP', 그리고 대부분은 'Accelerated'에 넣어서 고생을 좀 했다. 시간표를 아예 엎고 볶고 난리도 아니었다. 학교 카운슬러가 내 시간표를 바꿔준다고 애를 썼다. 이렇게 주변 분들 고생을 좀 시키더라도 자기한테 맞는 수업을 들어야 한다고 생각한다. 난리는 좀 쳤지만 내게 맞는 시간표를 갖게 되었다. 학기가 시작하기 전에 호스트가 시간표에 대해 의논해 올 수도 있는데 내 경우는 그게 아니었던 것이다. 그래서 혹시 나처럼 이렇게 자기에게 맞지 않는 시간표를 받게 되면 호스트나 스쿨 카운슬러에게 꼭 말해야 된다!

미국 교과서와 노트에 대한 깨알 정보

미국 학교에서 처음에 깜짝 놀란 점은 매년 새 교과서를 주는 것이 아니라는 것이다. 교과서의 내용을 배우는 동안만 학교가 교과서를 빌려주고, 다 끝나면 교과서를 반납해야 된다. 그래서 학교 숙제는 교과서에 직접 적는 게 아니라 자기 노트에 그 숙제 내용을 써서 제출해야 한다.

미국 교환학생, 알고 보니 쉽네!

노트는 좀 다르게 생겼 는데, 구멍 세 개가 송송 송 뚫려 있다. 이런 특이 한 노트를 사용하기 때문 에 학용품을 굳이 한국에 서 사 올 필요는 없을 것 같다. 하지만 오기 전에 필기 도구인 펜은 사오는 게 좋다고 생각한다.

특히 3색 볼펜! 그 외 에 10색 볼펜도 준비하 면 좋다. 한국에만 있는 이 특별한 볼펜을 보고 내 미국 친구들과 선생님들도 엄청 신기해했다. 난 그 엄청 신기해하는 사람들을 보 고 또 엄청 신기해했다!

미국에서는 숙제를 제출하면 점수를 표기하고 그 노트는 다시 돌려주신다. 그리고 선생님들이 주시는 학습지는 앞으로 다가올 중간고사와 기말고사뿐만 아니라 선생님 재량에 달렸지만 마지막 시험까지 영향을 미친다.

그해 마지막 시험에는 1년 동안 배운 것 전체가 시험 범위일 수 도 있기 때문에, 그 노트는 버리지 말고 잘 간직해야 될 것이다. 미 국 교환학생으로 갈 때 이런 디테일한 정보를 미리 알고 간다면 좀 허둥대지 않고 학교생활에 빨리 적응할 수 있다. 교환학생 생활을 보다 손쉽게 하고 싶다면 깨알 같은 팁도 흘려버리지 말기를!

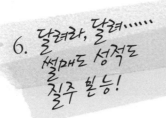

6. 달려라, 달려......
썰매도 성적도
질주 본능!

　　지난번에 눈썰매(Sleigh Ride)를 타고 왔는데 Sleigh
Ride는 말이 끄는 썰매다. 처음에 상상할 때에는 말이 미친 듯이
달리고 우린 날아다닐 줄 알았는데 실제로 타보니 그냥 아주 천천
히 갔다.

　　썰매를 탈 때 생각보다 그리 춥지는 않았다. 며칠 전엔 알래스

　　　　　　　미국 교환학생, 알고 보니 쉽네!

카보다 더 춥다고 할 만큼 추운 날씨였다. 정말 그렇게 추위를 심하게 느낀 건 처음이었다. 하지만 이번에는 기왕 나온 김에 자연을 느껴 보자고 결심했다. 순백의 자연이 숨 쉬는 운치를 느껴 보려고 노력했으나 춥긴 추웠다. 그래도 오랜만에 밖에 나가서 좋았다. 내가 사는 곳이 진짜 시골이다 보니 뭔가 고립된 느낌이랄까, 그런 기분이 가끔씩 드는 것도 사실이다.

지난 일요일엔 버몬트 주에서 제일 번화가인 벌링턴(Burlington)에 가서 오케스트라 연주회를 보고 왔다. 그런데 오케스트라 연주 모습은 사진으로 찍으면 안 된다고 해서 그냥 입구만 찍고 왔다. 연주는 수준급이었다. 우리 학교에서도 해마다 다섯 명씩 작곡을 잘하는 사람을 뽑아서 유명 오케스트라 팀과 같이 플린(Flynn)에서 공연을 한다는 이야기를 들었다.

이렇게 놀러 다니면서도 한편으로는 성적 걱정도 살짝 된다. 이번 2학기(Second Semester) 성적은 아주 만족할 만한 것은 아니었기 때문이다. 2사분기(Quarter 2)는 1사분기(Quarter 1)보다 더 좋아

졌으나, 두 기간의 점수를 합쳐서 평균으로 점수가 나오기 때문에 결과적으로 별로 좋은 점수는 아니었다. 어쨌든 내가 1사분기 때는 생물학을 F학점 받았는데, 그때 충격을 받고 2사분기 땐 B를 받았다는 사실! 80하고도 몇 점이 끝에 붙었다. 얼마나 열심히 했으면 시험 성적도 92점을 받았겠는가.

감격, 또 감격이다. 하지만 이 감격도 잠시 뿐……. 역시 이 과목도 통계를 내니 결과는 D 학점. 하긴 F와 B가 거의 끝과 끝이니 그 둘을 합하니까 좋은 점수가 나올 리 있겠나. 그래도 계속 이런 식으로 해나간다면 마지막 시험 땐 A를 받을 수도 있겠지. 자, 힘내자 힘! 점점 더 나아진다는 것에 대해서 경의를! 내겐 앞으로 '진격'하는 것만 남았다고 생각한다. '진격의 나'를 위하여 격려를 해줘야겠다. 자, 성적에도 질주 본능을 탑재하자!

제이 피크 스키장에서의
짜릿한 경험

오늘 제이 피크(Jay Peak)라는 버몬트 주 말고도 다른 주에서도 유명한 스키장에 갔다. 집과는 10분 거리니까 아주 가까운 편이다. 한국에 있을 때에는 내가 살던 거제도에서 무주 스키장까지 가려면 무려 세 시간을 차로 가야 했다.

거리가 너무 멀어서 약 일주일 동안 호텔을 잡아놓고 그 짧은 기간만 보드를 탈 수 있었는데, 여기선 십 분밖에 안 걸리니 완전히 기분이 색다르다. 동네 산책 가듯이 스키를 타러 갈 수 있다는 게 문화 충격에 가깝다.

호스트 가족 중에는 아무도 스키를 타러 가고 싶어 하지 않아 나 혼자 갔다. 이곳 사람들은 태어날 때부터 눈을 너무 많이 보고 자라서 그런지 나처럼 스키에 대한 동경이 없나 보다.

사실 얼마 전에 학교에서 스노보드 팀에 들어오라고 해서 정말 신나는 마음으로 깊이 생각도 안 해본 채 오케이를 외쳤는데, 어젯밤에 갑자기 호스트 엄마가 하지 말라고 하셨다. 차로 매일 데려다주는 것도 너무 힘들 뿐 아니라, 스노보드를 매일 타다 보면 공부는 언제 하냐며 말리셨다.

솔직히 나는 마음속으로 진짜 기대했던 스노보드 팀이었는데 많이 실망스러웠다. 보드복도 팀에서 지원해주고 학교 대표팀이라서 소속감도 들고, 뭐랄까…… 그런 걸 생전 한번도 안 해봐서 대표팀 보드복도 입어보고 싶었다. 아쉬움이 물밀듯이 밀려왔다. 거기다 호스트 엄마는 스노보드가 너무 위험하다며 일어나지도 않을 사고를 앞서 걱정을 하시길래 기분이 엄청 상했다.

어쨌든 나의 그런 마음을 읽었는지 호스트 엄마는 내가 안 돼 보였나 보다. 아침 8시에 나를 깨우시더니 오늘 스키장에 가서 보드를 타라고 권하셨다. 그 말씀에 이렇게 혼자 와서 보드 장비를 다 빌리고 스키를 탔다. 그런데 우와! 한국에선 장비와 리프트권 모두 다 합하면 기본 15만원은 넘었는데, 오늘 총 7만 원밖에 안 들어 기분이 굿! 완전히 반값이다.

리프트로는 너무 오래 걸릴 정도로 높아서 제이 피크의 꼭대기

까지 케이블카를 타고 갔다. 하늘이 진짜 가까이에 있었다. 마치
손만 뻗으면 닿을 것처럼……. 내려올 때에도 기분이 날아갈 듯
이 최고였다. 마침 스키장에서 우리 학교 스노보드 팀에 있는 헌터
(Hunter)를 만났다. 앤 점프대에서 막 점프하면서 뒤집고 회전하는
중이었다. 난 무서워서 그런 건 안 했는데 자유자재로 스노보드를
타고 있는 헌터가 마냥 부러웠다.

스노보드에
홀릭하다

호스트 엄마는 스노보드를 꼭 타고 싶으면 오늘처럼 일주일에
한 번씩 가서 타라고 하신다. 내 친구들도 거의 매 주마다 가는 것
같아서 진짜 재밌을 것 같다. 보드를 타는 건 미국 교환학생을 지

원할 때 내 계획에 없었던 거라 한국에서 고글도 안 가져왔는데 그걸 마침 빌려주는 헌터는 진짜 착한 매너남이다.

내가 미국에 와서 확실히 느낀 건 이곳 사람들은 스키나 스노보드는 기본적으로 다 잘 타는 것 같다. 미국 전체는 잘 모르겠지만 버몬트 주에선 확실히 그렇다. 겨울 스포츠를 다들 어릴 때부터 즐겨 해온 탓인지 스키나 스노보드는 거의 그냥 생활스포츠 같은 느낌을 받았다.

그런 점이 한국과 무척 다른 것 같다. 한국에선 무주 스키장에 가면 스노보드를 잘 타는 사람들도 많지만 그만큼 초보자들도 눈에 많이 띄기 때문이다. 여긴 확실히 모두 다 잘 탄다.

나도 한국에선 웬만한 사람들보다는 점프하는 것을 빼고는 잘 탔는데, 이게 웬걸…… 여기 사람들은 너무 쌩쌩 달리고, 게다가 점프도 잘하고 해서 정신이 하나도 없었다. 천천히 달리는 사람이 없어서 오히려 앞에 가던 내가 민폐를 끼치는 게 아닌가 하는 생각마저 들 정도였다. 내가 그리 느린 편도 아니었는데 말이다.

그리고 두 번째로 달랐던 점은 우리나라 스키장이 훨씬 더 안전에 각별히 주의를 기울인다는 점이다. 산 정상에 올라가서 내려오는데, 그 내려오는 길도 여기는 무척 좁았을 뿐만 아니라, 그물망 같은 안전 대책도 없었다. 내려오는 길옆에는 바로 낭떠러지라고 말할 수는 없겠지만 그래도 가파른 내리막이라 마음을 졸이며 조심했다. 여기 사람들은 모두들 잘 타서 이렇게 해놓아도 문제가 없는 걸까. 어쨌든 좀 위험하더라도 다음에 또 오고 싶은 마음이 드는 건 어쩔 수 없다.

7. '달콤한 16살'에 맞이하는 세인트 패트릭의 날

　　　　　　오늘은 3월 17일, 세인트 패트릭의 날(Mar 17th, St Patrick's Day, 아일랜드의 수호성인 기념일) 겸 내 생일이다. 한국에선 별다른 날이 아니었는데 여기는 특별한 날이라고 기념한다. 내 생일이 다른 많은 사람들에게도 의미 있는 날이라니 기분이 좋다. 뉴욕 같은 큰 도시에서는 화려한 행진도 한다고 하는데 버몬트는 작아서 그런지 별다른 조짐이 없다. 그래도 이날에는 모두 초록색을 입어야 한단다.

　　아무튼 오늘은 월요일이라 생일파티는 어제 일요일에 미리 했다. 그것도 깜짝 생일파티! 미국에서는 16살이 되는 생일을 중요하게 생각한단다. 뭐…… 열여섯 살부터 그 예비 운전면허증을 딸 수 있는 나이고, 에…… 또 뭐가 있던데…… 아무튼 사람들은 그걸 '달콤한 16살(Sweet 16th)'이라고 부른다.

　　나는 한국에서 벌써 16살 생일파티를 치렀지만 미국과는 나이

계산법이 다르므로 여기서 또 생일을 맞이한 것이다! 낸시가 깜짝 생일파티를 준비하는데 우리 집엔 내가 있으니까 할 수 없이 낸시의 딸인 젠(Jenn) 집에서 했다. 내겐 그냥 밥을 먹으러 가자고 하길래 그걸 그냥 또 그대로 믿고 털레털레 갔을 뿐이다. 그런데 막 도착해서 들어가려는데 낸시가 집에서 나오더니 아만다와 함께 마굿간에 가서 말들 먹이를 좀 주라고 하는 것이다.

3월은 한국에선 봄이지만 여긴 아직도 추운 겨울이다. 이 겨울 날씨에 말들을 풀어놓을 수 없어 먹이를 따로 챙겨 주어야 한다. 그런 까닭에 아무 의심 없이 말에게 먹이를 주려고 들어서는 순간 갑자기 누가 소리를 지르면서 수건으로 내 눈을 가렸다. 깜짝 놀랐지만 바로 깨달았다. '아…… 뭔가 있구나!'

미국 교환학생, 알고 보니 쉽네!

뻥튀기로 만든
쌀 케이크

이윽고 날 작은 거실에 놓아두고는 아무 데도 돌아다니지 말라
는 말만 남기고 모두들 쌩 하니 나가버렸다. '뭐지…… 이게 도대체
무슨 상황이지' 이런 생각도 들면서 옆을 보니 생일 선물들이 산더
미처럼 쌓여 있다. 이런 소동 끝에 다 같이 식사를 하고 선물을 풀
어 보면서 케이크를 먹는 즐거운 생일파티가 흘러갔다.

그런데 정말 감동 받은 건 한국에서 우리 가족은 빵으로 된 케이
크 대신 여러 가지 떡들이 삼단으로 쌓인 떡 케이크를 생일 때마다
먹곤 했는데, 이번에 생일 케이크에 대해 묻길래 여기서는 '떡'을
뭐라고 표현할 수가 없어 '쌀 케이크(Rice Cake)'라고 둘러댔더니
어디서 뻥튀기 같은 걸 구해서 케이크처럼 쌓아 올려놓은 것이다.

그냥 보기엔 평범해 보이지만 치즈 맛, 캐러멜 맛, 초코 맛이 있었다. 비주얼보다 기대 이상으로 맛이 좋았다. 이렇게까지 정성을 들여 내 생일상을 차려주니까 정말 감동, 또 감동……. 이 머나먼 곳에서 떡 케이크를 이런 식으로라도 만들어준 그 정성에 내가 오히려 미안할 정도였다.

또 내가 스노보드를 무척 좋아하는 걸 알고는 케이크에 스노보드 모형도 올려주었다. 그 밖에도 생일 선물들 모두 다 감동스러웠다. 한국에 있는 진짜 가족들도 이 정도까지의 이벤트는 생각도 안 하는데, 깜짝 생일파티를 통해 정말 달콤한 16살 생일을 만들어 준 호스트 가족들이 고마웠다. 내가 곧 다른 가톨릭 사립학교로 가게 될지도 모르는데 떠난다는 말을 꺼내기조차 미안할 정도로 정이 들어버렸다. 앞으로 다른 곳에 가더라도 여기서의 추억은 잊지 못할 것 같다. 평생 기억에 남을 아주 특별한 생일파티였다!

미국 교환학생, 알고 보니 쉽네!

8. '아, 이런 게 행복이구나'

　　요즘 호스트 엄마와 더 친해진 이후로 시간이 가는 줄 모르고 지내고 있다. 이젠 정말 미국을 떠나기 싫을 정도이다. 처음 미국에 올 때와 비교해 보면 내가 이렇게 이곳에 정을 붙일 줄은 그때는 상상도 못했다. 앞으로 어디를 가든지 지금 이 시절이 그리워질 것 같다.

　　지난 주말에는 메인(Maine) 주에 있는 바닷가에 놀러 갔다 왔다. 호스트 엄마와 함께 간 건 아니고 호스트 엄마의 딸 가족과 같이 다녀왔다. 난 어릴 때부터 거제도나 부산에서만 살았기 때문에 그동안 바다가 특별할 것은 없었다. 늘 가까이 있어 바다를 봐도 그냥 무덤덤했다.

　　그런데 지금 살고 있는 버몬트 주에는 바다가 없다. 바깥세상과 완전히 고립이 된 기분으로 바다를 안 본지 10개월에서 11개월이 지났다. 오랜만에 바다를 보니 가슴이 확 트이는 느낌이랄까. 이래

서 드라마나 영화에서 서울 사람들이 바다를 보러 가면 그렇게 좋아했구나……. 1박 2일로 간단하게 놀러 가서 바닷가와 호텔 수영장에서 잘 쉬다가 돌아왔다.

이곳 바다는 거제도에서 본 바다보다 훨씬 더 예쁜 것 같았다. 정말 영화에서 본 듯한 에메랄드빛이 나는 바다였다. 바라보기만 해도 마음이 두근두근해지고 그림엽서에나 나올법한 환상적인 바다였다.

이렇게 진짜 가족처럼 여행을 와서 놀고먹고 텔레비전을 보니깐 '아, 이런 게 행복이구나' 하는 기분이 저절로 들었다. 돌아오는 길에는 어린 아이들을 위해 동물원과 놀이공원에 한번 들렀다가 왔다. 나는 이제 이런 놀이시설을 좋아할 나이는 지났지만 그래도 덕분에 재미있게 잘 놀았다.

미국에서의 생활은 이처럼 꿀 같은 달콤함도 가끔 있지만, 곧 다가오는 마지막 시험을 준비해야 하는 것처럼 학생으로서 할 일을 다 해내야 하는 날들이 일상이다. 오늘 영어, 경제, 수학 등 이 골치 아픈 세 과목을 다 끝내고 나니 마음이 훨씬 홀가분해졌다. 벌써 모든 게 다 끝난 기분이다. 흔한 말로 유종의 미를 거둔다고 교환학생의 마지막 기간까지 열심히 공부를 해야겠다.

워터파크는 국산이 더 좋네!

얼마 전에 제이 피크(Jay Peak)에 있는 펌프 하우스(Pump House)

에 다녀왔다. 워터파크인데 왜 'Pump House'라고 불리는지 모르 겠지만, 하여튼 제이 피크는 스케이트장, 스키장, 하키장, 워터파크 까지 다 갖추어진 호텔이다. 호스트 부모님은 따로 쇼핑하러 가셨 고, 호스트 엄마는 내게 집에만 있으면 너무 재미없다고 아만다와 같이 워터파크에 갔다 오라고 하셔서 온 것이다.

아만다는 워터파크에 오니까 몹시 흥분하며 좋아했다. 나는 미 국에 있는 워터파크라 뭔가 거창한 게 있기를 바랐지만 별로 특별 할 건 없었다. 펌프 하우스가 그렇게 큰 규모가 아니었는데도 아만 다는 만족스러워 했다. 여길 와보니 우리나라가 워터파크 하나는 참 잘 만들어놓았다는 걸 알 수 있었다. 심지어 거제도에 생긴 워 터파크도 좀 별로라고 생각했는데 여기 와보니 딱히 그런 것도 아 니다.

그래도 미끄럼틀을 타면서 아만다와 함께 나름 즐겼던 것 같다. 요즘 올림픽 시즌이라 워터파크 안에서 경기를 보여줬다. 내심 진

미국 교환학생, 알고 보니 쉽네!

짜 우리나라 선수들이 잘하길 바랐는데 20위 순위권에도 없어서 안타까웠다. 호스트 부모님이 워낙 한국 선수들이 안 보이니까 한국은 출전을 하긴 했냐고까지 물어서 기분이 살짝 상하려고 했다.

하여튼 미국의 워터파크에 가서 느낀 것은 미국 사람들이, 특히 여자들이 몸매에 대한 의식을 전혀 안 한다는 점이다. 우리나라는 진짜 날씬하고 S라인이 아닌 여자들은 비키니를 잘 안 입는데, 여기는 아무리 뚱뚱한 사람도 자신 있게 비키니를 입고 다녔다. 주위를 둘러보니 나와 몇몇 사람들만 제외하고는 모두 다 비키니를 입었다. 우리나라 같으면 뚱뚱한 여자들이 비키니를 입으면 뭐라고 그러기도 하는데 여기는 아무도 신경을 안 쓰고 자기들 노는 것에만 집중하는 것 같았다.

마음속 시선의 장벽이 무너지다

나도 미국에 와서 달라진 점은 다른 사람들 시선에 별로 신경을 안 쓴다는 것이다. 뭐든 '내가 하고 싶으면 하는 거지'라는 모드로 가는 것 같다. 이런 마인드의 변화는 참 긍정적인 것 같다.

또 다음 주말에 나는 캐나다에 간다. 캐나다, 그러면 다른 나라 국경을 넘어가는 것이라 참 대단한 일로 여겨지지만 여기서 차로 삼십 분밖에 안 걸린다. 여권만 챙겨서 가면 된다. 이렇게 국경에 대해 시각을 달리 가지게 되는 것도 미국에 와서 달라진 점이라면

달라진 점이다.

우리나라에 있을 때에는 외국에 가는 걸 굉장히 큰 장벽처럼 느꼈다. 아마 삼면이 바다로 둘러싸여 있고, 분단국가라 마치 섬같이 여겨지는 반도 국가에 살았기 때문일 것이다. 세계지도에서 봐도 정말 우리나라는 실질적인 의미에서 보면 섬과 같다. 그래서 '국경'이라는 개념이 없었다. 평생 우리나라에서 한 발자국도 안 나가고 살았다면 '국경'이라는 말은 아마 사전에만 존재하는 걸로 여겼을 것이다.

하지만 여기선 이웃집에 놀러가듯이 국경을 넘으면 되니까 세상을 바라보는 관점에도 뭔가 큰 장벽이 없어지는 듯하다. 아마 한국에서만 살았더라면 이런 기분을 한번도 느껴보지 못했겠지. 미국에서 오랜 기간을 머물지 않았는데도 바깥 세계를 바라보는 시선의 변화와 내 안의 세계에 대한 긍정적 변화가 모두 일어나는 게 참 신기했다. '집 떠나면 개고생'이라지만 그래도 '젊을 때 고생은 사서라도 한다'는 말이 더 맞는 것 같다.

9. 그래, 못할게 뭐가 있어!

미국에 교환학생으로 와서 공부도 하고, 놀러가기도 했지만, 그 중에서 봉사활동을 한 기억 역시 빼놓을 수 없다. 나의 호스트 부모님이 자선 음악 콘서트를 열었다. 여기서 생긴 수익은 모두 기부를 한다. 다들 워낙 음악을 좋아하시는 분들이라 굳이 이 콘서트를 봉사활동이라 생각 안 하고 그냥 즐기시는 듯했다

나는 카운터를 맡고 음료수나 간식들을 팔았다. 물론 나도 피아노를 연주했다. 무려 서너 시간동안 봉사활동을 했지만 그리 힘들진 않았던 것 같다. 이런 봉사활동은 앞으로도 자주 해도 괜찮을 것 같다. 나도 즐기면서 남들을 도

울 수 있는 딱 좋은 방법이라는 생각이 들었다.

이곳에 온 뒤로 즐기면서 하는 봉사활동의 쾌감을 터득했을 뿐만 아니라 아주 특별한 경험을 정말 많이 한 것 같다. 지난 주 토요일에는 Horse Show, 일명 승마대회에 나갔다. 내가 사는 버몬트 주가 아닌 뉴햄프셔(New Hampshire) 주에 가서 경기를 했다. 여기서 차를 타고 갔는데 5시간 걸렸다.

내가 참가하는 경기는 오전에 열려 금요일 밤에 출발해서 뉴햄프셔 주에 있는 호텔에서 하룻밤 자고 갔다. 모든 경비를 대신 내주신 호스트 부모님께 정말 감사드린다. 미국 국무부 교환학생 프로그램의 특성상 먹고 자는 것도 모두 호스트 부모님 댁에서 공짜로 있는 건데, 이런 비용까지 신세를 지니까 더 고마웠다. 미국에선 '봉사'라는 것이 그냥 생활의 일부분이 되어 있는 문화인 것 같다.

승마대회는 굉장히 규모가 컸지만 내가 참여한 클래스(Class)엔 나까지 포함해서 4명이었다. 다른 클래스엔 최대 13명까지 참여했다. 하여튼 사람이 적으니깐 난 더 긴장이 되었다. 말을 잘 타지도 못하는데 참가자까지 적으니 더 눈에 띄는 건 아닌가 하고 걱정 반 기대 반으로 가슴이 두근거렸다.

감춰져 있던 승부욕에
불을 지피다

어쨌든 난 두 클래스에 참가했는데 시니어(Senior)들, 즉 고학년

미국 교환학생, 알고 보니 쉽네!

들과 경기를 해서 첫 번째 경기에선 2등, 두 번째 4등을 했다. 두 번째 경기 때에는 내가 탄 말인 에이바(Ava)가 라인업(Line-up) 하는 시간에 계속 움직이고 달려야 하는데, 제대로 못하고 나도 한 박자를 놓쳐서 4등밖에 못한 것이다. 다음에 또 나간다면 더 잘할 수 있겠지. 그래도 2등을 해보니깐 사람 마음이란 게 참 이상해서 한번쯤은 꼭 1등을 해보고 싶다는 욕심이 생긴다.

제시카 로얄(Jessica Royal)이라고 1등을 한 친구는 이름만큼 성적도 최고로 나와 트로피도 받았다. 제시카의 동생인 카산드라(Cassandra)는 4등을 했는데, 언니가 1등도 하고 트로피 받는 바람에 울고불고 야단법석을 떨었다. 어려서 그런지 그 모습이 참 귀여웠다.

승마대회라고 하면 많은 사람들이 경마대회라는 일종의 레이스

를 생각하는데, 그건 종목이 따로 있다. 내가 참여했던 승마는 일종의 쇼라서 말을 타는 자세의 정확함, 그리고 말을 다루는 솜씨, 말과의 아름다운 조화 뭐 그런 걸 주로 보는 편이다.

처음 나가는 승마대회 치고는 재미도 있었고, 2등도 한번 했다는 생각에 뿌듯했다. 다음에 또 나갈 땐 꼭 1등을 해야지! 이번에 내가 승마대회에 참가한 모습을 호스트 엄마가 옆에서 사진도 많이 찍어주셨다. 그리곤 경기 모습이 담긴 앨범을 만들어 선물해 주시는 게 아닌가.

한국에 있는 엄마한테 보내드리라고 말씀하셨는데 내년에 돌아가면 꼭 보여 드려야겠다. 이런 것까지 옆에서 다 챙겨주시리라고는 미처 생각도 못했는데, 무척 감사했고 깊은 감동을 받았다. 나도 나중에 다른 사람들에게 이런 배려를 베풀 수 있는 날이 오겠지. 미국에 오니 주위 분들 덕분에 감동 받을 일이 정말 많다.

요즘은 겨울철이라 승마 대회가 별로 없는 편이라고 한다. 내년 봄이 되면 날씨가 따뜻해져서 여러 대회들이 많이 열린단다. 내년부터는 가능하면 그냥 지금처럼 단지 새로운 문화를 한번 체험해보자는 가벼운 마음으로 승마대회에 참가하는 것이 아니라, 좀 진지하게 제대로 출전해보고 싶다는 마음이 생겼다.

한국에 있는 엄마에게 매달 대회 출전비를 받아서 매번 나가 보고 싶은 욕심이 생겼다. 일등을 꼭 해보고 싶은 승부욕이 발동해 더 그런 것 같다. 예전의 나는 그렇게 승부욕이 있는 아이가 아니었는데, 어쨌든 미국에 와서 이제껏 감춰져 있던 나의 새로운 모습을 많이 보는 것 같아 신기하다.

오케스트라에서의
아주 특별한 경험

버몬트 피들 오케스트라(VFO, Vermont Fiddle Orchestra)에서 호스트 엄마와 아빠는 바이올린을 맡고 있었다. 그러던 어느 날 나한테 특별한 경험이 될 것 같다면서 새로운 도전을 한번 해보는 게 어떠냐고 물으셨다. 즉 오케스트라 단원들에 맞춰 피아노 독주를 한번 연주해 보라는 것이다.

그래서 호스트 부모님을 따라 연습실에 가서 내가 자신이 있는 독주를 선택해서 한번 연주해 보고 다른 단원들과 맞춰보았다. 그랬더니 지휘자가 합격이라고 한다. 다음 연습부터 호스트 부모님과 같이 나오면 될 것 같다고 했다. 오케스트라에서 피아노 연주를 하게 될 줄 꿈에도 상상 못했는데 어떻게 내게 이런 일이! 정말 믿기지 않는 일이었다.

연습실은 우리 집과 한 시간 반 정도 떨어져 있는 도시에 있다. 그 뒤로 매주 한 번씩 가서 연습하고 밤 12시가 다 되어서야 집에 돌아오곤 했다. 하지만 성격상 피아노를 치는 것에는 지치지 않는 열정이 있어 즐거운 마음으로 했던 것 같다.

솔직히 피아노를 한국에서 배우긴 했지만 남들 앞에서, 심지어 가족 앞에서도 잘 치지를 못했다. 남이 내 연주를 듣고 있다고 의식하면 잘 못 치는 성격이었다. 하지만 이렇게 오케스트라에서 피아노 솔로 파트도 맡아 호스트 엄마인 낸시와 아빠 델빈(Delvin)을 따라 워낙 공연을 많이 다니다 보니 이제 그 무대 공포증이 좀 나

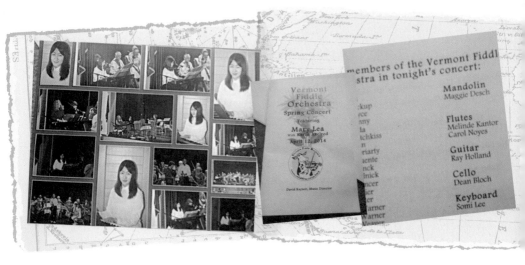

아진 듯하다.

　그런데 내가 오케스트라에서 연주하는 모습을 동영상으로 남기지 못해 아쉬웠다. 우리 공연을 보러 와주는 호스트 가족의 지인들은 너무 멀리 떨어져 있어서 못 왔기 때문이다. 대신 사진 기사 분이 사진을 많이 찍어서 콜라주 형식으로 만들어줬다.

　오케스트라 연주는 과연 호스트 엄마가 처음 제안 때 말씀하셨던 것처럼 내겐 새로운 도전이었고 아주 특별한 경험으로 남았다. 매번 긴장도 많이 했지만 진심으로 즐겼던 것 같다. 그런데 원래 연습대로라면 내 솔로 파트에서 첫 번째 파트는 나 혼자 피아노를 치다가 두 번째 파트엔 첼로로 같이 연주하는 것이었다. 하지만 연주회 당일에 오케스트라 단원들과 지휘자가 그걸 까먹는 바람에 전혀 다른 부분에서 지휘자가 갑자기 "Somi Lee!"라고 큰소리로 외쳐서 엉겁결에 나는 바로 솔로 파트를 만들어서 쳤다 .

　솔직히 두 달 동안 연습했던 솔로 파트보다는 모자랐지만, 그 자리에서 즉석으로 실수 없이 했다는 건 아주 재치 있는 순발력이라고 자화자찬해 본다.

연주회가 끝나자 지휘자 분이 나에게 다가와 칭찬을 많이 해주셨다. 내가 방금 연주했던 그 부분은 솔로 파트가 아니었는데도 잘했다며 아주 기뻐하셨다. 만약 내년에도 연주회가 있으면, 다음 오케스트라에서도 피아노를 맡아 달라고 하셨다. 칭찬에다가 그런 제안까지 받자 얼떨떨할 만큼 기분이 좋았다. 게다가 그 분이 바이올린도 가르쳐 준다고 해서 굉장히 설레었다. 나는 어렸을 때부터 피아노를 혼자서만 쳐온 탓인지 남들과 함께 연주하는 법을 잘 몰랐는데 실수 없이 잘 끝낼 수 있어서 정말 뿌듯했다.

메리 크리스마스! 미국은 지금 크리스마스이브인데 한국은 아마 크리스마스일 것이다. 22일과 23일 이틀 일정으로 버몬트 주에 있는 교환학생들, 물론 CIEE 재단에 속해 있는 학생들과 지역 코디네이터와 1박 2일로 놀다 왔다. 별 다른 건 없었지만 다 같이 모이니까 크리스마스 시즌의 기분이 나며 흥겨웠다. 모두 모여서 볼링도 치고, 피자헛에 가서 저녁도 먹었다.

그리고 그날 밤에는 코디네이터 집에 가서 자고, 다음날 아침 평범하게 초콜릿팬케이크를 먹었다. 일단 우리 버몬트 주에 있는 CIEE 재단의 교환학생은 나까지 합해서 모두 3명이다. 나 말고 다른 2명은 브라질에서 왔고 코디네이터도 브라질 사람이다. 코디네이터 아들과도 같이 놀았는데 걔도 브라질에서 왔단다.

처음에는 이 모임에 가기가 좀 꺼려졌다. 솔직히 나 말고는 다 브라질이라는 공통분모가 있는 셈이니 자기들끼리 브라질어로만 이야기할까봐 은근히 걱정이 되었다. 그런데 다행히도 괜한 걱정을 한 셈이 되었다. 전부 다들 처음부터 끝까지 영어만 썼다. 발음과 악센트가 좀 이상하긴 했지만 모두 다 영어를 아주 잘했다 .

미국 볼링장과 피자의
이유 있는 매력

여자인 아드리니(Adriany)와 남자인 존(John), 그리고 코디네이터의 아들인 에릭(Eric), 마지막으로 코디네이터 수잔(Susan)과 아드리니 호스트 가족의 딸인 로렌(Lauren), 그리고 나까지 이렇게 6명이서 놀았다. 볼링장에도 갔는데 한국에서 딱 한 번 가보고 이번이 두 번째다.

그런데도 나름 좀 괜찮게 볼링을 친 것 같다. 우리나라 볼링장은 뭔가 밋밋한 느낌이어서 여기도 그런 분위기일 거라고 짐작하며 갔는데 처음에 게임방인 줄 알 정도로 나름 판타스틱 했다.

피자헛에도 갔는데 우리나라에만 있을 줄 알았던 피자헛이 여기에도 있다니! 난 솔직히 한국에 있을 때 미스터피자를 더 좋아했다. 이곳 피자가 뭐 굳이 우리나라와 다른 점이 있다면, 다들 알다시피 우리나라 피자는 위에 뭐가 많이 올라가 있는 데 반해 미국 피자는 단순하다는 것이다. 난 원래 한국에서도 토핑이 거의 없는 피자만 먹을 만큼 심플한 피자를 좋아하는 편이다.

우리나라에서 먹던 피자는 이름도 신제품마다 새롭게 붙여지고 너무 길어서 전화로 주문할 땐 기억도 잘 안 나곤 했다. 피자를 주문할 때마다 가게 직원한테 피자 모양을 설명하곤 했는데 여기는 그럴 필요가 없었다.

예를 들어 페페로니 피자는 페페로니만 토핑이 되어 있고, 치즈

피자, 고기피자, 등등 이름도 간단하고 토핑도 단순했다. 미국에 와서 일반 피자집에 가면 냉동피자를 요리한 것 같은 맛이 났지만 피자헛은 맛이 괜찮았다. 이렇게 이야기하니까 마치 내가 맛집을 소개하는 음식 칼럼니스트 같지만 이런 사소한 것마저도 내겐 신선한 경험이었다.

친형제도 울고 갈
브라질 소년 존의 호스트 가족

브라질 교환학생 중에 존이라는 귀여운 남자 아이가 있는데 얘의 호스트 엄마는 지역 코디네이터이다. 처음에 만났을 때 장난도 스스럼없이 치고 다투기도 잘하며 허물없이 지내는 걸 보고 진짜 가족인 줄 착각할 뻔했다. 존과 코디네이터의 아들인 에릭이 노는 걸 가만히 보자면, 한 애가 때리고 도망가면 또 다른 애가 때리고 도망가고를 반복한다. 도망가서 문을 잠그고 또 열어 달래서 때리며 장난을 치는 모습은 누가 봐도 친형제 같아 보였다.

그리고 그 옆에서 코디네이터는 진짜 두 아이의 엄마처럼 그만 뛰라고 소리를 질러댄다. 어떻게 이 가족을 처음 보면 교환학생과 호스트 가정이라고 생각할 수 있을까. 그 정도로 친밀해보였다. 내심 그렇게 친근한 가족이 부러웠다. 우리 가족은 이 정도만큼은 친한 건 아니라, 문화 충격이라고 해야 하나, 하여튼 굉장히 신기해보였다.

어쨌든 그 와중에 존이 갑자기 머리를 자르고 싶대서 아드리니가 잘라주었는데 내가 볼 때에는 완전히 망한 것 같았다. 앞모습은 아주 이상하진 않았지만, 옆머리는 참 가관이었다. 불쌍한 우리 존……. 하지만 이런 것도 돌이켜 보면 나중엔 재미있는 추억으로 남을 것 같다.

아마도 오늘 이 여섯 명의 멤버들 그대로 다가오는 4월에 뉴욕으로, 또 6월에는 워싱턴으로 놀러가기로 했다. 코디네이터가 우리들을 상대로 가장 가고 싶은 장소를 물어본 결과 플로리다 주에 있는 디즈니월드가 1순위로 나왔다. 코디가 그곳은 희망사항으로 남겨두자고 했는데, 어떻게 될지는 모르겠다.

어쨌든 메리 크리스마스다! 올해는 낯선 친구들과 미국에서 맞

미국 교환학생, 알고 보니 쉽네!

이하는 아주 특별하고도 즐거운 크리스마스를 보냈다.

막연한 꿈이
현실이 되는 순간까지

한국에서는 뭐 하나 자신 있게 내세울 것도 없었고, 꿈과 목표도 없었던 내가 중학교 시절을 마냥 흘려보내던 중, 미국 국무부 교환학생이라는 프로그램을 발견한 게 내 인생의 터닝 포인트가 된 것 같다.

지금에 와서 미국에 오게 된 결정적 계기를 군이 따지자면, 성적순으로 고등학교를 선택할 수 있는 거제에서 내 성적은 너무나 평범했다. 또 노력은 하지 않으면서 막연하게 법조인이 되겠다는 흐릿한 꿈만 부여안은 채 방황만 하고 있었다.

어느 순간 문득 내 미래가 막막해졌다. 그래서 '영어라도 이 시기에 해놓자'라는 심정으로 교환학생이라는 길을 선택해 미국에 왔던 것이다. 미국에서 생활하는 동안 부모님을 떠나 이제까지 한 번도 겪어 보지 못한 힘든 순간도 있었다. 또 낯선 곳에서, 낯선 사람들과, 낯선 언어로 생활하는 것은 정말 쉬운 일이 아니었다.

하지만 하나하나 노력하며 내가 세운 목표를 조금씩 이뤄갈 때마다 그 막연했던 내 꿈에 한 걸음씩 가까워지고 있다는 사실에서 '달라진 나'를 만나볼 수 있었다. 나는 일 년여의 미국 국무부 교환학생 생활을 마치고 한국에 잠시 다녀간 뒤 남은 고등학교 시절을 미국에서 마칠 계획을 세웠다. 처음에는 그냥 미국에 잠시 와서 영어만 배우고 갈 생각이었지만, 의외로 적응을 잘해서 앞으로 남은 2년도 미국생활을 계속하기로 했다. 그리고 항상 저 멀리 있기만 할 것 같은 내 꿈도 손끝에 닿는 현실로 바꾸기 위해 쉬지 않고 노력할 예정이다.

Part 4

미시시피의
추억

신현지

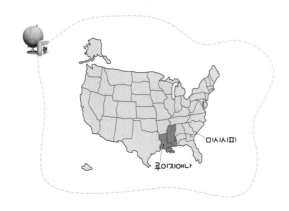

미시시피

루이지애나

1. 루이지애나에서 미시시피로

　　내가 교환학생으로 미국에 가게 된 건 어쩌면 필연이라고 할까. 나는 서울에서 태어났지만 대여섯 살 때부터 안양에서 쭉 살다가 초등학교 3학년을 마치고 캐나다에 2년 동안 떠나 있었다. 두 살 아래인 여동생과 엄마, 그리고 내가 캐나다로 간 건 엄마가 우리들 영어 교육에 관심이 많아서였다. 나는 캐나다에서 초등학교 4, 5학년을 다녔고, 내 여동생은 1, 2학년을 다니다가 돌아왔다. 그리고 나는 이후 6학년부터 다시 한국에서 학교생활을 했다.

　　그러다 내가 중학교 3학년이 끝나갈 무렵, 어느 날 엄마가 신문에서 미국 국무부 교환학생 관련 기사를 보고 내게 제안을 하셨다.

　　"현지야, 너도 한번 미국 교환학생으로 가보는 게 어때?"

　　나는 그 자리에서 대답을 하기 전에 인터넷에서 미국 교환학생에 대해 검색을 해보고 조사를 했다. 그랬더니 미국 교환학생으로 가게 되면 한국에서 하는 똑같은 패턴의 공부와 활동이 아니라 내가 하고 싶은 공부와 문화 체험을 다양하게 할 수 있다는 결론을 내렸다. 나는 엄마에게 미국 교환학생을 가겠다고 말했다.

"엄마, 미국에 가면 정말 다양한 공부와 색다른 체험을 할 수 있을 것 같아요. 한번 가볼래요."

엄마는 내 대답을 들으시고는 그때부터 인터넷으로 정보를 알아보기 시작하셨다. 그 결과 애임하이교육이 제일 적합하다고 판단하셔서 이곳을 통해 나는 미국 교환학생에 참여하게 된 것이다.

루이지애나에서의
첫 미국 생활

이제부터 나 혼자 미국에서 살아야 한다는 게 한편으론 설레고 또 한편으로는 두근거리는 마음이 들었다. 하지만 캐나다에서 2년여 동안 엄마와 살아본 경험이 있어서 미국이라는 곳이 두렵게 다가오진 않았다. 인천 국제공항에서 엄마와 아빠, 그리고 동생의 배웅을 받고서 일본 나리타공항을 거쳐서 미국 뉴욕의 뉴어크 공항에 도착했다. 1박 2일의 오리엔테이션을 마치고 휴스턴 국제공항을 거쳐 루이지애나 주의 알렉산드리아 공항에서 내렸다.

호스트 엄마인 케일라(Kayla)와 아기 그리고 로컬 코디네이터인 애슐리가 마중 나와 있었다. 호스트 엄마의 차로 공항에서 두 시간 정도 차를 타고 갔더니 내가 살게 될 시골이 나왔다. 루이지애나 주의 만수라(Mansura) 지역이라고 한다. 내가 머무르게 될 집은 방이 세 개인 미국에선 비교적 작은 집이었다.

이곳에서 나는 두 달 정도 30대 초반의 호스트 엄마와 호스트 아빠, 두 살짜리 남자 아기, 그리고 나보다 한 살 더 많은 슬로바키아에서 온 에마(Ema) 언니와 함께 살았다. 특히 17살인 에마 언니는 나와 같은 교환학생이었고 우린 같은 방에서 지냈다.

특별한 이유는 없었지만 서로 문화를 이해하지 못하는 점 때문에 호스트 부모님과 나는 사이가 그리 좋지는 않았다. 예를 들면, 미국은 여름에 24시간 온종일 가정이나 학교에서 에어컨을 켜놓는 문화이다. 날씨가 꽤나 덥기 때문일 수도 있고 미국 사람들이 더위를 몹시 타는 탓일 수도 있을 것이다.

그런데 처음에 나는 에어컨 문화에 적응이 잘 안 되었다. 내가 에어컨 알레르기가 있었기 때문이다. 나는 만성 비염으로 고생해오던 터라 에어컨에서 나오는 것처럼 찬바람이 호흡기에 들어가면 금방 감기에 걸리곤 했다. 미국에 온 이후로 한 달 동안 에어컨 때문에 네 번이나 감기에 심하게 걸렸다.

그래서 네 번째로 감기에 걸렸을 때 너무 아프고 열이 나서 어느 날 학교를 마치고 집에 와서는 호스트 엄마에게 에어컨 온도를 1도라도 올리거나 꺼달라고 부탁드렸다. 그런데 호스트 엄마가 "그건 네가 아프든 어떻든 내가 이해해줄 수 없는 일이야. 네가 바꿀 수 있는 문제도 아니고……."

그래도 울면서 다시 한번 간곡하게 부탁을 드렸지만 소용이 없었다. 에어컨을 아예 꺼달라고 하는 것도 아니고, 조금만 온도를 올려 달라고 부탁하는 건데 호스트 엄마가 오히려 나를 혼내셔서 너무 서러웠다. 아무리 생각해 봐도 너무 억울해서 CIEE 재단 본부에 직접 전화를 해서 컴플레인을 걸었다. 그랬더니 거기서도 오히려 호스트 엄마의 입장을 보호해주면서 옐로우 카드를 내게 줬다. 내가 교환학생이고 호스트가 봉사하는 입장이니까 내가 호스트 가족의 생활 방식에 맞춰야 한다는 것이다. 호스트 가족의 하우스 룰을 내 마음대로 바꾸려고 하지 말라는 이야기였다. 나는 할 수 없이 힘든 생활을 이어갔다.

미시시피에서 만난
새 호스트 가족

이후 호스트 가족의 재정 상태가 안 좋아져서 더 이상 호스트를 하기가 힘들어졌다. 에마 언니와 나는 둘 다 다른 호스트 가족에게로 보내졌다. 우리 둘 모두 미시시피로 옮겨졌는데 각각 다른 지역에 살고 있는 호스트 가족과 학교로 다시 배정을 받았다.

새로 옮긴 미시시피에서 내가 살게 될 집은 굉장히 큰 느낌으로 다가왔다. 그 전에 살던 루이지애나에서는 정말 좁은 집과 한 방에서 키가 180센티미터나 되는 에마 언니와 두 달 동안 살아봐서 그런지 새로 옮긴 이 집은 정말 거대하게 느껴졌다.

심지어는 처음 이곳으로 와 내 방에 짐을 풀기 전엔 방안에 메아리까지 울렸다. 어쨌든 새로운 집과 새 호스트 부모님은 무척 마음에 들었다. 호스트 부모님이 좀 나이가 있으신 분들이지만 나

를 정말 친딸처럼 무척 따뜻하게 대해주셨다. 어디 나가서 사람들한테 나를 소개할 때도 "얘가 내 딸 린제이에요(This is my daughter Lindsay)"라고 해주셔서 매우 감동받았다. 내 영어 이름이 린제이였던 것이다.

지금 살고 있는 집의 마당은 정말 넓다. 무려 80에이커(Acres)라고 한다. 쉽게 와 닿게 말하자면 약 1만 평쯤 될 것 같다. 마당이 넓어서 그런지 호스트 아빠도 가끔 잔디를 깎거나 관리할 때 좀 힘들어 하시는 것 같긴 하다. 그런데 호스트 아빠가 고생한 보람이 있어 십 년 전쯤 심어 놓은 과일 나무들이 지금은 무럭무럭 자라서 그 열매를 따서 먹은 지도 꽤 됐다고 한다.

오렌지 나무와 홍시 나무가 있는데 나는 미국에서 홍시를 직접 따서 먹을 줄은 꿈에도 몰랐다. 별로 기대를 안 했지만 한국에서 먹던 홍시처럼 무척 달고 맛있었다. 또 넓은 뒷마당에는 호수도 있다. 한국에서는 흔하게 경험할 수 없는 전원생활, 난 시골의 매력에 푹 빠져들었다.

탐험하라, 꿈꾸라, 그리고 발견하라

지금은 이렇게 즐겁지만 사실 미시시피로 이사를 와서 한 이틀 정도는 향수병을 좀 앓았다. 호스트 엄마는 그걸 또 아시고 한국 음식점까지 데려가셔서 맛있는 걸 사주셨다. 호스트 엄마는 몇 년 전까지만 해도 레스토랑을 직접 운영하셨을 만큼 요리 솜씨가 진짜 좋다. 이리로 옮겨온 첫날부터 나는 눈 호강에, 입이 호강하고

미국 교환학생, 알고 보니 쉽네!

있는 중이다. 이곳 미시시피의 음식은 루이지애나에서 먹던 맛과는 많이 달랐다.

　어쨌든 정말 이제는 미국에 온 사실이 실감이 난다. 내게 이런 멋진 경험을 시작할 수 있게 해주신 부모님, 그리고 다른 많은 분들에게 감사를 드린다. 이곳 미시시피 강을 배경으로 유쾌한 모험담이 펼쳐졌던 『톰 소여의 모험』이나 『허클베리 핀의 모험』 속 주인공들처럼 나도 유쾌한 추억을 여기서 만들어갈 수 있지 않을까. 톰 소여와 허클베리 핀을 창조한 마크 트웨인의 다음 말처럼 나도 미국 교환학생이라는 나의 선택을 통해 온 이곳에서 세계를 탐험하고, 미래를 꿈꾸고, 나 자신을 발견할 수 있겠지!

"Twenty years from now you will be more disappointed
by the things you didn't do than by the ones you did do.
So throw off the bowlines. Sail away from the safe harbor.
Catch the trade winds in your sails.
Explore, Dream, Discover."

❧‧❧

20년 후 당신은, 당신이 했던 일보다 하지 않았던 일들 때문에
더 실망할 것이다. 그러므로 닻줄을 풀어 던져라.
안전한 항구를 떠나 항해하라.
당신의 닻에 무역풍을 가득 품어라.
그러니 탐험하라, 꿈꾸라, 그리고 발견하라.

2. 미시시피에서의 학교생활

　　　　나는 미시시피(Mississippi) 주의 패스 크리스천(Pass Christian)이라는 도시에 사는데, 한적하고 예쁜 시골마을이다. 내가 다니는 학교는 패스 크리스천 고등학교(Pass Christian High School)이다. 크리스천 학교는 아니고 그냥 이름이 그렇단다.

　미시시피 지역은 많이 알려졌다시피 허리케인의 주요 지점이다. 지난 2005년 8월에 플로리다, 앨라배마, 미시시피, 루이지애나뿐만 아니라 이곳 미시시피까지 강타한 허리케인 카트리나로 정말 많은 피해를 입었다고 한다. 그 후 우리 학교도 다시 지어져서 정말 새 학교처럼 시설도 좋고, 크고 깨끗하다. 새 건물이라 무척 마음에 든다.

　루이지애나에서 다니던 학교와 비교했을 때 더 좋은 점은 건물이 크고 깨끗해서가 아니라 다양한 수업과 레벨, 그리고 방과 후 클럽이나 스포츠 활동이 많다는 점이다. 루이지애나에서 다녔던

　　　미국 교환학생, 알고 보니 쉽네!

어보이엘르 고등학교(Avoyelles High School)에서는 수업 종류도 별로 없었을 뿐더러 교환학생들에게는 수업을 선택할 수 있는 기회조차 없었다. 방과 후 활동도 테니스, 치어리딩, 농구 딱 이 세 가지밖에 없었으니까 말이다.

루이지애나에서 정말 힘든 생활을 하고 나서 이곳에 오게 되서 그런지 모든 게 여기선 하나하나 감사하고 더 소중하게 느껴진다.

지금 내가 다니는 패스 크리스천 고등학교의 학생 수는 거의 800명 정도 되지만 친구들이 가족처럼 느껴지는 따뜻한 학교 같다. 한 과목당 수업을 함께 듣는 학생 수도 거의 12명에서 16명 정도밖에 안 된다. 이런 가족 같은 분위기가 내가 낯선 환경에 적응하기엔 더 좋은 것 같다.

내가 학교에서
듣는 수업

– 재정 설계 수업(Financial Planning)

재정 설계 수업(Financial Planning)은 내가 가장 좋아하는 수업이다. 수업의 이름부터 좀 생소하지만 이 수업은 우리가 보통 다른 학교나 다른 곳에서 배울 수 없었던 정말 말 그대로 돈을 잘 버는 법, 부자가 되는 법과 '돈'에 대한 진정한 개념을 배우는 수업이다.

그냥 일반적인 '경제(Economy)' 수업과는 전혀 다른 성격의 수업이라고 할 수 있다. 미국의 유명한 부자이자 경제학자인 로버트 기요사키(Robert Kiyosaki)의 책과 그의 영상들을 보면서 대부분 수업이 진행되는데, 나는 처음 들을 땐 정말 아무 도움도 안 되는 멍청한 수업이라고만 생각했다.

하지만 일주일이 지나고 이주일이 지나자 차츰 감동받기 시작했다. 처음으로 돈에 관심이 생기고, 정말 부자가 되고 싶고, 심지어 나도 부자가 될 수 있겠다는 생각까지 들었다. 이 수업 때문에 내가 미국에 오길 참 잘했다는 생각을 수도 없이 많이 했다. 한국의 학교 수업에서는 결코 들을 수 없는 내용이니까 뭔가 신선하고 재미있었다.

이렇게 멀리 미국에 온 만큼 나는 한국에서는 절대 경험할 수 없는 아주 특별한 수업들과 경험들을 하고 싶은 마음뿐이다. 그런 면에서 한국에서도 언제나 들을 수 있는 과학, 사회, 수학 등의 이런 평범한 수업보다는 '부자가 되는 방법을 알려 주는 수업' 같은 특별한 경험이 몹시 뿌듯하게 다가왔다.

미국 교환학생, 알고 보니 쉽네!

지금까지 이 수업을 들으며 가장 기억에 남는 대목은, '집은 자산이 아니라 부채이다(House is a liability, not an asset.)'라는 대목이다. 이 수업에서 나는 자산이란 가만히 있어도 돈이 내 주머니로 들어오는 것을 말하며, 부채는 가만히 있어도 돈이 내 주머니에서 빠져나가는 것을 의미한다고 배웠다. 보통 사람들은 집을 자산이라고 생각하고 돈이 생기면 곧바로 집을 사지만, 집은 가만히 있어도 세금에 또 이것저것 돈이 빠져나가는 부채인 셈이다. 자동차도 마찬가지고 말이다.

어쨌든 기회가 되면 한국에 계신 분들도 로버트 기요사키의 책을 한번 읽어보는 것도 괜찮을 것 같다. 그의 저서 『부자 아빠, 가난한 아빠』는 한국에서도 예전에 다른 많은 나라에서와 마찬가지로 베스트셀러가 됐던 적이 있다고 한다.

– 스페인어 1(Spanish 1)

이 과목 또한 한국 학교에서는 쉽게 접할 수 없는 수업이다. 내가 한국어, 영어를 넘어서 제3의 외국어를 배운다는 사실 자체가 정말 뿌듯하고 설레었다. 의외로 재미있는 수업이었다.

– 고급 대수학(Advanced Algebra)

이 수업은 가장 높은 대수학 반인데 그래도 쉬울 줄 알았다. 우리나라로 치면 고등학교 2학년과 3학년 내용을 모두 배우는 셈이었다. 하지만 초집중해서 수업을 듣고 선생님이 가르쳐 주시는 그대로 공부하니까 성적은 나름 잘 받았다.

– 해양 생물학(Marine Biology)

이 수업은 바다 생물학인데 현장 체험학습과 많은 실험을 통해서 수업하는 경우가 많았다. 나는 한국에 있을 때에는 보통 과학과 관련된 것은 어떤 거라도 질색을 하는 편이었는데, 이렇게 정말 미국 방식대로 몸소 배우니 흥미가 생겼다. 별로 오래 산 인생은 아니지만, 살다보니 별일이 다 있다는 생각이 저절로 들었다. 지난주에는 가재의 일종인 크로피시(Crawfish)도 해부했다. 이론 수업이 아니라 이렇게 실제로 체험하는 수업은 흥미를 높이는 것 같다. 이젠 과학은 무조건 재미없고 골치 아프다는 내 편견도 이 수업 덕분에 깨끗이 사라졌다.

– 방과 후 활동

방과 후 활동으로는 나는 여자 축구부에 들어갔다. 물론 나도 예쁜 치어리딩 같은 것도 하고 싶긴 했다. 하지만 한국에서는 흔하게 경험할 수 없는 영역에 도전해보고 싶어서 축구부에 들어간 것이다. 기대했던 것 이상으로 재미가 있었다.

축구 경기

지난주 토요일에는 우리 학교 필드에서 축구경기가 있었다. 세 개의 경기가 있었는데 '게이더 고등학교(Gaither High School) VS 패스 크리스천 고등학교', '해리슨 센트럴 고등학교(Harrison Central

High School) VS 게이더 고등학교', '패스 크리스천 고등학교 VS 해리슨 센트럴 고등학교' 등 세 경기였다.

토너먼트는 아니고 그냥 세 학교가 각각 서로 한 번씩 붙어 보는 경기였다. 결과부터 말하자면 첫 번째 경기는 0 대 0, 두 번째 는 0 대 5, 세 번째는 0 대 0이었다. 사실 이 경기들

이 모두 JV(Junior-Versity) 경기였다.

JV가 뭐냐 하면 이제 막 축구를 시작한 초보자(Junior)나 중급자 (Versity)의 팀이다. 그런데 게이더 학교 팀이 반칙을 해서 팀원 대부분을 중급자들로 채워 넣었다. 그럼에도 불구하고 우리 학교와 붙었을 땐 0 대 0이었다. 우리 학교 팀이 정말 잘한 것 같다.

원래 우리는 대진표에 두 게임만 뛰는 걸로 나왔는데 해리슨 센트럴 학교가 선수들이 부족했다. 한 네 명 정도 부족하니까 우리 팀에서 자원봉사 차원으로 네 명을 보태주기로 했는데 그 중에 내가 뽑혔다.

물론 축구를 좋아하는 나였지만 연속으로 세 시간 동안 세 경기를 뛸 체력은 안 되었다. 결국 마지막 우리 학교 경기에서는 체력이 방전되어 뛰는 둥 마는 둥 했다. 우리 학교 팀이 경기에서 모두

이기진 못했지만 무승부를 내서 그래도 자랑스럽다. 참고로 내 등번호는 16번이었고, 미드필더로 뛰었다. 이날 날씨가 워낙 춥고 바람도 많이 불어서 경기 후에 나는 너무 지쳐버렸다. 하지만 그래도 나와 우리 학교 축구팀원들이 모두 하나가 되었던 의미 있는 하루였다.

미국 교환학생, 알고 보니 쉽네!

3. 미국에서 주말 보내기

　　한편으론 느리고도 또 한편으로는 눈 깜짝할 사이로 빨리 지나가는 일주일을 보내고 드디어 한가한 토요일을 맞이했다. 원래는 축구부 연습이 일주일에 세 번인데 코치님이 우리 팀원들 체력이 너무 약하다면서 이번 주는 5일 내내 지옥훈련을 시켰다. 진짜 힘들긴 했는데 운동하고 나니깐 스트레스도 확 날아가고 정신도 맑아지는 것 같다. 하여튼 축구부에 들길 정말 잘한 것 같다.

　학교 수업이 끝나고 축구부 연습까지 끝나면 바로 해질녘이 되고, 집에 가서 저녁을 먹으면 하루가 순식간에 훅 지나간다. 정말 눈코 뜰 새 없이 바쁘게 지냈던 것 같다.

　나의 새로운 로컬 코디네이터인 미셸은 내가 처음 미시시피로 옮겨온 날부터 이렇게 말했다.

　"너희가 미국에 온 이상 내가 너희에게 미국을 보여주는 것이 내 의무야."

그러면서 플래닝 북(Planning Book)을 하나 줬는데 거길 보니 한두 달에 한번씩 여행이나 행사에 참가할 계획들이 쭉 적혀 있었다. 그 일정대로 두 달 전에 나는 플로리다를 다녀왔고 한 달 전에는 컬러 바이브 런(Color Vibe Run)에 참가를 했다.

플로리다 펜사콜라 해변에 가다!

플로리다(Florida)의 펜사콜라(Pensacola) 지역에 있는 해변에 도착한 첫날, 맨 정신으로 기념촬영부터 찰칵! 그다음에는 그때가 밤 열 시가 다 되었는데도 바로 그 유명한 플로리다 해변으로 미친 자매들처럼 앞뒤 안 가리고 돌진했다. 옷을 그대로 입은 채로 풍덩 하고 뛰어들었던 것이다. 바닷가에서 실컷 놀고 난 뒤에 제정신으로 돌아온 우리들은 곧바로 호텔로 와서 눕자마자 곯아떨어졌다.

다음날, 플로리다 공군 비행기 박물관에 가서 옛날 전투기부터 여러 종류의 비행기들을 관람했다. 큰 비행기 모형이 있길래 비행기를 피해 달아나는 척 장난도 쳤다. 가끔은 정신없이 뛰어다니며 놀고 있는 친구들을 피해 비행기 모형 안에서 여유를 부리며 휴식을 취하기도 했다.

오후에는 플로리다 등대 하우스(Light House)에 갔다. 등대의 꼭대기까지도 올라가 봤다. 저녁을 먹고 난 후 밤에는 등대 하우스에서 고스트 투어(Ghost Tour)를 했다. 무척 무서울 줄 알았는데 별것

미국 교환학생, 알고 보니 쉽네!

은 없었다.

　그런데 지하실에 들어가니까 한 친구와 내 신발 끈이 지하실에
서 저절로 마구 움직였다. 또 손전등도 가만히 있는데 꺼졌다 켜졌
다를 되풀이하자 친구들은 비명을 질러댔다. 다들 울고불고 난리
도 아니었는데 이상하게 내겐 다 가짜처럼 느껴져 조금도 무섭지
는 않았다. 내가 너무 겁이 없는 건지 모르겠지만 하여튼 재미있긴
했다. 그리고 마지막 날에는 첫날처럼 해변에서 또 미친 듯이 놀다
가 돌아왔다.

컬러 바이브 런(Color Vibe Run)
체험

일단 '컬러 바이브 런(Color Vibe Run) 체험'이 뭐냐 하면, 5킬로미터를 뛰는데 중간 중간에 다섯 가지의 색깔 구간이 있다. 그런데 각 구간을 지날 때마다 거기 있던 사람들이 우리한테 그 구간의 색깔 가루를 막 던지는 것이다.

예를 들어 옐로 구간을 지날 때는 노란색 가루를 맞고 그린 구간을 지날 때는 초록색 가루를 맞고 핑크 구간을 지날 때는 핑크색 가루를 맞는 식이다. 그렇게 5킬로미터를 뛰고 나면 참여한 사람들은 다들 온몸이 다섯 가지 색으로 뒤범벅이 된다.

색깔 범벅이 된 상태로 서로에게 갖가지 색의 가루를 던지면서

미국 교환학생, 알고 보니 쉽네!

춤추고 파티하며 노는 것이다. 특히 우리는 유난히 초록색을 많이 맞았는데 친구들을 바라보니까 다들 슈렉이 되어 있었다. 그 모습을 서로 쳐다보면서 깔깔댔다. 진짜 즐겁고 신나는 체험이었던 것 같다. 또한 미국 문화도 온몸으로 느낄 수 있는 하루였다.

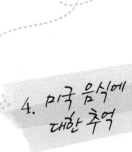

4. 미국 음식에 대한 추억

　　　　오늘은 축구 연습도 숙제도 간만에 없는 날이었다. 저녁을 먹고 나서 호스트 아빠와 함께 텔레비전을 보고 있었다. 요리 프로그램이었는데 그걸 보다가 문득 이곳에서 체험했던 미국 음식에 대해 이야기하고 싶어졌다.

　　솔직히 다들 미국의 대표 음식이라고 하면 패스트푸드를 떠올리곤 한다. 미국에 실제로 와 보니 그 생각이 맞긴 맞았다. 그런데 나와 함께 살고 있는 호스트 엄마는 레스토랑 운영 경험이 있으셔서 그런지 패스트푸드를 먹는 일은 거의 없었다.

　　게다가 호스트 엄마는 멕시코계 미국인이시고 여러 나라 음식에 관심도 퍽 많으셨다. 정말 이곳에 온 이후로 미국, 인도, 타일랜드, 중국, 멕시코, 한국, 볼리비아 음식 등 진짜 다양한 메뉴를 경험하고 있다. 아, 난 정말 행운아인가 보다. 음식 데코레이션도 어찌나 예쁘게 잘하시는지 정말이지 전직 레스토랑 운영자답다!

낯설지만 맛있는 멕시코 음식

텍사스-멕시코 스낵의 하나인 타퀴토(Taquitos)는 약간 에그롤(Egg Roll) 같은 음식인데 안에 닭고기와 채소를 넣고 겉에 또띠아 같은 걸 입혀서 튀긴 요리이다. 또 샐러드와 하얀 치즈 가루도 함께 먹는다.

멕시코의 전통 음식 중 하나인 타말리(Tamales)는 우리나라의 만두처럼 옥수수 반죽 속에 고기와 채소 등의 여러 재

타퀴토

료를 넣고 같이 반죽한 후에 옥수수 껍질로 싸서 찌거나 구워 그 위에 바로 유명한 살사 소스를 뿌려 먹는 것이다. 달콤한 옥수수 맛이 일품이다. 갓 요리를 해 따끈따끈하게 먹을 때가 제일 맛있다. 상큼하고 매콤한 살사소스와 함께 느껴지는 폭신폭신한 질감을 아직도 잊을 수가 없다.

라이스와 빈(Rice and Beans), 이 요리도 멕시코 전통 음식인데 말 그대로 멕시코 밥과 콩이다. 멕시코 식당에 가면 고기에 따라오는 사이드 메뉴로 흔하게 볼 수 있는 요리다. 가장 구하기 쉬운 재료이고 또 그 재료비도 굉장히 싸서 옛날에 멕시코에서 빈민층들이 가장 즐겨먹던 음식이라고 한다.

우리말로 하면 '콩밥'이라 어감이 이상하지만 어쩌나 맛이 환상

적이던지 우리말로 단순히 옮기기엔 뭔가 연상되는 의미의 차이에서 부조화가 일어난다. 하여튼 집에서도 쉽게 만들어 먹을 수 있는 멕시칸 요리이고 배도 든든하게 해준다.

내가 가장
좋아하는 음식

타코 샐러드(Taco Salad)는 내가 지금까지 먹은 음식 중 가장 좋아하는 메뉴이다. 나는 원래 정말 심각하게 육식성이라 채소를 무척 싫어한다. 그런데 이게 웬 걸! 타코 샐러드는 정말 채소들의 대혁명이다. 타코 속에 갖가지 채소들과 약간 매콤새콤한 살사 소스를 버무려 먹으니깐 진짜 대박이었다. 나도 내가 이렇게 채소를 먹는 모습을 보니 참 신기했다.

또 호스트 엄마가 후식으로 만들어주신 딸기 케이크와 아이스크림(Strawberry Cake with Ice Cream)의 맛도 가히 환상적이다. 카페에서 사먹는 것보다 훨씬 맛있었다. 게다가 칠면조 고기와 크림파스타의 환상적인 조화(Turkey Roast and Pasta)는 또 어떻고! 이게 바로 천국의 맛이 아닐까.

라자냐(Lasagna), 이것도 파스타의 일종이라는데, 얇은 파스타 반죽을 겹겹이 쌓아서 그 위에 치즈와 토마토소스 등을 얹어서 오븐에 구운 요리이다. 그런데 일반 파스타와 별 다를 게 없어 보이지만 또 색다른 맛이 났다.

칠면조 고기와 파스타

폭찹

    미국식 팬케이크(American Cherry Pancake)는 체리 소스를 뿌린 건데 진짜 엄청 달다. 그런데 그게 딱 내 스탈일이다. 두말하면 잔소리로 환상적인 맛이다!

    미국인들이 가장 사랑하는 음식 중 하나라는 폭찹(Pork Chop). 맛있는 소스가 뿌려진 돼지고기 스테이크와 또 다른 크림 파스타! 정말 그 맛을 말로 다 표현하긴 너무 힘들 만큼 맛있었다.

내 입맛을 바꿔 놓는
호스트 엄마의 요리 솜씨

    호스트 엄마는 내 입맛에 대한 고정관념을 바꿔 주셨다. 이제까지 좋아하지 않던 음식 재료도 호스트 엄마의 손이 닿으면 아주 맛있는 요리로 바뀌었다. 호스트 엄마는 특별한 요리 비법이라도 간

치킨 텐더 샌드위치와 나초   솔즈베리 스테이크

직하고 있는 걸까. 어쩌면 해주시는 음식들이 다 그렇게 맛있을 수 있을까. 이제까지 내가 경험해보지 못한 맛의 신세계가 열린 셈이다. 호스트 엄마의 메뉴는 날마다 달라서 뭐가 더 맛있다고 말하기가 힘들 정도였다.

솔즈베리 스테이크(Salisbury Stake)는 또 어떻고. 버터를 두른 식빵 위에 버섯과 맛있는 소스를 곁들인 스테이크를 얹고, 그 옆에는 정말 노릇노릇 맛있게 익은 고구마! 내가 또 채소 말고 죽었다 깨어나도 안 먹는 음식이 바로 버섯인데 정말 맛있었다. 참 희한하게도 호스트 엄마는 내 식성을 고쳐주는 재주가 있으신가 보다. 요리 마술지팡이라도 가지신 게 아닐까.

역시 멕시코 스프의 하나인 뽀솔레 수프(Pozole Soup)는 갖가지 채소와 소고기를 뼈째로 넣고 푹 끓인 우리나라의 매운 갈비탕 같은 국이라고 할 수도 있다. 밥과 같이 먹기도 하고 타코 과자에 얹어서 먹기도 한다. 앞에서 이야기했던 세 학교의 축구 경기가 있던 날 호스트 엄마는 이 요리를 해주셨다. 그날 경기를 하는 온종일 바람이 불고 엄청 추웠다. 그런데 마침 학교에서 돌아오자마자 딱 이 따끈따끈한 국물을 먹으니깐 정말 온몸이 사르르 녹아내리는 것 같았다. 호스트 엄마는 어쩌면 이렇게 내 마음을 잘 아시는 걸까. 정말 을씨년스러운 날씨에 딱 맞는 훌륭한 메뉴였다. 나는 먹자마자 바로 잠들었다. 이날은 이도 안 닦고 자버렸다.

치킨 텐더 샌드위치와 나초(Chicken Tender Sandwich & Nacho), 이 요리는 말 그대로 치킨 텐더 샌드위치와 치즈를 듬뿍 올린 나초이다. 미국의 가장 평범한 음식 중 하나면서 가장 맛있는 음식 중 하나다.

정말 대단하신 호스트 엄마! 한국에 돌아갈 때쯤엔 최소 네다섯 가지의 요리는 배워가지 않을까. 그런데 나는 호스트 엄마가 이렇게 음식을 잘해주시지만 별로 살이 찔 것 같진 않다. 거의 매일같이 축구를 하는데다 우리 가족은 이렇게 패스트푸드가 아닌 건강식을 챙겨 먹으니깐 말이다. 매번 느끼지만 호스트 엄마에게 새삼 감사의 마음이 절로 생긴다.

5. 미국에서의 크리스마스 추억

벌써 크리스마스가 열흘밖에 안 남았다. 한국에선 새해 명절인 설날에 온 가족이 모여 떡국을 먹으며 새해를 서로 축하하는데, 미국에선 크리스마스가 한국의 설날만큼 엄청나게 큰 명절이다. 크리스마스에는 대부분 많은 가족이 모여 남녀노소 모두 일일이 다 선물을 주고받으며 추수감사절만큼 시끌벅적하게 보낸다. 우리 호스트 가족도 다음 주에 크리스마스 명절을 보내러 무려 다섯 시간이나 걸리는 호스트 아빠의 고향으로 떠날 것이다. 그곳에서 온 가족들이 다 모여 크리스마스이브부터 크리스마스 다음날까지 보낼 예정이다. 정말 미국에선 크리스마스가 우리나라 명절과 비슷한 분위기라고 보면 된다.

크리스마스가 미국에선 중요한 휴가(Holiday)인 만큼 크리스마스 2, 3주 전부터는 여기저기에서 크리스마스 파티가 열린다. 지난주에는 호스트 엄마가 일하시는 은행에서 파티가 있었는데 맛있는 음식과 쿠키, 그리고 케이크, 캔디 등이 많이 나왔다. 나도 그 파티에서 산타할아버지와 10년 만에 사진도 찍어보며, 호스트 가족들과 즐거운 시간을 보냈다.

또 크리스마스를 앞두고 로컬 코디네이터인 미셸이 계획한 다섯 번째 여행을 다녀왔다. 저번에 여행 갔던 플로리다 펜사콜라 해변, 컬러바이브 런 체험에 이어 이번엔 벨링그래스 가든(Bellingrath Garden)에 갔다 왔다. 이곳은 말 그대로 '정원(Garden)'인데 크리스마스 분위기에 맞게 특이하고 아름다운 조명과 모형들을 이용해 예쁘게 꾸며 놓았다.

정말 창의적이고 기발하게 꾸며 놓아서 한 시간 반 동안 높은 굽의 신발을 신고 걸어 다녔는데도 다리가 아픈 것도 잊을 만큼 그 황홀함에 빠져버렸다. 정말 많은 커플들이 있어서 더 로맨틱한 분위기였다. 많은 사람들 앞에서 대놓고 애정행각을 하며 공개 프러포즈를 하는 커플도 보였는데 진짜 부러웠다.

아름다운 호수도 있었는데 살아 있는 백조처럼 꾸며 놓은 설치물도 있고, 예쁜 크리스마스트리도 볼 수 있었다. 이곳에선 정말 크리스마스의 달콤함이 흘러 넘쳤다. 함께 간 미셸과도 사진을 찍고 교환학생 친구들과도 즐거운 시간을 보냈다.

내 생애 가장 특별한 크리스마스

드디어 메리 크리스마스! 나와 호스트 부모님은 크리스마스를 보내기 위해 내가 사는 곳에서 다섯 시간이나 떨어진 호스트 아빠의 고향인 옥스퍼드 워터 밸리(Oxford, Water Valley)에 다녀왔다. 정말 우리나라의 새해에 떡국을 먹기 위해 온갖 친척과 사촌들이 다 모이는 것처럼 여기선 크리스마스를 그렇게 보냈다. 일일이 모인 사람들을 다 세어봤는데 그 조그마한 집에 30여 명이나 가득 찼다.

어쨌든 나는 이번에 내 생애에서 가장 크고 화려하며 특별한 크리스마스를 보냈다. 예쁜 크리스마스트리 아래에 정말 영화에서만 보던 것처럼 산더미처럼 선물들이 쌓여 있었다. 오순도순 모두 거실에 모여 앉아 수다를 떠는 가족들, 빨간색 옷을 입으신 호스트 할머니도 계셨는데, 연세가 76살인데도 젊어 보이셨다. 건강하고 당당하고 음식도 맛있게 잘하시는 할머니가 멋있어 보였다. 나도 저렇게 나이 들어야지, 하는 생각이 절로 들었다.

드디어 모두 크리스마스 선물을 열어 보는 순간이 왔다. 다들 신

이 나서 선물을 풀어보느라 정신이 없었다. 나는 내가 준비한 선물에 비해 너무 많은 선물들을 받아 황송했다. 화장품, 목걸이, 귀걸이, 켄디케인, 반지, 로션 등 선물 박스를 잔뜩 받으니 크리스마스 느낌이 물씬 들었다.

난 호스트 부모님한테 로션과 미스트를 선물해 드리면서 감동적인 카드도 같이 준비했다. "저를 딸처럼 보살펴 주셔서 정말 감사하고 호스트 부모님을 만난 게 진짜 행운이었어요. 엄마, 아빠 사랑해요!"라는 내용이었다. 그걸 보시더니 호스트 엄마는 우시면서 나를 꼭 껴안으며 사랑한다고 말해주셨다. 작은 선물과 카드에도 기뻐하시는 모습을 보니깐 나도 감동이 되었다.

크리스마스 날 오후에는 정말로 특별한 경험을 했는데, 몇몇 삼촌들과 사촌 친구들과 실제로 사격을 하러 갔다. 사격장에 가서 가짜 총을 쏘는 게 아니라 드넓은 벌판으로 나가서 실제로 총을 쐈던 것이다.

크리스마스 날의
첫 사격

처음엔 용기가 나지 않아서 삼촌들과 사촌들이 총을 쏘는 것을 보고만 있었는데, 와! 진짜 멋이 있는 풍경이었다. 나는 실제로 총을 쏘는 것 자체를 보는 것만으로도 흥분이 되었다. 총소리는 귀가

미국 교환학생, 알고 보니 쉽네!

멍해질 정도로 정말 컸다. 따로 귀마개를 가져오지 않은 터라 우리는 두루마리 휴지를 이용해 귀를 막았다.

드디어 내 차례가 되었다. 호스트 삼촌이 내게 장총을 잡는 법과 안전핀을 누르는 법을 가르쳐 주셨다. 총은 생각보다 많이 무거웠다. 날아오르는 목표물을 향해 방향과 거리를 맞추어야 하는데 나는 총을 드는 것조차 힘겨워서 턱없이 높이 쏴버렸다. 하지만 방아쇠를 당기는 그 느낌은 뭐라 표현할 수 없을 만큼 짜릿했다.

호스트 아빠의 권총도 쏴보았다. 다행히 권총은 장총보단 덜 무거워서 초점을 맞출 여유가 있었다. 단 세 발 만에 5미터 앞에 있는 콜라병을 명중했다. 나는 거기 모여 있던 모두의 기립박수 세례를 받으며 퇴장했다. 생각보다 내가 대담하게 잘 쏘니깐 호스트 아빠가 살짝 놀라셨나 보다. 내게 이런 멋진 크리스마스를 선물해 주신 호스트 부모님께 진심으로 감사드린다.

6. 마지막 축구 경기와 동물 보호소 견학

어제는 마지막 축구 경기가 있었다. 난 센터 미드필더(Center Midfielder)로 뛰었다. 이제 곧 축구 시즌이 끝나는데 시원섭섭하다. 미국에 와서 내가 정말 잘했다고 생각하는 것 중 하나가 축구부에 든 것이었는데 이제 곧 시즌이 끝난다고 하니깐 마음이 싱숭생숭하기까지 하다. 축구 시즌이 끝나면 소프트볼이나 트랙앤필드에 들까 생각 중이다.

어제 축구 경기를 했던 상대 팀은 해리슨 센트럴 고등학교(Harrison Central High School)였는데 자주 만나는 독일 교환학생 중 한 명인 헬레나(Helena)가 다니는 학교이다. 나는 헬레나와 그동안 아주 친하게 지내고 있었다.

지난번에는 헬레나 학교에서 하는 농구(Basketball) 게임도 보러 다녀오기도 했다. 사실 우리 학교는 솔직히 농구부가 그리 잘하는 팀이 아니라서 경기를 보러 간 적이 없었는데 헬레나 학교의 농구

팀이 하는 게임부터 먼저 보러간 셈이었다.

헬레나 학교 농구부는 이 지역에서 꽤 잘하는 팀으로 유명해서 그런지 보는 재미가 쏠쏠했다. 치어리딩 하는 애들도 잘해서 신기하기도 했다. 농구 경기가 끝난 뒤에는 헬레나 집에 가서 슬립오버 (Sleepover), 즉 친구 집에서 파자마를 입고 놀면서 밤을 새우는 파자마 파티를 하면서 공포 영화 〈링〉도 함께 봤다.

"축구부, 사랑합니다!"

평소 친하게 지내던 헬레나도 축구부인데 이번 축구 경기에서 서로 상대팀으로 만난 것이다. 비록 적군(?)이었지만 만나자마자 격하게 껴안으며 반가워했다. 물론 게임 중에는 경계도 하면서 각자 팀을 위해 열심히 뛰었는데 아쉽게도 3 대 2로 우리 학교가 졌다. 하지만 신나고 재미있는 게임이었다.

이번 교환학생 프로그램이 끝나고 나서 미국으로 다시 돌아오든, 한국에 남든 축구는 계속 할 생각이다. 미국에 온 이후로 내게 취미 하나가 더 생긴 것 같아 정말 기쁘다. 내게 또 하나의 자산이 생긴 셈이니까.

축구 게임을 하기 전에 단체 사진을 찍는다는 이야기를 듣고 예쁘게 꽃단장을 했지만 정확히 한 시간 후 다른 사람이 됐다는 슬픈 전설……. 열심히 뛰어다니느라 흘린 땀으로 정성 들여 한 화장도 마구 번져버렸다. 그렇지만 내게는 이 축구부가 평생 잊지 못할 소중하고 특별한 추억이 될 것 같다.

우리 학교 축구팀의 마르코(Marco) 코치님은 남아프리카에서 오신 흑인이다. 항상 웃는 얼굴에 참 좋은 분인데, 특히 나를 예뻐해 주신다. 내년부터는 내가 이 축구팀에 없을 거라는 사실을 아시고 굉장히 섭섭해 하고 더 챙겨주신다.

코치님은 내 영어 이름 린제이(Lindsay)가 나와 어울리지 않는다면서 첫날부터 이름 대신 내 성인 '신(Shin)'을 따서 "Shin, Shin!"이라고 부르셨다. 그 바람에 축구부에서는 친구들도 다 나를 "Shin, Shin"으로 부른다. 처음엔 뭔가 좀 이상했는데 자꾸 듣다 보니까

미국 교환학생, 알고 보니 쉽네!

나중에는 나름 괜찮은 것 같았다. 하여튼 다정한 코치님과 축구팀 친구들이 있는 "우리 학교의 축구부, 사랑합니다!"

동물 보호소에서
마주친 눈망울

어제는 축구 게임 전에 호스트 엄마가 날 동물 보호소(Animal Shelter)에 데려가 주셨다. 우선 동물 보호소는 다들 알다시피 주인에게 버려진 강아지와 고양이들을 보살피면서 사람들이 입양할 수 있도록 도와주는 곳이다. 추수감사절 방학 때나 크리스마스 방학 때 몇 번 여기서 봉사하려고 했는데 자격 조건이 만 18세 이상이라 결국 할 수 없었다.

너무 실망스러웠지만 호스트 엄마 친구 분이 동물 보호소를 개인적으로 운영하고 계신다고 해서 봉사 활동이 가능한지 물어봐 주시기로 했다. 내가 허락을 받는다면 어쩌면 주말마다 동물 보호소에서 봉사할 수 있을지도 모르겠다.

동물을 무척 좋아하는 나로선 봉사 활동 시간(Community Service)도 채울 겸(이미 다 채운 지는 한참 지났지만) 좋아하는 동물들도 보살필 겸 더할 나위 없이 좋은 기회인 것 같다. 하지만 오늘 방문한 동물 보호소에 있는 귀여운 강아지와 고양이들이 다들 너무 슬픈 눈으로 날 쳐다보고 있어 당장 데려오고 싶은 마음이 간절해졌다.

지금 호스트 엄마가 키우는 강아지 이름은 코모(Komo)인데 무척 사랑스럽다. 'Komo'는 스페인어로 'How'라는 뜻이라고 한다. 멕시칸 아메리칸인 호스트 엄마가 직접 지어 줬다고 했다. 코모 같은 강아지는 우리 호스트 엄마처럼 좋은 주인을 만나 행복하게 잘 지내는데……. 동물 보호소에서 만난 강아지들의 슬픈 눈망울을 집에 돌아와서도 잊을 수가 없었다. 조금이라도 그 아이들의 아픔을 덜어줄 수 있도록 앞으로 동물 보호소에서 봉사할 수 있는 기회가 내게도 주어졌으면 좋겠다.

미국 교환학생, 알고 보니 쉽네!

7. 호스트 엄마의
추억이 담긴 멕시칸 요리

내가 이번 학기에 듣는 수업들은 영어3(English 3), 댄스(Dance), 스페인어2(Spanish 2), 세계사(World History)이다. 이 중에서 영어 수업에 대해 이야기해 볼까 한다. 요즘 내가 듣고 있는 영어 수업에서는 소설책도 읽고 토론도 하는 등 여러 가지를 하지만 정말 미국에서만 경험할 수 있는 특별한 수업 방식이 있다.

지난주에는 학생들에게 노트북을 한 대씩 빌려주고는 조사(Research)를 해오라고 했다. 서로 얻은 정보를 그룹별로 주고받으며 수업을 했는데 앉아서 그냥 주입식으로 공부하는 것보다 훨씬 머릿속에도 쏙쏙 잘 들어왔다.

언제라도 질문하고 대답하는 식의 열린 분위기에서 수업을 하니까 다양한 아이디어도 많이 떠올라 발표하고 싶은 마음이 절로 들었다. 이런 게 바로 요즘 우리 대학에서 요구하는 '글로벌 마인드'가 아닐까. 정말 미국에 오길 잘했단 생각이 많이 든다.

이날 학교에 다녀와서 저녁으로 나초를 먹었다. 그리고 호스트 엄마께서 수고했다며 맛있는 핫초콜릿과 허니브레드를 만들어주셨다. 카페에서 파는 것처럼 아주 정교하게 잘 만들어진 것 같다. 호스트 엄마는 진짜 손재주가 좋으시다!

호스트 엄마의
화려했던 과거

다음날, 호스트 엄마께서 맛있게 차려 주신 아침을 먹고 나서 식탁에서 부모님과 도란도란 얘기도 나누는 간단한 티타임을 가졌다. 앞에서도 말한 적이 있지만 2년 전까지만 해도 호스트 엄마는 근처에 있는 유명한 멕시칸 레스토랑의 오너이셨다.

그래서 신문이나 잡지에도 많이 소개되고 인터뷰도 몇 번 하셨

단다. 호스트 엄마가 운영하셨던 레스토랑이 소개된 신문이나 잡
지를 오늘 나한테 보여주셨다. 아, 이야기만 듣다가 실제로 사진을
보니 진짜 멋있어 보였다!

오후에는 미국의 대표(?) 음식이자 스낵인 콘브레드(Corn Bread)
를 호스트 아빠와 함께 만들었다. 나야 뭐 솔직히 호스트 아빠의
조수에 가까웠지만 말이다. 요리 테러리스트인 나에게 친절히 하
나하나 설명해 주시는 호스트 아빠! 항상 다정다감하고 친절하시
다. 내가 한국에 돌아가면 꼭 부모님께 만들어 드리라고 말씀하셨
다. 드디어 완성된 요리, 정말 멋지게 만들어졌다!

맛있게 이른 저녁을 먹고는 호스트 아빠에게 기타를 배웠다. 위

낙 호스트 아빠가 평소에 록 뮤직을 좋아하셔서 항상 거실에 CD를 틀어놓고 그 음악에 맞춰 기타를 연주하신다. 나도 원래 예전부터 기타를 배우고 싶었는데 좋은 기회다 싶어서 여기 온 뒤로 호스트 아빠께 꾸준히 배우고 있다. 아직은 많이 부족하지만 곧 마스터해서 몇 년 후엔 한국에 있는 우리 아빠에게 기타를 가르쳐 드릴 계획이다.

멕시칸 레스토랑에서
살짝 선보인 스페인어 실력

일전에 멕시칸 레스토랑에 직접 간 적이 있는데, 호스트 엄마가 멕시칸이셔서 그런지 매우 들떠 계셨다. 평소에도 집에서 멕시칸 요리를 많이 해주시긴 하지만 정통 멕시칸 레스토랑에서 내가 요리를 경험해볼 수 있도록 마련한 자리였다.

식당에 들어서자마자 인테리어부터 멕시코의 분위기가 물씬 풍겼다. 레스토랑 벽에는 멕시코 전통 모자 등도 걸려 있어 그 모자를 쓰고 기념사진도 찍었다. 나는 저번 학기에도 학교에서 스페인어 수업을 들었고, 이번 학기에도 듣고 있는 중이다. 그래서 레스토랑 직원들과 스페인어로 간단한 인사말 정도는 주고받을 수 있었고 원하는 메뉴도 주문할 수 있었다. 그랬더니 아시아인이 스페인 말을 할 수 있다고 굉장히 신기해했다. 호스트 엄마도 그 모습을 보시곤 뿌듯하다고 말씀하셨다.

미국 교환학생, 알고 보니 쉽네!

　애피타이저로 나초 비슷한 과자도 나왔다. 또 우리나라의 식혜
와 비슷한 멕시칸 전통 음료수도 나왔는데 이건 정말 신기해 보였
다. 이 음료수의 이름은 오르차타(Horchata)인데, 쌀과 계피, 설탕을
넣어 만든다고 한다. 처음 봤을 땐 우유 또는 식혜처럼 보였는데
맛을 보니 예상이 빗나갔다. 겉모습만 언뜻 봤을 때 비슷하지, 우리
나라의 식혜와도 전혀 다른 맛이었다. 하지만 보기보다 기대 이상
으로 정말 맛있었다.

8. 파티에 대한
추억

　　지난 주말에 열렸던 코디네이터 미셸의 조카인 에이든(Ayden)의 열여섯 살 기념 생일 파티(Sweet Sixteen Party)! 너무 정신없이 놀았던 것 같다. 토요일 오전에 도서관에서 학교 숙제를 하다가 오후에 집으로 돌아와 파티에 참석할 준비를 했다. 화장을 하고 드레스도 입고 하이힐도 신었다. 하필 몸에 딱 붙는 드레스를 골라서 뱃살 걱정에 하루 종일 아무것도 먹지도 못한 채 저녁 여섯 시쯤 파티 장으로 갔다. 친구들 모두 정말 못 알아볼 만큼 예쁘게 차리고 나타났다.

　　드디어 주황색 드레스를 차려 입은 주인공이 등장했다. 이 파티의 주인공인 에이든은 학교 농구부에 있어서 그런지 키도 크고 몸매도 예뻤다. 화려한 모습에 저절로 기가 죽었다. 하지만 어쨌든 에이든이 등장하자 모여 있던 사람들이 생일축하 노래를 불러주며 꽃 한 송이씩을 전해주자 에이든은 감동했는지 막 울기 시작했다.

　　　　　미국 교환학생, 알고 보니 쉽네!

이 꽃은 사람들이 파티 장에 들어올 때 미리 나눠 줘서 받아놓았던 것이다.

드디어 파티가 시작하고 친구들과 기념 '셀카'를 찍은 후 에이든 의 이모 미셸이 쓴 감동적인 편지를 읽는 순서가 되었다. 그 와중 에 파티를 관리하는 분이 오셔서 와인이 담긴 병처럼 보이는 것에 서 뭔가를 와인 잔에 따라주셨다. 처음엔 진짜 와인인 줄 알고 속 으로 좀 기뻐했지만 이내 사이다인 줄 알고 잠시 실망했다. 어쨌든 정말 텔레비전에서만 보던 파티 분위기를 직접 내가 이렇게 경험 하고 있다는 게 선뜻 믿기지 않았다.

이윽고 저녁 식사 시간! 하루 종일 굶었던 나에겐 얼마나 기다렸 던 행복한 시간인지! 피자, 치킨, 컵케이크, 과일, 수프, 캔디 등등 푸짐한 음식들이 잔뜩 쌓여 있었다. 실컷 먹고 나니 디너 타임 후 에는 댄스 타임이 이어졌다.

이 멋진 시간을 사진으로 찍지 못한 것은 아쉽지만 무대 뒤쪽에서는 진짜 DJ들이 힙합 음악을 틀어주고 있었다. 힙합 음악에 맞춰 모두들 미치도록 춤을 췄다. 춤을 출 동안은 다들 하이힐을 벗고 맨발이었는데, 평소에 몸치였던 나도 창피함 같은 건 다 잊고 미친 듯이 흔들었던 것 같다. 평생 못 잊을 추억이다.

슈퍼볼 파티와
마디 그라 페스티발에 대한 추억

일주일 후쯤 나의 베스트 프렌드인 위스퍼(Whisper)와 볼링장에 갔다. 평소에 위스퍼와 나는 운동같이 활달하게 뭐라도 움직이는 걸 좋아하는 성격이다. 나는 초등학교 때 잠시 볼링부에 있었던 경험이 있어서 여기서도 잘할 자신이 있었다.

그러나 볼링장에 가본 지가 3년이나 돼 감을 잃었는지 생각보다 점수가 잘 안 나왔다. 세 게임을 했는데 너무 빨리 끝나서 호스트 엄마를 기다리는 시간이 길어졌다. 그동안 나초를 먹으며 위스퍼와 도란도란 얘기를 나눴다.

볼링장에 다녀와서 오후에는 이웃에 사는 훌리오(Julio)의 슈퍼볼(Super Bowl) 파티에 갔다. 미국에선 일반 축구보다 미식축구가 인기가 더 많은데 월드컵에서 파이널, 세미파이널이 있듯이 미식축구에서도 마지막 파이널 게임을 슈퍼볼이라고 부른다. 즉, 미식축구에서 플레이오프를 거쳐 리그 우승팀끼리 겨루는 챔피언 결정

미국 교환학생, 알고 보니 쉽네!

전이다. 슈퍼볼 파티는 바로 이 게임을 다 같이 텔레비전으로 보면서 먹고 떠들면서 노는 파티였다.

게임이 끝나자 케이크를 하나 먹었는데 그 이름이 마디 그라 (Mardi Gra) 케이크였다. '마디 그라'에 대해 잠시 설명하자면, 지난번에 나의 로컬 코디네이터, 그리고 독일 교환학생 친구인 헬레나, 피오나(Fiona)와 함께 다녀왔던 걸프포트(Gulfport)에서 열린 마디 그라 축제 이야기를 좀 해야겠다. 걸프포트는 내가 살고 있는 패스 크리스천(Pass Christian)의 옆 동네이다.

매년 2월이면 열리는 마디 그라 축제 때에는 이쪽 지역에선 매우 큰 행사와 퍼레이드가 펼쳐진다. 마디 그라는 원래 프랑스에서 유래된 페스티벌이라고 하는데, 마디 그라 시즌이 되면 미국의 각 도시마다 각각의 일정한 날짜와 장소에서 퍼레이드가 열린다. 우리는 퍼레이드가 시작하기 전 친구들과 함께 피자를 먹으며 기다렸다.

수많은 경찰과 경호원들이 질서를 정비하는 가운데 드디어 퍼레이드가 시작되었다. 퍼레이드가 지나가면서 신나는 음악과 함께 각양각색의 비즈 목걸이, 인형, 가면, 스넥, 장난감 등을 던져주는데 그걸 막 그냥 주는 대로 받으면서 춤추며 즐기는 행사이다. '강남 스타일' 노래도 엄청 나와서 내가 친구들에게 싸이의 말춤도 가르쳐줬다. 사람들 함성소리가 어찌나 크든지 고막이 터질 뻔 했다.

어쨌든 이런 축제에서 먹는 마디 그라(Mardi Gra) 케이크를 슈퍼볼 파티에서 모두가 조그만 조각으로 나눠서 먹었는데, 마디 그라 케이크 속에는 조그만 황금색 아기 모형이 숨겨져 있다. 복불복으로 받은 케이크 조각 속에 아기 모형이 있는 조각을 발견한 사람은 일 년 동안 모든 일이 잘 풀리는 행운이 온다고 한다.

그런데 내가 받은 케이크 속에 그 아기 모형 조각이 있었다! 나는 처음에 아무 생각 없이 케이크를 먹다가 뭔가 딱딱한 게 혀에

미국 교환학생, 알고 보니 쉽네!

걸려 호두인 줄 알고 꺼내봤더니 바로 아기 모형이었다. 정말 내가 직접 아기 모형이 들어 있는 케이크를 받으니까 진짜 신기하고 행복했다. 앞으로 내게 정말로 행운이 오기라도 하듯이 말이다.

9. 아주 특별한 추억 만들기

내가 있는 곳이 시골이라 교통이 편리하지 않고, 호스트 부모님은 일하시기 때문에 방학 때 친구들과 놀러나가거나 뭐 특별히 밖에 나갈 일이 없었다. 대부분 집에서 쉬면서 보낸다. 그러던 중 봉사활동을 위해 학교 근처에 있는 공공도서관(Public Library)에서 하루 동안 사서(Librarian)로 일했다.

책도 정리하고 사람들이 책을 빌려갈 때 컴퓨터로 처리하는 것도 도와주고, 오후에는 대여섯 살 아이들이 모여 있을 때 그곳 사서를 도와 아이들에게 책도 읽어 주고 꼭두각시처럼 끈이 달린 '손인형(Puppet)' 놀이도 해줬다.

아이들이 나를 잘 따라서 뿌듯했다. 아이들은 노래를 불러달라고 하기도 했다. 순간 당황했지만 좋은 아이디어가 떠올라 한국 동요인 '곰 세 마리'를 가르쳐 줬다. 어린애들이 한국 노래를 정말 잘 따라 불러서 신기했고 보람도 있었다. 또 지구본에서 'Korea'를 찾

미국 교환학생, 알고 보니 쉽네!

아 보여주면서 은근히 우리나라 자랑도 많이 했다. 그런데 아이들
과 재미있게 노느라 기념촬영은 아쉽게 못했다.

유기견 보호 센터 방문기

토요일인 오늘은 정말 뜻 깊은 일을 하며 보냈다. 드디어 내가 기
대하고 기다리던 유기견 보호 센터에 가서 봉사를 했다. 가기 몇 시
간 전부터 꽃단장을 하고 흥분이 가라앉지 않아 안절부절못했다.

내가 갔던 유기견 보호 센터의 이름은 'Tired Dog Rescue
Shelter'였다. 이곳은 크고 공식적인 유기견 센터가 아니라 개인이
집에서 하는 거라 더욱 친근하고 따뜻하게 느껴졌다. 총 23마리 정
도의 강아지들이 있었는데 많은 아이들이 전 주인으로부터 학대받
거나 상처를 입어서 외상과 내상이 조금씩 있는 상태였다. 스텐리
(Stainley)는 전 주인의 학대로 눈 하나를 잃었다고 한다.

또 몇몇 아이들은 길거리에 버려져 오랫동안 방치되었기 때문에
식도암이나 피부염, 앞을 보지 못하는 병으로 힘들어 하고 있었다.
어렸을 때부터 동물을 무척 사랑했던 나로서는 정말 화가 치밀고
가슴도 아팠다.

하지만 이 유기견 센터를 운영하는 테리(Terry) 부부의 극진하고
따뜻한 보살핌으로 아이들은 이제 씩씩하고 활발해지고 있었다.
내가 그곳에 처음 들어섰을 땐, 아가들이 낯설었는지 엄청나게 짖

어대었다. 스물세 마리가 한꺼번에 짖어대니 내 귀청이 떨어져 나가는 줄 알았다. 하지만 곧 내가 공놀이도 같이 해주면서 몇 분 놀아주니깐 금방 친해져 다들 내 곁에만 맴돌려고 했다.

그 다음으로 내가 맡은 임무는 강아지 다섯 마리를 씻기는 것이었다. 아가들이 어찌나 샤워하길 싫어하는지 매번 달아나려고 해서 애를 많이 먹었다. 두 번째 씻긴 아이의 이름은 페이지(Paige)인데 물을 뿌리자마자 욕조를 탈출해서는 거실을 당당하게 돌아다녔다. 그 아이를 잡는데 10분이나 걸렸다.

마지막으로 씻긴 아가의 이름은 진저(Ginger)인데, 전 주인에게 학대를 당했다고 한다. 독한 화학약품을 진저의 몸에 뿌려서 피부가 다 타고 녹아서 털이 거의 남아 있질 않았다. 그래서 진저에게는 다른 특별한 샴푸를 써야 한다고 했다. 이 천사 같은 아가에게 어떻게 그런 끔찍한 학대를 했을까. 어쨌든 이렇게 다섯 마리의 아

미국 교환학생, 알고 보니 쉽네!

가들 샤워를 사십 분 만에 마치고 드디어 밖에 나가서 깔끔해진 아가들과 재밌는 시간을 보냈다.

집으로 돌아올 때 봉사 기념으로 티셔츠도 받았다. 이 티셔츠에는 "Dogs can't add or subtract!(개도 사람과 다를 바가 없다!)"라고 쓰여 있었다. 이 말을 평생 가슴에 새길 것이다. 상처를 입은 아가들 때문에 가슴이 아프기도 했지만, 이제 다시 안식처를 찾아 즐거워하는 아가들과 함께한 하루는 아주 뜻이 깊었다. 이런 보람찬 시간을 보낼 수 있게 해주신 호스트 엄마와 테리 부부에게 정말 감사를 드린다.

채식 식단
체험기

지난 한 주 동안 채식주의를 실천했다. 호스트 부모님은 특별한 종교가 있는 건 아닌데 호스트 엄마는 가끔 그냥 기도할 일이 있거나 좀 힘든 일이 있을 땐 교회를 종종 가신다고 한다. 그런데 크리스천 전통 중에 40일 동안 모든 종류의 고기는 절대 먹지 않고 채소와 해산물, 과일 등만 먹는 풍습이 있다고 한다.

고기를 먹지 않으면서 우리 몸속에 있는 나쁜 기운이나 독소를 빼내고 또 우리 영혼까지 맑게 해주는 그런 의미란다. 이게 정확히 미국 크리스천만의 전통인지 아니면 모든 크리스천들의 전통인지는 모르겠지만 미국에 와서야 비로소 내가 처음 하게 된 채식 체험이라 신기했다.

원래는 40일 동안 해야 되지만 난 한참 혈기왕성한 성장기의 십대이기에 일주일만 해보기로 했다. 호스트 엄마는 나보고 굳이 같이 안 해도 된다고 했지만 한 번도 채식주의자로 살아본 경험이 없어서 이 또한 좋은 경험이려니 생각하며 자발적으로 일주일을 하겠다고 나섰다. 다음은 내가 일주일 동안 실천했던 채식 식단이다.

Day 1 : 달걀 프라이 샌드위치와 옥수수 통조림 요리(Fried
　　　　Egg Sandwich and Corns)

Day 2 : 매운 고추 요리(칠리 레예노, Chile Relleno)

Day 3 : 으깬 감자, 옥수수로 만든 타말리 그리고 김치(Potatos,
　　　　Corn Tamales and Kimchi)

Day 4 : 멕시칸식 진짜 매운 새우와 샐러드(Mexican Hell Fire
　　　　Shrimp and Salad)

Day 5 : 엔칠라다(Enchiladas)

Day 6 : 멕시칸식 진짜 매운 새우(Mexican Hell Fire Shrimp)

Day 7(St. Patrick's Day) : 채소 타코, 세퍼드 파이, 그리고 케이
　　　　　　　　　　　　　크(Vegetable Tacos, Shepard's Pie and
　　　　　　　　　　　　　Cake)

내가 첫 경험해 본 채식 식단의 마지막 날인 3월 17일은 세인트 패트릭의 날(Mar 17th, St Patrick's Day, 아일랜드의 수호성인 기념일)이었다. 즉, 아일랜드에 기독교를 전파한 패트릭 성인을 기념하는 날이

다. 아일랜드의 전통(Irish Tradition)이라는데 이날에는 모두가 초록색 옷을 입고 세퍼드 파이(Shepherd's Pie)를 만들어 먹는다고 한다.

세퍼드 파이는 아일랜드 전통 음식 중 한 가지로 양치기들이 예로부터 주로 양고기를 다져서 만들어 먹었던 것에서 유래한다. 이날 초록색 옷을 입지 않은 사람은 주변 사람들에게 꼬집힌단다. 호스트 엄마가 만들어 주신 세퍼드 파이에는 양고기 대신 소고기가 살짝 들어갔긴 했지만, 채식 식단의 마지막 날이라서 난 그냥 먹었다. 채식주의를 실제로 체험해 보니까 몸이 가벼워지고 정신도 맑아지는 것 같아 한번쯤 해볼만 하다는 생각이 들었다. 이제부턴 해마다 일주일 이상씩은 채식주의를 실천할 생각이다.

Day 4&6 - 멕시칸식
진짜 매운 새우와 샐러드

Day 7 - 세퍼드 파이

10. 뉴올리언스에서의 추억과 새로운 도전

지난주 토요일에는 친구들과 호스트 엄마와 함께 드디어 미국 남부 지방의 보물이라고 하는 뉴올리언스(New Orleans)에 갔다 왔다. 뉴올리언스는 루이지애나 주에 있는 문화의 중심지인 대도시이다. 거리가 살짝 지저분하긴 했지만 건물이나 도시의

미국 교환학생, 알고 보니 쉽네!

풍경은 고전적인 아름다움을 지니고 있었다. 궁전 같은 건물도 보였는데 미국에서 가장 오래된 성당이라고 한다. 이곳에 계신 신부님과 함께 기념 사진을 찍었는데, 마치 내가 영화 속 한 장면에 들어온 것처럼 느껴졌다.

길 한가운데에는 재즈 음악을 하는 사람들도 있었다. 길거리 공연을 하는 이 멋진 사람들은 한 시간 정도 공연을 한다고 했는데 우리도 한참 머물면서 구경했다. 꽤나 전문적으로 잘하는 연주였다. 그다음에는 뉴올리언스의 구시가지에 있는 프렌치쿼터(French Quarter)에 갔다. 이곳은 프랑스 식민지 시절에 형성된 프랑스풍의 옛 거리인데, 이 안에 있는 프렌치마켓이라는 재래시장 같은 느낌이 나는 곳에 가서 기념품으로 스냅백 모자도 샀다.

또 나일 강과 아마존 강 다음으로 세계에서 가장 길이가 긴 강이라고 하는 미시시피 강에 발도 담그고 기념 사진도 찍었다. 미국의 남부 지방에 온다면 꼭 한번쯤은 가봐야 된다는 이곳 뉴올리언스에서 친구들과 호스트 엄마와 함께 정말 재미있는 시간을 보냈다.

다음에 혹시 미국의 남부 지방으로 교환학생을 오는 친구들이 있
다면 꼭 한번 방문해 보기를……

시상식과 공연,
그리고 앞으로의 계획

학교에서 마무리로 파이러트의 쇼 케이스(Pirate's Showcase)라
는 시상식과 공연을 했다. 나도 댄스 수업(Dance Class) 멤버였기에
이 공연에 참가했다. 오프닝 세리머니(Opening Ceremony)로 재즈
장르의 댄스 공연을 친구들과 했고 또 마지막에 클로징 세리머니
(Closing Ceremony)로 힙합 장르의 댄스를 췄다.

내가 워낙 몸치라 대중 앞에서 춤을 출 거란 사실은 꿈에도 생각
지 못했는데 참 미국에서 별의별 경험을 다 하는 것 같다. 정말 평
생 추억으로 남을 것이다.

미국 교환학생, 알고 보니 쉽네!

이날은 공연하는 날이기도 했지만 우수 성적 학생들의 시상식 날이기도 했다. 사실 나도 이 시상식의 주인공 중 한 명이었다. A학점과 B학점을 받은 학생들에게만 주는 성적 우수상(Principle's Honor Roll)이었는데, 이 상을 받는 자리에 서자 일 년 동안 내가 미국에서 경험했던 모든 일과 친구들의 얼굴이 순식간에 스쳐 지나갔다.

그 며칠 뒤에는 축구 연회(Soccer Banquet)가 있었는데 이번 시즌동안 훌륭했던 선수를 시상하는 자리였다. 여러 번 말했듯이 내가 이번 미국에서의 1년 동안 가장 잘했다고 생각했던 것 중 하나가 축구부에 들어간 것이었지만, 특별히 내가 잘하는 선수는 아니었기에 정말 상을 받을 것이란 기대는 조금도 없었다. 단지 친구들을 축하해 주러 간 것뿐이었지만 예상 외로 나도 상을 두 개나 탔다. 하나는 참여상이었고 또 하나는 우수 선수들 몇 명에게만 주는 감사패였다. 상을 건네주시면서 코치님은 내게 이렇게 말씀하셨다.

"Shin, Shin, you were my best player ever, not physically but mentally. I will miss you very much!(신, 신, 넌 잘 뛰어서라기보다 열정적이라서 내가 가장 좋아하는 선수였어. 나는 널 매우 그리워 할 거야!)"

정말 미국에서 이처럼 값진 경험을 할 수 있게 해주신 모든 분들께 감사하고 또 감사드린다. 미시시피에서 알고 지냈던 모든 교환학생 친구들, 축구부 친구들, 나의 베스트 프렌드 위스퍼, 그리고 호스트 부모님도 역시 모두 잊지 못할 것이다.

나는 다음 학기에 다시 미국의 시카고로 떠난다. 이번엔 애임 하이교육을 통해 사립학교인 홀리 트리니티 고등학교(Holy Trinity

High School)로 가서 대학을 준비할 생각이다. 여기서는 공립학교 때와 똑같이 지역 코디네이터와 호스트 가족의 관리를 받게 되지만, 이번엔 공립이 아니기 때문에 호스트 비용과 학비는 내가 부담하게 된다.

내가 이곳에서 잘 적응하면 지금 중학교 2학년인 내 여동생 예지도 고등학교 1학기를 마칠 무렵 시카고로 와서 함께 학업을 이어갈 계획이다. 나는 이제 새로운 곳에서 또 여러 친구들과 많은 사람들을 만나게 될 것이다. 이런 새로운 도전을 이어갈 수 있는

힘은 지난 일 년여 동안 교환학생 생활을 무사히 마친 경험에서
우러나온 것이다. 내게 더 많은 추억을 갖게 해준 미시시피에서의
아름다웠던 시절은 어디에 가 있든 내 마음속에 생생히 남아 있을
것이다.

Part 5

미국 교환학생
사용 설명서

정경은

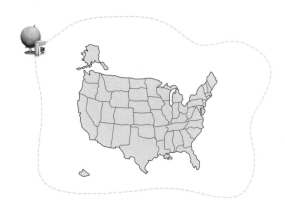

66 사람을 강하게
만드는 것은
비전을 세우고
그것을 이루고자
노력하는 데 있다. **99**

– 어니스트 헤밍웨이
(Ernest Hemingway,
노벨문학상을 수상한
미국 작가)

미국 국무부 교환학생을 가고 싶다면
당황하지 말고
애임하이교육으로 오면 딱!
끝!

미국 유학, 가고 싶은 마음은 들더라도 언뜻 그저 꿈만 같은 이야기일 수 있다. 하지만 미국 유학에 대한 알짜 정보만 있다면 의외로 큰돈 들이지 않고 갈 수 있는 방법이 있다.

세상은 넓고, 할 일은 많다? 그러나 우선 넓은 세상에 손쉽게 다가갈 수 있는 통로를 찾는 게 우선!

정보화 시대, 틈새 정보만 알아도 미국 국무부 교환학생, 의외로 가기 쉽다!

1. 미국 국무부 교환학생은 다들 어떤 경로로 가는 걸까?

　　　　미국 국무부 교환학생으로 가는 대부분의 경우 처음에는 주변의 지인으로부터 이야기를 듣거나 책을 통해 정보를 접한다. 또 친구들이나 주변에서 이미 교환학생을 다녀온 경우에도 그 정보를 공유하게 된다.

　그다음에 어머니들이나 학생들은 인터넷을 통해 검색을 해서 교환학생의 전문 기관을 조사해 보고 찾아오는 경향이 있다. 어떤 학생의 경우 중학교 때 같은 반 친구 언니가 교환학생을 다녀와서 그 친구에게 처음으로 듣고 접하게 됐다. 요즘은 보통, 학생들보다 부모님이 정보를 듣고 찾아오는 경향이 많은 편이다.

　미국 국무부 교환학생은 우리나라에서 2007년에 그 정점을 이뤘다. 많은 학생들이 미국 국무부 교환학생 프로그램에 참여해 미국으로 떠났다. 미국 학기의 특성상 우리와는 반대로 9월에 새 학기가 시작되기 때문에, 여름에만 80에서 100명 정도의 학생이 애임하이교육을 통해서 출국했다.

요즘은 중국 학생들이 미국 국무부 교환학생 프로그램을 이용하는 수치가 증가하고 있는 가운데, 우리나라 부모님들은 사립 유학 프로그램으로까지 시선을 돌려 유학의 프리즘이 넓어지고 있는 추세다. 한국의 교육열이 점점 높아지다 보니 국무부 교환학생 프로그램뿐만 아니라 처음부터 사립도 많이 이용하고 있다. 예전보다 유학 프로그램의 다양성이 높아졌다고 보면 될 것이다.

점점 글로벌 시대가 되는 가운데 유학의 경로도 다양해지고 있는 상황이다. 개인이 유학을 갈 학교를 직접 연결해도 되지만, 유학 전문기관을 통해 재단의 도움을 받아 미국 국무부 교환학생 프로그램을 이용하는 것이 경제적으로도 도움을 많이 받을 수 있고, 효율적으로 진행할 수 있다.

★ 이 책 주인공들의 예 ★

• 최지아 : 충청북도 영동에 거주하고 있었고, 인터넷 검색을 통해 애임하이교육을 알게 되어 방문했다.

• 김유진 : 이 책의 또 다른 주인공이기도 하고, 같은 수학 학원에 다니던 동급생 이소미 학생을 통해 교환학생 정보를 듣게 된다. 거제도에서 살고 있기 때문에 애임하이교육 (주) 경남지사를 통하여 방문하게 된다.

• 이소미 : 친척 언니의 유학 소식을 듣고 교
환학생에 대해 관심을 갖게 된 경우. 역시 거제
도에서 수속한 학생으로, 애임하이교육(주) 경남
지사를 통하여 알게 되었다.

• 신현지 : 경기도 안양에서 거주하고 있었
고, 인터넷 검색을 통하여 애임하이교육을 방
문하게 되었다.

2. 교환학생을 신청할 때 내 영어 실력은 어느 정도라야 가능할까?

　　미국 국무부나 재단에서 정말 원하는 건 영어 실력보다는 자신감이다. 새로운 세계에 직접 부딪히고 뛰어들어갈 수 있는 용기를 더 보는 편이다. '내가 과연 미국에서 잘해낼 수 있을까' 이런 불안감을 가지면 아무리 영어를 잘하더라도 못해낼 수 있다. 그런 마인드를 갖고 가면 항상 문제가 생기기 마련이다.

　　한국에 남아 있어도 어차피 영어는 공부를 해야 한다. 현재 자신의 영어 실력이 별로 좋지 않다고 우물쭈물 망설일 필요는 없다. 그러니까 한국에서 1, 2년 영어를 공부하는 것보다 차라리 미국에 가서 집중적으로 공부하는 게 낫다.

　　한편, 말하기(Speaking)는 한국에서 아무리 노력해도 주변 환경이 영어 생활권이 아니기 때문에 쉽게 잘 늘지 않는다. 자신의 영어 실력에 자신이 없더라도 일단 한번 상담해 보는 것도 괜찮은 방법이다. 미국 국무부 교환학생이란 프로그램이 반드시 영어 때문에 자기에게 맞다, 안 맞다가 결정되는 건 아니기 때문이다. 아무리 영어 실력이 좋더라도 이 프로그램이 자기에게 맞는지, 아닌지를 우선 알아보는 게 더 중요하다.

미국 교환학생, 일찍 준비하면 누구나 OK!

미국 국무부에서 제시한 국무부 교환학생의 객관적 조건은 성적이 평균 C 이상이다. 그러나 영어가 잘 안 되더라도 좀 더 빠른 시기에 준비하면 기준점에 도달할 수도 있다. 무엇보다 국무부 교환학생 프로그램은 학비나 호스트 비용이 들지 않는 대신에 학생의 성격이나 인성이 더 미국 생활을 결정짓는 중요한 잣대가 될 수 있다.

미국에서 잘 적응해나갈 수 있는 적극적인 사고와 진취적인 도전 정신, 그리고 긍정적 마인드가 기본이 되어 있는 학생이어야 교환학생 생활에 성공할 수 있다. 미국은 항상 '가능성'을 중요시 여기는 나라이다. 그래서 학생의 도전 정신에 더 높은 가치를 둔다.

미국 국무부나 재단이 원하는 건 미국 국무부 교환학생 프로그램에 뛰어들어 미국의 문화를 배우고 모험심이 넘쳐 뭔가를 이뤄낼 만한 학생을 뽑고 싶어 한다. 미국 국무부 교환학생 프로그램을 무사히 마치고 온 경험자의 말에 의하면 영어만 잘해서 콧대가 높은 학생들은 차라리 사립학교에 진학하라고 충고한다.

다시 한번 강조하지만, 미국 국무부 교환학생 프로그램은 영어가 절대적인 잣대가 될 수는 없다. 영어를 못해도 일단 부딪혀라. 그리고 자신의 도전 정신이 차고 넘친다면 그 열정으로 준비하라. 솟아오르는 도전 의식을 막아선 안 된다. 좀 더 어린 나이에 먼저 상담을 해서 영어 실력이 부족하다면 그 해결 방법을 찾으면 된다. 그래도 걱정이 된다면 초등학교 고학년 때부터 미리 준비를 하고, 열정과 도전 의식을 가슴에 가득 품으면 가능하다. 영어를 못해도 도전 의식으로 일단 한번 노크를 해보라. 그럼 길을 찾을 수 있을지도……

어떤 마음으로
교환학생에 참여해야 할까

미국 교환학생에 어떤 마음으로 참가를 해야 할까. 일단 자신감을 가져야 한다. 학생이 영어를 듣고 말하기가 안 된다고 부모님이 무서워하는 경우가 있다. 하지만 무서워만 한다고 듣기, 말하기가 저절로 향상되는 건 아니다. 또 한국에 그냥 남아 있다고 영어에 대한 두려움이 저절로 사라지는 것도 아니다.

하지만 한국에서 익힌 문법, 독해, 등이 잘 갖춰진 학생이 미국에 가면 듣기, 말하기가 쑥쑥 늘 수 있다. 한국식으로 영어를 배웠다고 해서 미국에서 꼭 불필요한 것은 아니다. 미국에서 학교 생활을 하는 영어의 밑바탕이 될 수 있기 때문이다.

미국에 가서 학교생활을 하는 걸 너무 두려워하지 말아야 한다. 우리나라는 교육 환경상 영어에 완전히 담을 쌓고 사는 구조가 아니라 알게 모르게 영어가 우리 안에 쌓여 있다. 그 영어에 대한 기억들이 미국에 가서 살게 되면 저절로 발휘가 되는 것이다. 그리고 영어 회화 실력도 쑥쑥 키우게 해주는 바탕이 된다.

예를 들어 한국 학생이 미국 학교의 교실에 가서 앉아 있으면 그동안 알게 모르게 배웠던 영어 단어들을 띄엄띄엄이라도 알아듣는다. 하지만 미국 학생이 한국 학교 교실에 앉아 있는 걸 한번 상상해 보라. 전혀 한국어에 노출되어 있지 않았던 미국 학생은 마치 외계어를 듣는 것 같은 기분이 들 것이다. 이런 비교 체험의 상상을 해본다면 우리 한국 학생들이 미국 학교생활에 훨씬 잘 적응할 것이라는 사실을 짐작할 수 있다.

영어, 그까이꺼!

우리가 그동안 어쩔 수 없이 자의반 타의반 생활 속에 접했던 영어들이 미국에 가 있으면 저절로 들리게 되는 시점이 온다. 그러므로 미국 학교생활에 대해 너무 걱정만 앞세울 필요는 없다는 것이다.

미국에서 하는 수업 영어는 완전히 모르는 영어도 아닌데 미국에 가서 어떻게 영어 수업을 내가 들을 수 있지? 라고 생각하는 고

미국 교환학생, 알고 보니 쉽네!

민을 할 필요는 없다. K-POP, 외국 영화, 영어 간판, 영어 상표, 등등 우리나라에는 수없이 영어가 떠다닌다. 영어 환경 속에서 일부 노출되어 살고 있기 때문에 미국에 가면 잘 적응을 할 수 있다.

문법에 맞는 문장을 완벽하게 구사하진 못하더라도 자기 뜻을 전달할 수 있는 영어는 할 수 있다는 것이다. 실생활에서 영어를 못한다고 미국에서 사는 걸 두려워할 필요는 없다. 그리고 미국 친구들이 영어로 대화하는 걸 들으면 굉장히 쉬운 단어만 사용한다. 단지 말의 속도만 빠를 뿐이다. 어려운 문장이 하나도 안 나온다. 오히려 한국 학생들이 더 어려운 단어를 많이 사용하는 편이다.

또 한국 학생들이 말은 잘 못하지만 글쓰기에는 미국 학생들보다 나을 수도 있다. 이처럼 교환학생의 조건에 있어 영어가 전부라는 고정관념은 버리는 것이 좋다. 조건의 일부는 될 수 있지만 전부는 아니다.

마음의 부담을
갖지 마라

특히 교환학생에 나설 때 지나친 자기 부담감은 가질 필요가 없다. "나는 미국에 가서 문화 교류만 할 거야"라는 생각이나 "문화 교류를 위해서는 반드시 영어가 필요할 거야" 또는 "미국에 가서 한 가지만이라도 잘해낼 거야!"라고 생각할 필요도 없다. 자기 자신에게 특별한 부담을 지우지 말고 자기의 강점만으로 다른 걸 키

위 오면 된다. 정말 도전 정신만 있다면 그런 부담감을 미리 가지지 않아도 영어와 문화, 등등을 자기 것으로 배워올 수 있다.

그냥 마음을 비우고 가라. 꼭 무엇을 해야 한다는 생각은 버려라. 뭔가를 이루려고 가는 건 아니다. 모든 교환학생에게 똑같은 미션이 있다는 생각은 지금부터 내려 놓아라. 꿈 많은 학생들은 가서 꿈을 키우고, 반대로 꿈이 없는 학생은 가서 꿈을 찾아라. 그곳에서 다양한 경험도 많이 한다면 그만큼 시야도 넓어지고 얻는 게 많아진다. 먼저 다녀온 모든 교환학생들이 하나같이 하는 말들은 "미국에 가서 좋은 일을 겪었든, 때로는 안 좋은 기억이 있든 내 인생에 터닝 포인트였다!"라는 사실이다.

어떤 교환학생은 미국에서 보냈던 시간동안 한국에 남아 있던 친구들이 겪었던 일들을 자신은 경험할 수 없어 회의가 든 순간이

미국 교환학생, 알고 보니 쉽네!

있었다고 한다. 그런데 그때 선배 교환학생이 이렇게 말해주었다고 한다.

"너는 미국에 첫발을 내딛고 네가 거기서 일 년 이상을 공부하고 온 이상 평범해질 수가 없어. 다른 애들과 똑같아질 수는 없다는 거지. 이미 너 자신만의 독특한 경험을 갖게 됐고 여러 갈래 길에서 남들이 많이 가지 않는 길을 선택했어. 앞으로 네가 어떤 일을 겪든 한국에서만 살던 학생들과는 분명히 다른 삶을 살게 될 거야."

영어가 부쩍
느는 시점은……

미국에 와서 수업을 들을 때 처음에는 어렵게 느낄 수도 있지만, 대략 한 달 정도 지나면 영어로만 진행되는 수업에 익숙해진다. 왜냐하면 선생님들마다 각자의 유형과 속도감이 있기 때문에 한 달 정도 기간이 흐르면 거기에 적응되는 것이다. 자기가 수업을 듣는 선생님의 말투나 수업 방식에도 익숙해지기 때문에 시간만 지나면 적응할 수 있다.

경험자들에 따르면 미국에 있는 동안 영어는 일단 많이 늘고 자기 자신이 많이 성장한다는 느낌을 받는다고 한다. 그리고 자신감이 많이 생기고 시야가 넓어진다. 그렇다면 영어가 늘었다고 느끼는 순간은 언제일까. 어느 날 문득 한국어를 써보는 순간 알 수 있다고 한다. 어떤 학생은 엄마와 오랜만에 통화를 했을 때 알았단다.

몇 개월 만에 처음으로 엄마와 통화를 하는데 "엄마, 나 지금 부엌에 있어"라고 말하려는데 '부엌'이라는 한국 단어가 생각이 안 났다고 한다. 그런 경험을 할 때 '아, 내가 정말 영어가 많이 늘었구나' 하는 걸 느낀다는 것이다.

학생들마다 그런 시점이 있다. 그래서 영어가 몇 개월에 확 늘 것이다, 라고 일반적으로 정해진 기간은 없다. 사람마다 다 다르다. 어느 정도의 영어 실력을 갖고 미국에 가느냐에 따라 다르고, 가서 어떻게 생활하는가에 따라서도 다르다. 학생이 정말 영어를 잘하는데 미국에서 한국 사람을 자주 만나면, 미국 떠나기 전에는 정말 영어를 못했지만 미국에 가서 한국 사람을 전혀 안 만나고 영어로만 생활한 학생보다 영어 실력이 더 늘지 않고 올 수도 있다.

"한번 해봐, 해봐야 알잖아!"

미국 교환학생을 다녀온 대부분은 인생에서도 성공한다. 왜냐하면 한국에서 겪지 못할 아주 특별한 체험과 추억이 분명히 있기 때문이고, 그 경험이 경쟁력에도 도움을 주기 때문이다. 교환학생 생활을 일 년여 마치고 나면 모든 길이 다 열려 있다는 자신감이 생긴다. 미국에서도 혼자 살아냈는데 뭐든 하면 되지, 못할 게 뭐가 있어! 라는 자신감이 쌓여 있는 것이다.

또 다른 미국 교환학생을 다녀온 누군가는 자신에 대해 말하기를, 눈에 띄는 변화는 별로 없지만 영어 실력이 늘었다는 것, 그리고 내면의 변화가 엄청나게 일어났다는 것이다. 미국에 가기 전과 다녀온 이후를 비교해 보면 폭풍 성장을 한 것을 느낀다고 말한다.

한국 친구들에게 "내가 이걸 한번 해보는 건 어떨까?" 하면 "글쎄, 불가능하지 않을까, 그게 가능할까" 이런 식으로 대답이 돌아오지만, 교환학생 경험이 있는 친구에게 똑같은 질문을 하면 "한번 해봐, 해봐야 알잖아!"라는 판이하게 다른 반응이 온다고 한다. 이처럼 삶에 대한 태도가 달라진다는 것이다.

그렇다면 미국에서 교환학생을 하고 다시 돌아오면 한국에서 적응은 과연 잘할까. 그 답변을 먼저 하자면 물론 '문제 없다!'는 것이다. 10개월 정도는 짧은 기간이기 때문에 아무 문제도 없다. 그리고 3년이나 그 이상의 유학 생활을 마치고 와도 '내가 한국인인 게 어디 가겠냐'라고 말하는 친구가 있는 것처럼 다들 잘 적응해 살아가고 있다. 한국이란 곳은 어차피 자기가 태어나고 자란 모국이니까 말이다.

미국에서 얼마를 살든 여전히 "나는 한국인이고, 외국에서 잠시 공부했을 뿐이고……"라는 마인드로 무장되어 있을 때에는 한국에 돌아와서 적응을 못한다는 건 기우일 뿐이다.

3. 우리가 몰랐던 미국 교환학생의 알짜 정보

미국 교환학생은 일 년에 두 번 나가는 기회가 있는데 1월 학기 경우 1월부터 12월의 기간으로 12개월인데 반해, 9월 학기에 나가면 9월부터 6월까지 약 10개월 동안 미국에서 보내게 된다. 이 책 속 네 명의 학생들은 모두 여름 학기 때 출국해서 10개월가량 미국에서 교환학생 생활을 했다.

최지아 학생과 신현지 학생은 고등학생 때 갔고, 김유진과 이소미는 중3때 미국으로 떠났다. 최지아는 미국에 가서 12학년(우리로 치면 고3)에 들어갔고, 김유진과 이소미는 모두 10학년(우리로 치면 고1)에 편입했다. 신현지 학생은 한국에서 고등학교 1학년 1학기를 마치고 미국의 11학년(우리로 치면 고2)에 들어갔다.

우리나라는 초등학교 6년, 중학교 3년, 고등학교 3년의 총 12년 학제인데 반해, 미국은 총 12학년으로 통합되어 있다. 최지아와 김유진 학생은 10개월여의 미국 국무부 교환학생 생활 후 한국의 학

교로 복학했다. 이소미와 신현지 학생은 한국으로 잠시 들어왔다
가 다시 미국의 사립학교에서 학업을 더 이어갈 계획이다. 일반적
으로도 미국 교환학생 중 한국 학교 복학과 미국으로 다시 돌아가
는 비율은 50 대 50, 즉 반반이라고 봐도 무방하다고 한다.

★ 미국 교환학생의 비자 종류 ★

• J-1 비자(국무부 교환학생 전용) : 문화 교류 비자로 미국무부의
초청을 받은 만 15세~18.5세의 학생들이 받을 수 있는 비자이다.
J-1비자를 통하여 참가하게 되는 국무부 교환학생 프로그램은 만
15~18.5세 중 일 년만 받을 수 있으며, 연장이 불가하다.

• F-1 비자(사립 교환학생 전용) : 유학생들이 미국 학교에서 공부
하기 위해 발급 받는 비자로 일 년 이상 가능하며, 미국 중 · 고등학
교 및 대학교에 다닐 때 필요한 비자이다.

지역 코디네이터와의
갈등 원인

LC(지역 코디네이터, Local Coordinator) : 지역 코디네이터는 미국 재단에서 학생들의 관리를 위하여 고용하는 사람들이며, LC들의 경우, 학생들과 최소 한 달에 한 번, 방문 또는 전화로 연락을 하여 학생의 상태를 확인해야 하며 학생이 긴급 상황이 생겼을 때 찾아야 하는 사람이다. 미국 국무부 규칙 사항에 따르면 지역 코디네이터는 학생이 지내는 곳으로부터 120마일 이내에 살아야 한다.

학생들이 맨 처음 미국에 가면 지역 코디네이터와 소통이 안 돼 불만이 생기는 경우가 많다. LC(지역 코디네이터) 혹은 지역 관리자에 대한 불만은 문화적 차이에서 나온다. LC는 미국 사람이라 한국적 마인드를 가지고 있지도 않고 학생이 가진 생각을 잘 이해하지 못하는 경우도 많다.

그래서 학생이 한국에서의 생활 방식이나 생각을 고집하게 되면 불만이 생기는 것이다. 지역 관리자에 대한 불만은 이렇게 LC와 소통이 안 되면 거기서부터 발생한다. 언어의 문제 이전에 문화적 차이로 진정한 소통에 어려움을 많이 겪는다. LC가 학생의 편에서 해결해 주려는 노력은 많이 하지만 문화가 달라서 그 배경에 대해 이해를 못해 줄 때가 많다.

학생도 이런 문화적 차이에서 오는 갈등을 이해 못 하고 가는 경우가 많아서 불만이 많이 생긴다. 미국 국무부 교환학생은 미국 국무부 초청을 받아서 가는 프로그램이기 때문에 미국 역사·수학·영어 수업은 반드시 들어야 한다. 수학은 어떨 때에는 제외될 수도 있다. 아시아권 학생들이 수학을 잘하기 때문에 수학을 선택하지 않아도 될 수 있지만, 미국 역사나 영어는 꼭 들어야 한다.

그런데 학생이 다른 과목을 듣고 싶어서 이 필수 과목을 빼고 싶다고 해도 그건 지역 코디네이터가 들어줄 수가 없는 문제이다. 이런 정보를 미국에 가기 전에 미리 이야기해 주지만, 학생들은 미국에 대한 흥분과 기대감에 들떠 흘려듣기 마련이다. 그래서 막상 가게 되면 불만이 생기는 것이다.

비영리 재단과
가디언(Guardian)의 차이점

미국 국무부 교환학생 프로그램의 경우 미국 국무부가 관할하지만 교환 학생들의 수가 워낙 많다 보니 미국 국무부에서 직접 다 학생들을 관리할 수 없기 때문에 비영리 재단을 몇 십 군데 선정한다. 그래서 그 비영리 재단들에게 일 년 중 여름 학기 때 데려올 수 있는 다른 나라 교환학생의 티오(TO)를 지역별로 나눠 준다. 국무부 교환학생의 경우 규율이 굉장히 엄격한데, 지난해 교환학생들의 성과를 토대로 점수를 매겨서 비영리 재단들에게 TO를 할당하는 것이다.

국무부 기준에 못 미치는 재단들은 자격을 박탈당할 수도 있다.

이 재단들은 미국에 본사가 있다. 그런데 이 본사에서 미국의 50개나 되는 주에 있는 학생들을 모두 다 관리할 수는 없기 때문에 지역별로 관리해줄 사람이 필요한데 바로 그 지역 관리자가 LC이다. 지역 관리자는 국무부 교환학생 프로그램에서 학생들을 관리해 주는 미국 사람이라고 보면 된다.

이에 반해 가디언 프로그램은 미국의 사립학교에 다니는 학생들을 관리하는데 이때 가디언은 미국 시민권을 가진 재미교포 출신들이다. 쉽게 말해 비영리 재단이 국무부 교환학생을 담당하고 있다면 가디언은 사립학교 학생을 담당하고 있다고 보면 된다. 단, 이때 재단에서 사립 교환학생을 관리할 수도 있는데 이 경우 비영리로서가 아니라 영리를 추구한다. 이때도 지역 코디네이터는 재단에서 관리하는 사립 교환학생을 대신 관리해 주는 동일한 시스템을 유지한다.

미국 교환학생, 알고 보니 쉽네!

즉 재단이 운영하는 프로그램은 비영리로 '국무부 교환학생 프로그램'과 영리로써 '사립 교환학생 프로그램'이 있다. 한편, 가디언 프로그램은 교환학생으로서가 아니라 그냥 사립학교에 유학을 온 학생들을 관리한다. 이때 가디언도 상황에 따라 지역 관리자를 고용할 수도 있다.

가디언 유학 프로그램의 경우 미국 영주권을 가진 한국인들이 운영하는 지사가 있다. 미국의 모든 지역에 갈 수 있는 게 아니고, 지사가 자리한 주에만 갈 수 있다. 즉, 그 지사장님들이 한국인인데 미국 지사를 갖고 있는 것이다.

미국 유학을 갈 수 있는 루트
세 가지 정리

한국인 학생이 미국 학교로 유학을 갈 수 있는 루트는 총 세 가지. 쉽게 말해 미국 학교에는 공립과 사립이 있는데 공립학교에는 미국 국무부가 지정한 스폰서를 가진 비영리 재단들만 교환학생을 보낼 수 있다.

그런데 사립학교에는 가디언을 통해 유학을 갈 수도 있고, 개인이 바로 자기가 알아 보고 사립학교에 유학을 갈 수 있다. 이때 개인이 재단이나 가디언 등 다른 곳을 거치지 않고 바로 유학을 가면 지인이 미국에 살고 있으면 다행이지만, 지인이 없을 경우 학생을 보호해줄 수 있는 사람이 없는 게 단점이다.

그래서 보통 유학을 갈 때 비영리 재단을 통해서 가거나 가디언을 통해 간다. 그렇게 되면 미국 현지에도 지역 코디네이터나 가디언처럼 학생을 관리해줄 수 있는 사람이 있고, 한국에도 애임하이 교육이 관리를 해줄 수 있는 시스템이 형성되어 안전한 유학 생활을 할 수 있다.

　　또 사립학교에도 비영리 재단이 교환학생을 보낼 수 있는데, 결론적으로 말해 일반 유학이 아니라 교환학생으로 미국에 가려면 공립이든 사립이든 재단을 통하지 않고는 갈 수 있는 다른 루트가 없는 셈이다. 미국 국무부 교환학생의 비영리 재단들은 한국뿐만 아니라, 유럽이나 중국 등 세계에 많이 퍼져 있다.

　　이 책 속에 나오는 네 명의 주인공, 즉 최지아, 김유진, 이소미, 신현지 학생들이 바로 미국 국무부의 추천을 받아 국무부 교환학생의 신분으로 미국에 다녀온 경우이다. 국무부 교환학생으로 미국에 가려면 반드시 재단을 거쳐야 한다.

　　　　　　　　미국 교환학생, 알고 보니 쉽네!

애임하이교육은 CIEE 재단의 한국 대표 사무소이다 CIEE 경우 해마다 두 번씩 해외에서 컨퍼런스를 개최하고 있다. 이때 애임하이교육에서도 본사 사람들을 만나기 위해 컨퍼런스에 참여한다. 유학 재단 중에서 CIEE 재단의 장점은 바로 이런 해외 비즈니스 파트너들이 직접 만나 소통하는 자리가 활성화되어 있다는 것이다. 최근에는 시카고나 리스본 등지에서 컨퍼런스가 열렸다.

애임하이교육을 통해 미국에 유학을 가는 국무부 교환학생과 사립 교환학생/가디언 유학생의 비율은 최근 6 대 4 정도 되고 있다. 이때 일 년여 간의 국무부 교환학생 프로그램이 끝나고 나서 사립학교로 진학하는 경우도 많이 있다. 이 책의 주인공 중에는 이소미 학생과 신현지 학생이 그 경우에 해당한다. 국무부 교환학생 프로그램은 자격 조건이 만 15세에서 만 18.5세까지이고, 평생 딱 한 번의 기회와 10개월가량의 시간만 주어지기 때문에 미국에 남고 싶으면 사립학교에서 계속 학업을 이어가면 된다.

★ 애임하이교육에서 취급하는 유학 프로그램의 종류 ★

1. 국무부 교환학생 프로그램(J-1 비자 필요)

국무부 교환학생의 경우, 지원 자격이 되는 만 15세~18.5세 학생들을 대상으로 하며, 미국 국무부 초청을 받아 홈스테이 비용 및 미국 공립학교 학비를 무료로 지원받아 참가하는 프로그램이다. 문화교류를 위한 비자인 J-1비자를 소지하고 가는 프로그램이므로 학생은 미국에서의 지역, 학교, 호스트 가정을 선택할 권리는 없다. 또한, 미국 국무부에서 부여한 후원자격을 가진 비영리 재단을 통하여 프로그램 신청이 가능하며, 학생이 교환학생으로 미국에서 지내는 동안 비영리 재단 및 한국 재단의 관리를 받게 된다.

2. 사립 교환학생 프로그램(F-1 비자 필요)

사립 교환학생의 경우, 미국 재단을 통하여 가게 되며, 호스트 비용 및 학비를 지불해야 한다. 사립 교환학생은 학교와 지역을 선택할 수 있으며 미국에서의 학업을 목적으로 참가하는 프로그램이다. 또한, 국무부 교환학생과 마찬가지로 미국 재단과 한국 재단의 관리를 받게 된다.

3. 가디언 유학 프로그램(F-1 비자 필요)

가디언 유학은 애임하이교육㈜와 계약한 7개의 지사를 통하여 사립학교 유학을 하는 프로그램이다. 가디언 유학 프로그램 학생은 학교와 지역을 고를 수 있으며, 사립 교환학생과는 다르게 미국 재단의 관리가 아닌 한국계 미국인 가디언(지사장님)의 관리를 받게 된다.

미국 교환학생, 알고 보니 쉽네!

4. 쉿! 너한테만 알려 줄게

　　　　　미국 국무부 교환학생의 수속은 복잡하기보다는 번거롭다. 그래서 애임하이교육이 그 과정을 잘 인도해 준다. 처음에 교환학생에 대한 최종 정보를 얻기 위해 애임하이교육을 방문해서 결정을 하거나 전화 상담을 통해 결정을 하면 신청서를 작성하게 된다. 신청서는 메일로도 보낼 수 있지만, 계약서는 우편으로 발송한다. 지방에 살고 있는 학생일 경우, 상담을 하러 오는 건 선택이고, 전화상담도 가능해 꼭 서울에 올라와야 할 필요는 없다. 하지만 그 학생이 정말 미국에 가서 잘 적응할 수 있는지 성향을 파악하려면 상담하러 한번 정도 애임하이교육을 방문하는 것이 더 도움이 될 수 있다.

　　상담 후 신청하기로 결정이 나면 애임하이교육에 입금을 하고 인터넷에 학생들이 원서를 올린다. 예전에는 모두 손으로 작성해야 했지만, 요즘은 인터넷으로 가능하다. 이때 필요서류를 첨부해

올리면 되는데 여기서부터 복잡해진다. 학생들이 자기소개, 자기
신상, 호스트에게 쓰는 편지, 부모님이 호스트에게 쓰는 편지, 포토
앨범 등의 자료를 올려놓아야 한다.

교환학생으로 가기 전에 그런 자료를 다 제출해야 하는 이유는
학생들이 올린 그 자료들을 보고 미국의 호스트가 학생을 선택하
기 때문이다. 국무부 교환학생일 경우 학생이 호스트를 선택할 권

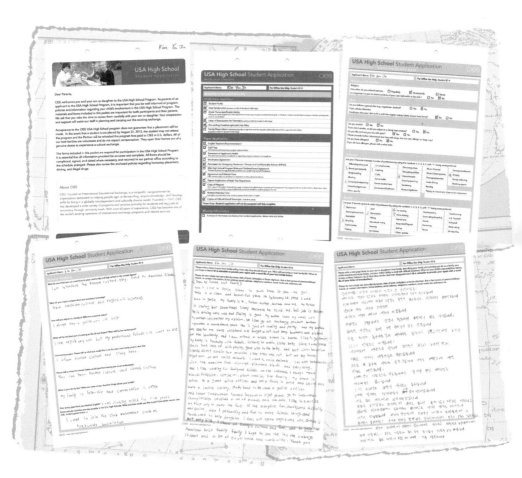

미국 교환학생, 알고 보니 쉽네!

리는 없다. 미국 국무부가 추천하는 국무부 교환학생 프로그램은 학비와 호스트 비용이 무료이기 때문에 학생은 호스트와 학교를 고를 수 없다.

미국 국무부 교환학생 프로그램이 만들어진 이유

미국에서는 세계 각국의 학생들이 저렴한 비용으로 공립학교에 교환학생으로 와서 다양한 문화 체험을 하도록 위해 이 프로그램을 만들었다. 단지 편한 것만 찾는 미국 생활이 아니라, 미국 가정에서 있는 그대로의 생활을 체험하는 것이 이 프로그램의 진정한 취지라고 생각한다.

따라서 학생들은 복불복으로 호스트 가족과 학교를 배정받게 된다. 지역 역시 학생들이 선택할 수 없다. 미국의 어느 주로 가게 될지는 알 수가 없는 것이다. 스스로 선택할 수 있는 아늑한 환경이 아니라 그냥 주어지는 환경을 그대로 받아들여 미국의 개척 정신을 체험하기를 바라는 맥락과 함께하고 있다.

그래서 미국 국무부 교환학생 프로그램은 다른 유학 프로그램과는 달리 제출 서류가 까다롭다. 미국의 일반 평범한 가정에서 봉사의 의미로 신청하는 호스트 제도이기 때문에 학생들이 예방접종 같은 것도 모두 잘 맞았다는 서류까지 첨부해야 한다. 애임하이교육은 CIEE 재단을 통해 학생들을 교환학생으로 보내고 있기 때문에 CIEE 재단이 미국의 국무부 요청에 의해 만든 표준양식의 서류들을 갖추고 있다. 그 양식에 맞춰 서류를 준비해 올려 주면 되는 것이다.

이 미국 국무부 교환학생 신청서를 작성할 때에는 지원서 안에 포함된 내용(호스트 가족에게 보내는 편지, 학생 및 가족 정보, 부모님께서 호스트 가족에게 보내는 편지, 개인 답변, 건강 검진서 등)의 자료를 제출하여야 한다.

그 외의 자료로는 여권 사본, 성적표 사본, 교환학생 재단 선정 영어 시험 성적표 및 시험지 스캔본, 짧은 자기소개, 그리고 학생의 사진 앨범이 필요하다. 모든 원서 서류는 컴퓨터 파일로 정리되어 재단에 제출하게 된다.

학생들이 서류를 다 작성해서 올려 주면 애임하이교육에서 1차 검토를 하고, 또 부족한 서류는 다시 학생들에게 요청을 하는 것이다. 만일 서류상에서 영어로 자기소개서를 쓸 때 호스트 가족에게 효과적으로 자기를 소개할 수 있는 다양한 표현법이 부족하다면 애임하이교육에서 검수를 해준다.

미국 국무부 교환학생의
구체적 자격 조건

CIEE 재단의 경우 아틀란스라는 시스템 자체가 따로 있어서 학생들이 보내온 원서 파일을 애임하이교육에서 그 시스템 웹사이트에 모두 입력을 한다. 아틀란스 시스템에 정보가 다 올라가면 자체적으로 체크를 해서 혹시 빠진 서류는 없는지 점검한다. 그리고 애임하이교육에서 CIEE 재단에 직접 전화를 해서 학생의 자료를 보냈다고 최종적으로 알려 준다. CIEE 재단에서 신청 학생의 서류 체크가 다 되면 합격이 됐다고 통보를 해온다.

미국 국무부 교환학생으로 가기 위해선 나이는 만 15세에서 만 18.5세라야 하고, 한국에서 최근 3년 동안의 성적이 '미' 이상이라야 자격 요건이 된다. 만약에 미국의 중학교 3학년에 가게 되면 한국에서의 중학교 1학년과 2학년 성적의 평균을 보고, 또 중학교 3학년 2학기에 가게 되면 중학교 1학년, 2학년과 중학교 3학년의 1학기 때 성적까지 합산을 해서 평균이 '미' 즉 70점 이상이라야 한다.

고등학교 1학년 때 교환학생을 가게 되면 중학교 1·2·3 성적을 다 본다. 그 평균 성적이 '미' 이상이라야 한다. 교환학생 재단이 요구하는 영어 실력을 측정하기 위한 SLEP(Secondary Level English Proficiency Test) 시험에서도 커트라인을 통과해야 하는데, 이 시험은 다행스럽게도 한번으로 끝나지 않고 자격 점수가 나올 때까지 계속 볼 수 있다. 이 시험의 형태는 객관식 시험인데, 일반적인 영어 시험처럼 듣기, 독해, 문법에 관련한 문제들이 나온다.

우리나라에서 미국 국무부 교환학생에 참가하는 학생들은 수도권 대 지방의 학생 비율을 살펴 보자면, 4 대 1 정도로 수도권이 월등히 많다. 미국 국무부 교환학생 프로그램은 천만 원대의 미국 유학이 가능하기 때문에 그 기회의 문은 많이 열려져 있는 반면에 아직도 이런 구체적 자격 요건이라든지 그 가능성에 대한 정보를 몰라서 참가를 하지 못하는 학생들도 많다. 이번 2014년 9월에 출국하는 학생들의 경우에도 10개월짜리 교환학생 비용이 1,490만 원 가량이었다.

CIEE 재단으로부터
합격 통보

미국 국무부 교환학생은 신청서를 넣는 순서대로 호스트 배정이 되는 게 아니다. 우선 CIEE 비영리 재단에서 자원봉사를 하고 싶어하는 호스트를 구한다. 이 미국 국무부 교환학생 프로그램은 자원봉사를 원하는 호스트 가족과 함께 생활하면서 먹고 자는 게 모두 무료이며 한 가족처럼 지내게 된다. 학비도 물론 공립학교를 다니게 되니까 무료이다.

그래서 이 프로그램에 참여하기 위해선 미국 국무부 추천장을 받아야 한다. 미국에서 생활하는 건 공짜지만, 1천만 원대의 최소 비용이 드는 것은 CIEE 재단이 아무리 비영리라고 하더라도, 지역 코디네이터와 스텝 등의 인건비 및 유지비 등의 기본 운영비는 필요하기 때문이다. 왕복 항공권과 개인 용돈, 그리고 비자 진행비 등은 학생이 따로 부담한다. 일 년여 동안 용돈까지 다 합하면 2천만 원 안팎으로 들어간다. 참고로 왕복 비행기 값은 그때그때 다르지만 대략적으로 250만 원 정도 예상하면 된다.

미국 교환학생, 알고 보니 쉽네!

　이 프로그램에 약 1,490만 원이라는 기본 비용이 든다는 시스템을 잘 이해를 못하는 경우도 있어 불평불만이 나오기도 한다. 미국 국무부 교환학생이 땡전 한 푼 안 드는 공짜가 아니라 최소 비용이 들어간다는 사실도 이해를 못하는 경우가 있다. 비영리 재단이라 순이익을 취하지 않은 채 기본 운영비만 받고 있는 것도 아까워하는 사례도 있다. 그래서 미국에 국무부 교환학생으로 갈 때 그 비용에 대해 대접을 받으러 간다는 오해를 해서 호스트 가족과 갈등을 빚는 경우도 종종 있다.

　만일 이런 비영리 재단에서 운영하는 국무부 교환학생 프로그램이 아니라 사립학교를 통해 미국 학교에 다니게 되면 주거비, 학비 등을 포함해 고등학교 경우 1년에 4, 5천만 원이 들어간다는 사실과 비교해 볼 때, 국무부 교환학생 프로그램이 얼마나 저렴하게 최소한의 비용으로 미국 문화를 체험할 수 있는지 그 가치를 비로소 느낄 것이다.

또한 명망 있는 기관을 통해 국무부 교환학생 프로그램에 참여하지 않으면 J-1비자로 미국에 갔지만 공립학교에 배정이 안 돼 사립학교를 다녀야 하는 사태를 맞이할 수 있어 유학 기관을 선택할 때에는 신중한 검토가 필요하다. 이런 경우 처음엔 J-1비자로 일 년여 동안 사립학교의 학비는 내고, 호스트 비용은 공짜로 제공받게 된다.

'나는 손님이야'라는 생각은
최대의 장애물

미국에서 다른 나라 학생들이 저렴한 기본 비용으로 자국의 문화를 체험하도록 만들어 놓은 이 프로그램을 단순히 일반 유학생활과 착각해 자기가 낸 비용을 생각하면서 자기는 손님, 호스트 가족은 마치 숙박집 주인 정도로만 생각해서 불평, 불만이 많은 경우가 있다.

호스트 가족의 구성원으로 가는 이 국무부 교환학생의 취지를 망각한 채 '나는 손님이야'라는 잘못된 개념으로 미국에 가니까 불평이 많아진다. 호스트와 학비는 공짜인데 1,400만 원 정도의 비용을 지불하니까 공짜가 아니라고 생각하는 것이다. 영리를 위해 만들어진 유학 프로그램이 아닌데 그 기본 취지를 이해하지 못해 발생하는 갈등이 더러 있다.

호스트들은 교환 학생들을 정말 가족처럼 대해준다. 학생들이 미국에서 호스트 가족의 구성원으로 정말 잘 지내고 오면 한국으로 돌아와서도 호스트 가족과 따뜻한 인간 관계를 지속할 수 있다. 어떤 학생은 8년 전에 일 년 정도 함께 지냈던 호스트 가족과도 아직까지 잘 지내고 있다. 교환학생 기간 이후 그동안 미국에 가지 않았지만 마치 친척처럼 아직도 연락을 하고 지내는 것이다. 한번은 호스트 가족의 결혼식에 초대받아 보내준 비행기 표로 미국을 방문할 만큼 잘 지내는 교환학생들도 있다. 글로벌 가족화, 글로벌 우정, 글로벌 교류, 이런 점이 바로 미국 교환학생의 메리트가 아닐까.

다시 한 번 강조하지만 국무부 교환학생의 프로그램 경우 자기도 그만큼 호스트 가족에게 잘 맞춰야 한다. 사립학교는 호스트 비용까지 지불하기 때문에 덜하지만, 미국 국무부 교환학생 같은 경우 손님 자격이 아니라 호스트 가족의 일원으로 지내야 하기 때문에 그 집의 시스템에 맞춰야 한다. 예를 들어 잠자는 시간까지도 덜 자유로울 수 있다. 호스트 가족이 일찍 잠자리에 든다면 가능한 따라주는 것이 좋고, 그 집의 분위기에 잘 섞여 지내다 오면 되는 것이다. 그것이 미국의 평범한 가족 문화를 체험하고 그냥 있는 그대로의 미국 생활을 누리다가 올 수 있는 기회가 된다. 또 이 프로그램의 진정한 취지에 잘 따르는 지름길일 수 있다.

5. 미국 대사관에서의 비자 인터뷰

  CIEE 재단으로부터 DS-2019, 즉 미국 국무부 교환학생 프로그램 초청장을 받은 후 서울의 광화문에 있는 미국 대사관에 가서 비자 인터뷰를 위한 예약을 해야 한다. CIEE 경우 초청장은 어떤 학생이 먼저 신청을 해도 한국 학생들의 전체 초청장이 한꺼번에 온다. 그 시기는 대략 6월 중순에서 말쯤 된다. CIEE 재단에서 초청장을 모아서 한번에 보내주기 때문이다. 이 초청장(DS-2019)이 와야 J-1비자를 신청할 수 있다.

  학생 비자인 경우 F-1비자와 J-1 비자가 있는데, F-1 비자의 경우 학생이 미국에 가서 공부를 하겠다는 마음 자세만 있고 부모 재정만 보장되면 쉽게 나오는 편이다. 하지만 J-1 비자의 경우는 받기가 상대적으로 까다로운 편이다. 미국 국무부가 연계돼 있어서 비자 인터뷰 준비를 잘해야 한다. 애임하이교육에서는 이런 이유로 비자 대행업체를 통해 체계적으로 비자를 받을 수 있도록 연결

미국 교환학생, 알고 보니 쉽네!

을 해준다.

비자 비용은 학생이 따로 부담하는데 대행료만 따지면 10만 원도 안 된다. 굉장히 복잡한 과정이라 대행을 하는 편이 전문적이고 효율적일 수 있다. 서류가 하나라도 안 갖춰지면 통과하기 힘들기 때문이다. 대행업체가 부모 재정과 관련된 서류 등 모든 서류를 다 준비하는 절차를 잘 이끌어 준다. 대행료까지 합하면 비자를 발급받는데 약 40만 원 정도 든다. 그리고 비자 대행업체가 미국 대사관 인터뷰 시간까지 잡아준다.

알고 보면
문턱이 낮은 인터뷰
- - - - - - - - - - - - - - - - -

미국 대사관 인터뷰에 소요되는 전체 시간은 대기 시간을 포함해서 약 한 시간 정도 걸린다. 실제 인터뷰를 하는 시간은 굉장히 짧다. 밖에서 줄을 서 기다리는 시간, 맨 처음에 문 앞에서 여권 검사, 휴대폰 및 소지품 검사, 또 휴대폰 및 소지품을 다 맡긴 다음에 줄을 서서 지문 인식 검사를 다해야 한다. 그리고 다시 인터뷰 장소인 2층으로 올라가서 기다렸다가 자기 번호가 불리면 인터뷰를 하고 오는 것이다.

실제 인터뷰 시간은 사람마다 차이가 있지만 5분도 채 안 된다. 영어로 인터뷰를 하지만 유창하게 하지 않아도 된다. 많은 걸 물어보지도 않고, "아빠 직업이 뭐니?" 혹은 "너는 미국에 왜 가니?", "일 년 후에 다시 돌아올 거니?" 등의 간단한 질문만 한다. 인터뷰 질문은 사람마다 조금씩 달라지지만 단답형으로 질문하고 대답한다. 평균 세 문제 정도, 많아야 대여섯 가지의 질문을 받는 인터뷰를 한다.

미국 대사관 인터뷰를 하러 가기 전에 만약 학생이 너무 스피킹이 안 된다 싶으면 애임하이교육에서 미리 체크해서 트레이닝을 시킨다. 어떤 학생이 지방에 살았는데 영어 스피킹이 좀 안 된 경우가 있어 애임하이교육이 전화로 지도를 해서 도와준 적도 있다. 그 학생의 경우 두 번 정도 지도를 받고는 인터뷰에 통과되었다.

보통 학생들은 미국 대사관에 들어가기 전부터 떨리고 들어가서도 가슴이 두근두근한다고 말한다. 죄를 지은 것도 없는데도 말이다. 단지 입국 허락을 받으러 가는 인터뷰를 하는 것뿐인데도 마치 죄인이 된 듯한 기분이 든다. 학생들이 관공서 분위기에 익숙하지 않아서이기도 하고, 쇠창살 같은 것도 있고, 실내도 그리 밝지 않아 어린 마음에 무서운 마음마저 드는 것이 사실이다.

인터뷰 결과를
알려주는 신호

인터뷰는 그 자리에서 통과 여부를 알 수 있다. 대사관 직원이 여권을 안 돌려 주면 합격이다. 나중에 비자가 첨부된 여권이 집으로 발송된다는 걸 의미한다. 반면에 여권을 그 자리에서 돌려 받는다면 인터뷰는 불합격이다. 초록이나 분홍, 또는 주황색의 종이, 즉 서류를 함께 줄 것이다. 그럼 그 색깔을 보면 무엇 때문에 불합격한 건지 알 수 있다.

학생들이 인터뷰를 끝내고 대사관에서 나올 때면 보통 아무 생각도 안 든다고 한다. 그냥 큰 숙제를 끝내버린 듯한 후련함, 그리고 머릿속이 텅 빈 느낌이다. '아, 이젠 됐다……모두 끝났다!' 이런 생각만 나고 어디로 나왔는지 정신이 없다. 머릿속이 하얀 상태에서 나오면서 들어갈 때 맡겼던 휴대폰과 소지품을 되찾고 마치 자동인형처럼 나와 버린다고 한다. 홀가분한 기분으로 돌아서며 큰 짐을 하나 내려놓은 듯한 느낌으로 나오는 것이다.

인터뷰 시간대는 랜덤이다. 오전이나 오후 중에서 언제 걸릴지 알 수 없다. 요즘은 그래도 관광 비자가 없어져서 예전보다 덜 붐비는 편이다. 원래 교환학생들이 많이 출국하는 시점인 여름에는 해외로 놀러가는 사람들 때문에 굉장히 복잡했는데 요즘은 그나마 낫다. 하지만 그래도 인터뷰를 하는 사람들이 많다. 유학을 갔던 사람들이 다시 비자를 받거나, 유학을 떠나는 사람들 등등으로 대사관 안의 풍경은 분주하고 복잡하다.

미국 비자 면제 프로그램 : 미국 정부가 지정한 국가의 국민에게 최대 90일간 비자 없이 관광 및 상용 목적에 한해 미국을 방문할 수 있도록 허용한 제도이다. 1986년부터 시행되고 있으며 미국과 비자면제프로그램에 가입된 나라는 한국을 포함해 총 34개국이다.

한국 정부는 2008년 4월에 미국 정부와 한국의 미국 비자면제 프로그램 가입을 위한 양해각서(MOU, Memorandum of Understanding)를 체결했다. 그리고 이에 따른 가입요건 충족을 위한 협상을 계속했다. 이후 2008년 11월 17일에 드디어 미국 비자면제 프로그램에 가입했다. 또한 상호주의에 의해, 관광이나 상용 목적으로 한국에 입국하는 미국인도 90일까지는 비자 없이 체류할 수 있게 되었다.

★ 미국 대사관 인터뷰 체험기 ★

-김유진-

인터뷰를 하러 서울에 있는 대사관에 갔다. 대사관에 가기 전에는 예약을 하고 가야 한다. 나는 청소년이어서 엄마와 함께 들어갈 수 있었고 1층에서 먼저 휴대폰을 내고, 지문 등록, 가방 검사, 서류 검사 같은 간단한 절차를 거친 다음에 번호표를 받고 2층으로 올라갔다.

2층에 올라가면 의자들이 많고 사람들도 많이 기다리고 있을 것이다. 한쪽에는 어린이들을 위한 작은 놀이방도 있다. 그렇게

미국 교환학생, 알고 보니 쉽네!

20분 정도를 기다렸다. 사람들이 많이 없을 때 가서 이 정도로 짧게 기다린다고 한다.

드디어 전광판에 내 번호가 떴다. 2층에는 6개 정도의 부스가 있었는데 나는 1번 부스에 걸렸다. 각 부스별로 계시는 외국인 담당자들이 다들 성격이나 꼼꼼함의 정도가 달라서 좋은 사람이 걸리는 것도 큰 운이다.

기다리고 있는데 실제로 내 앞의 사람이 비자를 받지 못했는지 울상이 되어 있었다. 드디어 내 차례가 되었다. 그때 당시는 정말 영어도 못했기 때문에 많이 걱정하고 있었는데 다행히 나에게는 "How long will you be there?(미국에 얼마 동안 있을 거니?)", "Are you exciting?(미국에 가는 거 기대 돼?)"와 같은 간단한 것들만 물어봐 주셔서 영어를 못했던 나도 너무 떨렸지만 "10 Months(10개월)", "Yes(네)"라고만 짧게 대답했다.

특히 J-1비자는 외국에 머무르는 기간이 중요하다고 해서 정확히 10개월이라고 대답했다. 인터뷰는 생각만큼 어렵지 않고 쉽게 답변할 수 있는 것만 질문한다는 정보를 미리 듣고 갔는데, 그게 맞는 말인 것 같았다.

마지막에 여권을 돌려 받지 못하면 합격! 지문 인식을 하고 서류 검사를 한 뒤 끝이 났다. 간혹 가다 몇 명이 떨어진다고 해서 혹시 내가 떨어질까봐 정말 걱정도 많이 하고 떨렸는데, 다행이라는 생각과 함께 질문이 초간단해서 운이 좋았다는 느낌도 들었다. 그리고 나서 집으로 돌아와 며칠 있으니까 대사관에서 택배로 비자를 보내 왔다.

★ 미국 대사관 인터뷰에 떨어질 경우
나눠 주는 색깔별 페이퍼의 의미 ★

1. 초록색 페이퍼

중요한 서류가 준비되지 않았다는 의미. 부족한 서류를 보완해서 용지에 쓰여 있는 절차에 따라 대사관에 가서 다시 인터뷰를 해야 한다. 이때 빠진 서류를 잘 준비해 가면 90% 이상 비자 발급이 된다.

2. 분홍색 페이퍼

세비스피(SEVIS* Fee)를 납부하지 않았거나 SEVIS ID가 확인되지 않았다는 의미이다. 이때에도 세비스피를 내거나 확인 절차를 거치면 비자 발급은 통과된다.

SEVIS(The Student and Exchange Visitor Information System)는 미국으로 유학을 가는 사람을 관리하기 위한 시스템으로 미국 체류 중의 신원관리에 대한 비용으로 200달러이다. 인터넷(https://www.fmjfee.com/i901fee/index.jsp)으로 미국 정부에 직접 납부하면 되는데, 해외 결제가 가능한 신용 카드를 사용하면 된다. 이때 납부 영수증은 반드시 프린트로 출력해서 챙겨 놓아야 한다.

반면에, 비자 인터뷰 수수료는 주한미국대사관의 비자 인터뷰 업무에 대한 비용으로 정해진 해당 은행을 통해 대사관에 지불하는 것이다. 인터뷰 때 이 두 가지 영수증을 모두 갖춰서 대사관에 제출해야 한다.

3. 주황색 페이퍼

한국에서 사회적 · 경제적 기반이 확실하지 않고 이민을 할 의사가 보인다는 의미이다. 이 색깔의 종이를 받는다면 1년 동안 인터뷰를 할 수 없다. 그러나 1년 안에 다시 심사를 받을 수 있는 한 번의 기회는 주어진다. 사유서를 작성하여 보완할만한 서류를 갖춰서 대사관에 택배로 서류를 접수해야 한다. 1년 안에 단 한 번의 기회를 주는 것이기 때문에 자신의 조건과 상황을 잘 판단하여 비자 심사를 받아야 한다.

6. 출국과 미국 현지 오리엔테이션

CIEE 재단의 경우 여름 학기에 출국할 경우 7월 말부터 9월 첫째 주까지 총 7차에 걸쳐 현지 오리엔테이션을 한다. 교환학생들은 매주 화요일마다 자기가 배정 받은 차수에 맞춰 출국한다. 대략 7월 말에서 9월 초까지 학생들의 출국이 진행된다.

출국 전에 7월 말쯤 단체 오리엔테이션이 서울에서 열린다. 1차부터 7차까지의 학생들 모두 참여해야 한다. 미국 현지 오리엔테이션보다 미국 생활에 대해 더 자세한 주의 사항을 알려 준다. 대략 다섯 시간 정도 진행된다. 이때 부모님 중 대부분 두 분 다 참석하는 경우가 많은데, 한 분은 반드시 참석해야 한다.

지방에 사는 학생이 이 미국 국무부 교환학생 프로그램을 신청할 경우 대사관 인터뷰와 단체 오리엔테이션에는 반드시 참석해야 한다. 즉, 지방에선 두 번은 꼭 올라와야 한다는 것이다. 보통 서울에서 열리는 전체 오리엔테이션은 점심시간이 지난 오후부터 열리

는 편이다.

출국 후 미국 현지 오리엔테이션은 재단에 따라서 다르지만 CIEE 재단의 경우 최근에는 뉴욕에서 주로 진행하며 기간은 2박 3일 정도다. 3일째 되는 오리엔테이션의 마지막 날 호스트 가족의 집으로 이동한다.

호스트 가족과 지역 그리고 학교는 '복불복'

미국은 학교가 모두 다 똑같이 학기를 시작하지 않는다. 우리나라 같은 경우 모두 비슷한 날 3월 초나 9월 초에 시작하지만, 미국은 학교마다 학기를 시작하는 날이 많이 다르다. 8월 초에 시작할 수도 있고, 8월 중순에 시작할 수도 있고, 8월 말에 시작할 수도 있고, 9월 초에 시작할 수도 있다. 이처럼 학생이 가는 지역에 따라 학기가 시작되는 날짜가 달라질 수 있다.

만약 7월 말에 오리엔테이션을 마치고 8월 초에 학기가 열리는 학교를 배정 받았다면 그만큼 학기가 좀 더 빨리 끝날 것이다. 그래서 미국 국무부 교환학생의 기간은 보통 10개월이지만, 실제로 학생들이 미국에 머무는 기간은 조금씩 달라질 수 있다. 이건 일종의 복불복이다.

아주 극단적인 예를 들자면, 7월 말에 오리엔테이션을 받고 9월 초에 학기가 시작되는 학교에 배정을 받으면 실제로 미국에 머무는 기간은 많이 길어지는 것이다. 하지만 보통 오리엔테이션을 받는 날짜와 학교의 학기가 시작하는 시기가 얼추 맞아떨어지기 때문에 학생들 간에 큰 차이는 잘 없는 편이다.

미국 국무부 교환학생이 10개월짜리의 프로그램이라고 하지만 이런 걸 비춰 봤을 때 아주 짧을 때는 9개월이 될 수 있고, 그냥 10개월로 끝날 수도 있지만, 10개월이 좀 더 넘을 수도 있다. 정말 미국 국무부 교환학생 프로그램은 호스트 가족과의 만남, 학교 배정, 지역 배정 등 모든 게 복불복에 가깝다.

그리고 학생의 성향에 따라 미국에 오래 머무는 걸 좋아하는 경우도 있고, 아닌 경우도 있기 때문에 반드시 오래 머무르는 게 '복'이 아닐 수도 있다. 대부분의 경우 10개월이 다 되어갈 무렵에는

미국 교환학생, 알고 보니 쉽네!

집이 그리워져 하루라도 빨리 돌아오고 싶어하는 학생들이 많다. 물론 학생의 개인적 성향과 기질에 따라 다르기 때문에 이건 뭐라고 단정 지을 수 있는 문제는 아니다.

CIEE 재단의
오리엔테이션 준비

CIEE 재단의 본사는 포틀랜드 메인이라고 미국 동부 쪽에 있는데, CIEE 재단의 오리엔테이션은 요즘 주로 뉴욕에서 한다. 뉴욕에는 총 3개의 공항이 있는데 뉴욕 시내에 해당하는 퀸스 지역에는 존 F. 케네디 국제공항과 라가디아 공항이 있고, 뉴저지에는 뉴왁 리버티 국제공항(Newark Liberty Int'l Airport)이 있다.

CIEE 재단에서는 뉴왁 리버티 국제공항 근처에 있는 힐튼 호텔을 빌려 학생들을 데려온다. 존 F. 케네디 공항은 관광객이 너무 많이 붐벼서 학생들이 출입하기에는 혼잡스럽고, 라가디아 공항은 국내선 노선이 좀 적어서 각 지역의 호스트 집으로 흩어져야 하는 학생들에게는 불편할 수 있다. 그래서 결국 상대적으로 사람들이 덜 붐비는 뉴왁 공항을 택한 것 같다.

CIEE 재단은 학생들이 뉴욕에 도착하기 1, 2주 전부터 이 호텔에 임시 사무소를 차려 놓고 학생들을 맞이할 준비를 하는 것이다. 뉴욕 현지에서 하는 오리엔테이션은 같은 기수의 교환학생들이 오는 순서대로 7차까지 진행된다.

★ 뉴욕 오리엔테이션 날짜 ★
(2014년 기준)

- 1차 : 7월 22-24일
- 2차 : 7월 29-31일
- 3차 : 8월 5-7일
- 4차 : 8월 12-14일
- 5차 : 8월 19-21일
- 6차 : 8월 26-28일
- 7차 : 9월 2-4일

9월 2일이 마지막인데 그때까지 호스트 가족과 학교 등의 배정이 안 날 수도 있다. 이 경우를 대비해 CIEE 재단은 마지막 7차로 떠나는 학생들이 호스트 가족을 만나는 그 순간까지 관리해 준다.

한국에서 뉴욕까지 비행기를 타고 직항으로 가면 16시간 정도 걸린다. 직항이 아니면 한번 정도 갈아타는데 경유 시간을 포함해서 대개 18시간에서 20시간 정도 걸린다. 뉴왁 공항 같은 경우 직항이 없어서 대부분 도쿄나 샌프란시스코를 경유해서 간다.

JFK 공항까지는 직항이 있지만 CIEE 재단을 통해 오는 교환학생일 경우에는 CIEE 재단이 주최하는 오리엔테이션에 반드시 참가해야 하기 때문에 경유를 하더라도 뉴왁 공항으로 와야 한다.

미국 교환학생, 알고 보니 쉽네!

- 더블 트리 뉴왁 공항 호텔에서 2박
- 학생들이 공항에 도착하면 CIEE 직원들이 픽업함
- 학생들이 호스트 가족에게로 떠날 때 CIEE 직원들이 학생들과 함께 공항까지 동행함
- 모든 식사는 제공됨
- 학생 프레젠테이션과 소그룹 워크숍 세션
- 자유의 여신상, 엠파이어스테이트 빌딩, 타임스퀘어에서의 저녁 식사를 포함한 뉴욕 도시 관광

교환학생
뉴욕 오리엔테이션

뉴욕의 오리엔테이션 첫날은 하루 종일 학생들이 도착한다. 한국 학생들만 오는 것이 아니라 회차에 맞춰 유럽이나 다른 아시아 아이들도 오기 때문이다. 도착하는 첫날에는 짐을 풀고, 같이 식사도 하고, 스텝을 만나 이야기도 한다. 또 두 번째 날 오전에는 오리엔테이션을 잠깐 하고, 오후에 뉴욕 투어를 한다.

CIEE 재단의 오리엔테이션 같은 경우 특이한 점은 학생들의 항공권과 여권을 모두 수거해간다는 것이다. 혹시라도 아이들이 잃어버릴까봐 미리 조치를 해두는 셈이다. 그리고 두 번째 날 밤에 학생들에게 다시 돌려준다.

마지막 날에는 학생들에게 숙지를 시킬 사항은 다시 한 번 알려 주는 시간을 갖는다. 이 세 번째 날에는 첫날과 반대로 하루 종일 아이들은 호스트 가족에게로 떠난다. 오리엔테이션 비용은 모두 미국 국무부 교환학생 프로그램의 기본 비용에 포함이 돼있다.

　　요즘은 독일 같은 유럽 쪽 학생들이나 중국 학생들이 미국 국무부 교환학생 프로그램을 더 많이 이용하는 추세이다. 우리나라 학생들이 미국 국무부 교환학생의 정보를 더 많이 알아서 활용하는 것이 유익할 것이다. 의외로 우리나라의 많은 부모님들과 학생들이 이런 좋은 기회가 있다는 사실 자체를 잘 모르고 있는 편이다.

미국 교환학생, 알고 보니 쉽네!

★ CIEE 재단의 뉴욕 오리엔테이션 구체적 일정 ★
(2014년 기준)

1. 첫 번째 날(화요일)

- 학생들 도착 및 체크인
- 호텔에서의 환영 저녁 식사

2. 두 번째 날(수요일)

- 아침 식사
- 대그룹 프레젠테이션과 소그룹 활동
- 뉴욕 도시 관광 - 점심 제공
- 타임스퀘어에서 저녁 식사
- 출국 준비 미팅

3. 세 번째 날(목요일)

- 이동하면서 아침 식사 - 간단한 쿠키, 샌드위치, 주스 등
- 공항 이동
- 호스트 가족에게로 떠남

★ USA 고등학교 프로그램 오리엔테이션 규칙 2014 ★
(2014년 기준)

- 학생과 보호자는 반드시 참석해야 하며 모든 미팅과 이벤트에는 정시에 도착해야 한다.
- CIEE 직원과 다른 학생들, 호텔 직원과 손님들을 존중해야 한다.
- 소음을 줄임으로써 다른 호텔 투숙객들을 존중해야 한다.
- 학생들은 CIEE 감독 하에 진행되는 외출 외에는 오리엔테이션 프로그램이 진행되는 동안 호텔을 떠나서는 안 된다.
- 학생은 CIEE 감독하의 진행되는 외출 동안에는 항상 CIEE 그룹과 함께 있어야 한다.
- 에스코트/보호자는 CIEE 오리엔테이션 행사와 미팅 때 학생들을 호텔 밖으로 데리고 나갈 수 없다.
- 외부 방문객들은 호텔에 올 수 없다.
- 오리엔테이션 프로그램 또는 프로그램이 진행되는 한 해 동안 흡연 금지이다.
- 호텔 투숙객들은 학생 방에 들어갈 수 없다. 학생은 호텔 투숙객 방에 들어갈 수 없다. 남학생은 여학생 방에 들어갈 수 없으며, 여학생도 남학생 방에 들어갈 수 없다.
- 수영장은 밤 10시에 닫는다.
- 학생들은 반드시 자정까진 방에 들어가야 한다.

학생들은 오리엔테이션 기간 또는 프로그램이 진행되는 한 해 동안 약물 또는 주류를 사용할 수 없으며, 만약 사용을 한다면 학생의 프로그램이 즉각 중지된다.

미국 교환학생, 알고 보니 쉽네!

호스트 가족과의
첫 만남

오리엔테이션의 마지막 날에는 호텔 자체에 30분마다 공항으로 가는 셔틀 버스가 있는데 스텝들이 태워 준다. 뉴왁 공항에 도착하면 혼자서 비행기 수속을 해야 하며, 비행기를 타고 배정 받은 지역의 공항에 가면 호스트 가족이 기다린다. 호스트 가족들 전부가 모두 마중 나와 있는 경우가 많다. 호스트 가족들과 함께 차를 타고 앞으로 미국생활을 하게 될 집으로 간다.

호스트 가족을 만나면 처음엔 많이 낯설고, 무슨 말을 먼저 꺼내야 할지 모르는 경우가 많다. 물론 한국에서 열린 오리엔테이션에서 호스트 가족을 만나면 생글생글 웃는 낯을 보이라고 교육을 받지만, 실제로 만나면 다 잊어버리게 된다. 너무 피곤해서 그냥 빨리 쉬고 싶은 마음뿐이기 때문이다.

뉴왁공항에서 호스트 가족이 있는 곳으로 가는 비행기 시간은 학생들마다 다르다. 멀리 있는 곳에 가면 대여섯 시간이 걸릴 것이고, 가까운 곳은 한 시간 남짓 걸리는 경우도 있다. 만일 경유해서 갈 경우 혹시라도 갈아타는 비행기를 놓칠 때에는 CIEE 재단의 긴급연락망으로 전화를 해서 알려 주면 된다. 그러면 호스트 가족에게도 전달이 되어 스케줄이 조정된다.

한편, 한국에서 출발할 때에도 미리 일 년 뒤에 돌아오는 왕복 항공권을 모두 준비해 간다. J-1 비자일 경우 왕복 항공권을 꼭 갖춰야 한다는 규정이 있기 때문이다.

7. 미국에서의 학교생활과 일정

호스트 집에 가면 자기 방이 따로 없을 수 있다. 호스트 가족과 함께 방을 나눠 쓸 경우도 있다. 하지만 보통 미국에선 방이 좁지 않기 때문에 생활하기에는 문제가 없다. 도착 첫날에는 자신이 다닐 학교 투어도 하고, 학교에 정식으로 등교하는 첫날에는 카운슬러를 만나러 간다.

미국에는 각 학교마다 자국 학생들을 위한 카운슬러가 있는데 시간표 짜기 등 학업에 대해 상담을 해준다. 미국에는 고등학교도 대학과 같은 시스템이라 한 학기동안 정해진 학점을 따야 하는 규정이 있다. 미국에서의 교환학생 생활은 이 카운슬러와 상담하면서 시작된다. 카운슬러와 처음 같이 하는 일은 첫 학기의 수업 시간표를 만드는 것이다.

미국에선 우리나라와 달리 9월에 새 학기가 시작되는데 교환학생들은 여름방학인 8월을 지나고 가기 때문에 3, 4일 정도의 짧은

미국 교환학생, 알고 보니 쉽네!

추수감사절 방학과 1, 2 주 정도의 겨울방학을 맞이할 수 있다. 미국에선 겨울방학이 짧은 대신 여름방학이 2, 3개월이나 된다. 또 봄방학도 약 일주일 정도 된다. 겨울방학은 12월 18일이나 19일 정도 시작해서 1월 첫째 주쯤 끝난다. 거의 새해가 지나면 겨울방학도 같이 끝나버리는 셈이다.

★ 미국 국무부 교환학생의 학교 일정 ★

1. 8월 중순~9월 초: 학기 시작
2. 추수감사절(11월 말)
3. 겨울방학(12월 중순쯤)
4. 크리스마스
5. 새해
6. 2학기 시작(1월 초~중순)
7. 봄방학(3월~4월쯤): 학교마다 다름
8. 기말고사(여름방학 1주일 전쯤)
9. 여름방학(5월 말~6월 중순에 시작)

이동 수업과
쉬는 시간

미국에선 학교마다 시스템이 다른데 대략 아침 7시 반쯤 수업을 시작해서 오후 2시에서 2시 반쯤에 끝난다. 점심시간은 보통 30분이다. 한국 학생들은 흔히 미국 학생들이 야간자율학습도 없고 학교 수업도 일찍 끝난다며 부러워하지만, 미국 학생들의 쉬는 시간은 보통 4분 정도로 짧은 편이다. 학교마다 조금씩 다르긴 하지만 아무리 길어도 10분을 안 넘는다. 쉬는 시간이 길어 봐야 8분 정도이다.

특히 미국은 학생들이 교실을 이동하면서 수업을 듣기 때문에 그 짧은 쉬는 시간에도 쉴 수가 없고 교실을 옮기는 데 다 쓰일 뿐이다. 점심시간도 30분 정도로 짧다 보니 한국의 한 시간 가량 되는 긴 점심시간과 대조된다. 오히려 미국에서의 학교생활이 한국보다 시간의 강도 면에서 따진다면 더 빡빡한 스케줄이라고 볼 수 있다. 수업 시간은 평균 45분에서 50분 정도이다.

또 쉬는 시간에는 4분 동안 그 다음 수업의 교실을 찾아 이동해야 하기 때문에, 매 시간 화장실을 갈 수 있는 것도 아니다. 물론 공립과 사립은 시스템이 좀 다를 수도 있다. 아무래도 공립은 학교 규모가 더 크기 때문에 이동 거리가 길어서 쉬는 시간을 더 주는 경향도 있다.

미국 수업은 그 내용이 굉장히 다양하다. 컴퓨터 프로그래밍 수업도 있고, 포토샵 수업도 있다. 또 요리 수업도 있고, 기술 수업도 있고, 영화 관련 수업도 있다. 학교에 돈을 내면 학교에서 준비물을 모두 준비해 주는 편이다. 보통 학기당 6에서 7과목을 듣는다. 블록스케줄, 일반 스케줄 등 미국 시간표는 좀 복잡한 편이다.

점심 식사 경우 학교에서 사먹을 수 있는데 급식이 있어서 그날마다 따로 결제를 해서 먹으면 된다. 또는 집에서 도시락을 가져갈 경우 호스트가 재료를 사다 놓으면 잠자리에 들기 전에 학생이 토스트를 만들어 포장해 놓고, 그 다음날 아침에 준비해 두었던 점심을 학교로 가져가면 된다.

8. 미국 학교의 시간표

　　미국 학교의 시간표는 학교에 도착하여 학교 카운슬러와 상의한 후 결정하게 된다. 학교마다 학생이 반드시 들어야 하는 수업이 있을 수도 있다. 만약 학교 시간표를 짠 후에 수업이 어렵다고 느껴진다면 학교에서 정한 기간 내에 수강 신청을 취소한 후 수업 과목을 변경할 수 있다.

미국 공립학교의
일반적인 시간표의 예
- -

　*첫 번째 Regular Day는 보통 스케줄이고, 두 번째 Early Dismissal은 학교가 일찍 끝나는 날의 스케줄이다. 세 번째, Two Hour Delay는 학교가 두 시간 늦게 시작할 때의 스케줄이고, 마지

　　　　　　　　　　미국 교환학생, 알고 보니 쉽네!

막 Homeroom Day 스케줄은 학교에서 정해준 모임이 있는 날의 스케줄이다. 쉬는 시간은 4분으로 한국에 비해 비교적 짧은 편이다. 그러나 이 역시 학교마다 다를 수 있다.

REGULAR DAY BELL SCHEDULE	EARLY DISMISSAL BELL SCHEDULE	TWO HOUR DELAY BELL SCHEDULE	HOMEROOM DAY BELL SCHEDULE
Bus Arrival 7:05 am	Bus Arrival 7:05 am	Bus Arrival 9:05 am	Bus Arrival 7:05 am
Breakfast 7:05 am ⋯7:20 am			Breakfast 7:05 am ⋯ 7:20 am
1. 7:24 am 8:10 am	1. 7:24 am 7:57 am	1. 9:20 am 9:51 am	1. 7:24 am 8:04 am
2. 8:14 am 8:57 am	2. 8:01 am 8:32 am	2. 9:55 am 10:23 am	HR 8:08 am 8:26 am
3. 9:01 am 9:44 am	3. 8:36 am 9 :07 am	3. 10:27 am 10:55 am	2. 8:30 am 9:11 am
4. 9:47 am 10:31 am	4. 9:11 am 9:42 am	4. 10:59 am 11:27 am	3. 9:15 am 9:56 am
5. 10:35 am 11:18 am	5. 9:46 am 10:17 am	5. 11:31 am 11:59 am	4. 10:00 am 10:41 am
6. 11:22 am 12:05 pm	6. 10:21 am 10:52 am	6. 12:03 pm 12:31 pm	5. 10:45 am 11:26 am
7. 12:09 pm 12:52 pm	7. 10:56 am 11:27 am	7. 12:35 pm 1:03 pm	6. 11:30 am 12:11 pm
8. 12:56 pm 1:43 pm	8. 11:31 am 12:03 pm	8. 1:07 pm 1:38 pm	7. 12:15 pm 12:56 pm
			8. 1:00 pm 1:43 pm
Bus Departure 1:53 pm	Bus Departure 12:13 pm	Bus Departure 1:48 pm	Bus Departure 1:53 pm

학교마다 수업 시간표의 차이는 클 수도 있다. 또 다른 예로 이 책의 주인공 중 한 명인 김유진 학생의 수업 시간표를 참고하기 바란다.

수업 시간표
Block 1 Biology (생물학)

Block 2 Food prep & Production 2 (요리 수업)

Block 3 English 10 (10학년[고1] 영어)

Block 4 Integrated Math 3 (수학)

Block 5 Physical Education (체육)

Block 6 ESL English (ESL 영어)

Block 7 ESL Social Studies (ESL 미국사·경제·사회)

Block 8 Textiles and Clothing (패션 수업)

수업 시간
1교시 7:15~8:35

Advisory(담임 시간) 8:40~9:10

2교시 9:15~10:35

3교시 10:40~12:35 (점심 시간 35분 포함)

4교시 12:40~2:00

오후 2시에 수업을 마친 뒤 스쿨버스로 귀가

수업 시간표에 대한 설명
약 1년 동안 8개의 과목을 듣게 되었는데 하루에 80분씩 4교시 수업을 했다. 그래서 1-3-5-7, 2-4-6-8, 3-5-7-1, 4-6-8-2, 5-7-1-3, 6-8-2-4, 7-1-3-5, 8-2-4-6 등의 순서로 하루에 네 과목을 들었다.

홀수 번호의 수업이 든 날을 'Black Day(블랙데이)'라고 불렀고 짝

미국 교환학생, 알고 보니 쉽네!

수 번호의 수업이 든 날은 'Gold Day(골드데이)'라고 불렀다. 예를 들면 월요일은 블랙데이, 화요일은 골드데이, 그 다음날은 다시 블랙데이…….

처음엔 시간표가 헷갈렸지만 곧 적응이 돼 괜찮아졌다. 그리고 3교시는 항상 점심시간이었는데 우리 학교에는 시간별로 First Lunch, Second Lunch, 그리고 Third Lunch가 있었다. 학생들은 3교시 수업 시간표의 선생님 점심 식사 스케줄대로 움직인다. 만약 그날 3교시 과목 선생님이 First Lunch를 드시면 그 교실의 모든 학생들도 자동으로 First Lunch를 먹게 된다.

- 김유진

9. 이것만은 기억하자!

　　미국 국무부 학교 교환학생 프로그램의 규칙 중에는 열 달 내내 평균 C 이상의 학점을 유지해야 한다는 조항이 있다. 한국으로 치면 평균 70점 이상이다. 그런데 한국 학생들을 보면 어떻게 C이상의 학점을 유지할 수 있을까, 하고 미국에 가기 전에 다들 걱정을 한다.

　　그러나 그런 걱정은 할 필요가 없다. 미국에서 선생님이 내주는 숙제만 다 해도 평균 B학점 이상 나오니까 말이다. 미국은 시험만 보는 게 아니라 숙제를 해오는 것도 성적에 들어가기 때문이다. 정말 시험을 못 봤을 경우 평소 숙제를 꼬박꼬박 잘해갔다면 선생님을 찾아가서 사정을 설명하는 것도 한 방법이다.

　　미국의 경우 엑스트라 크레딧(Extra Credit)처럼 성적 이외에 점수를 주는 여지가 있기 때문에 그걸 활용하면 된다. 미국에는 엑스트라 크레딧이라는 부가점수 제도가 있다. 과제나 시험을 통해 얻는 점수가 아니라 자신의 실수로 좋지 않은 점수가 나왔을 경우 낮은 점수를 회복할 수 있도록 하는 제도이다.

미국 학교
시험의 특징

미국 시험은 한국 시험처럼 비비 꼬아서 나오는 것이 아니고 직설적으로 나오기 때문에 그냥 공부만 하면 점수를 제대로 받을 수가 있다. 미국 시험도 주관식과 객관식이 섞여 나온다. 4지 또는 5지선다형 모두 있지만 굉장히 쉬운 편이다. 물론 에세이도 있다.

미국에는 또 선생님들마다 평가 방식이 다르다. 그래서 학기를 시작할 때 첫수업에 들어가면 선생님들이 수업 계획서 같은 걸 만들어 준다. 거기에 시험 일정과 평가 방식 등이 들어가 있다.

평균 C학점을 못 받으면 두 번 정도 경고를 주고, 세 번째 아웃을 시키는 편이다. 성적이 나아지지 않으면 학생이 게을렀다는 증거로 본다. 한 학기가 지나도록 영어가 늘었음에도 불구하고 성적이 C학점으로 돌아오지 않으면 쫓겨나는 경우가 있다. 거의 반 년 정도 지난 후부터는 쫓겨나는 경우도 더러 생기는 편이다.

시험은 수업마다 횟수가 다르다. 일주일에 한 번씩 챕터(Chapter) 시험이 있고, 모두 다 성적에 들어간다. 또 선생님이 수업 중에 미리 다음 주에 시험이 있다고 알려준다.

미국은 쪽지 시험도 있다. 팝 시험(Pop Test)이라고 한다. 또는 팝

퀴즈. 미리 알려주지 않고 그냥 친다. 성적에 들어갈 수도 있고, 그냥 지나갈 수도 있다. 그리고 미국에서는 토론 수업도 많이 한다. 정식이 아니라도 수업 중간중간에 수시로 토론을 할 수 있다.

미국 학교
선생님들과의 관계

미국 학교 선생님들과 학생들의 관계는 한국보다 훨씬 자유롭다. 한국은 고민 상담을 하러 간다면 개별 상담 같은 느낌인데, 미국에선 수업이 끝나고 나서 물어봐도 되고, 수업 중이라도 언제든 손을 들고 물어 보면 된다. 또 선생님 댁 파티에 초대를 받아 갈 수도 있다.

이때 파티는 우리가 생각하는 그런 화려한 파티가 아니라 쿠키나 차 같은 걸 마시는 작은 모임 자리일 때가 많다. 그리고 선생님과 따로 찻집에 차를 마시러 갈 수도 있는 등, 미국에선 선생님과의 만남이 한국보다는 훨씬 자유롭고 흔한 편이다. 때로는 선생님과 같이 여행을 가기도 한다. 물론 여행 비용은 각자가 부담한다.

방과 후
해야 할 일

한국 학생들이 학교 숙제가 없는 반면 미국 학생들은 숙제가 많

　　　　　미국 교환학생, 알고 보니 쉽네!

다. 한국 학생들은 그 시간에 학원에 가 있는데, 미국 학생들은 집에 돌아와서 하루에 한두 시간씩 숙제를 한다.

보통 미국 학생들은 아침 6시 반에 일어난다. 그리고 아침을 먹고 준비를 해서 7시 15분쯤 학교에 도착을 한다. 7시 반쯤 수업이 시작되면 오후 2시에서 2시 반쯤 수업을 마친다. 끝나고 집에 오면 3시나 3시 반쯤. 그때 집에 돌아와 낮잠을 잠깐 자거나 간식을 먹거나 쉬고 나서 4시나 4시 반부터 한 시간에서 한 시간 반 정도까지 숙제를 한다.

그날 배웠던 것을 바로 숙제로 내주는 편이기 때문에 그 정도면 충분히 감당할 수 있는 숙제가 매일 있다. 숙제는 한국과는 달리 참고서 도움 없이 혼자 해낼 수 있는 것들이다. 단어가 좀 어려우면 전자사전을 이용하면 된다.

그리고 숙제가 끝나고 나면 저녁을 준비하는 호스트 엄마를 돕는다. 6시에서 6시 반 정도 저녁 식사를 시작해서 대략 7시나 7시 반 정도 한 시간가량 저녁을 먹는다. 그러고 나서 설거지를 도와

주고 그 뒤에 공부를 더 하든지, 자유 시간을 갖든지 하다가 9시나 9시 반쯤 침대에 눕는다. 그리고 침대에서 한 시간 정도 독서를 하다가 10시 반쯤 잠자리에 든다. 이런 생활 패턴이 보편적인 교환학생들의 일상이다.

호스트 집에서
생활하기

학교에 갈 때에는 스쿨버스를 타는 경우도 있고, 그냥 대중버스를 이용하기도 하고, 아니면 가끔은 호스트가 태워다 줄 때도 있다. 또는 카풀링을 할 수도 있다. 학교는 보통 차로 30분 안이다.

미국에선 학기 중에도 학교 수업을 빠지고 놀러갈 수도 있다. 물론 체험학습으로 부모와 함께일 때 가능하다. 방학 때도 호스트 가족과 여행을 가기도 한다. 호스트 부모님의 성향이 어떠냐에 따라 여행을 갈 기회가 많기도 하고 드물기도 하다.

호스트가 자원 봉사하는 대신 많지는 않지만 세금이 면제가 되는 이득을 보는 경우가 있다. 보통 미국에 교환학생으로 오면 전 세계에 하나밖에 없다는 디즈니월드에 놀러 가기도 한다. 디즈니월드는 미국의 플로리다 주의 올란도에 있는데 디즈니랜드보다 4, 5배 정도 더 넓다. 디즈니랜드는 미국 캘리포니아, 일본 도쿄, 홍콩, 프랑스 파리와 중국 상하이에 있다. 디즈니랜드는 하나의 놀이공원이며, 디즈니월드는 테마별 놀이공원으로 이루어져 있다.

미국 교환학생, 알고 보니 쉽네!

호스트 집에서 주말을 보낼 때에는 어떤 학생의 경험담에 따르면, 매주 금요일 저녁엔 저녁 식사를 따로 준비하지 않고 피자를 사거나 만들고, 쿠키를 구워 놓고 아이스크림을 사 놓은 후에 영화를 본다. 호스트 가족과 영화를 보면서 피자를 먹고, 중간쯤 되었을 때 아이스크림을 먹는다. 그리고 영화가 끝나면 씻고 잔다.

또, 주말에는 미국 교회에 자주 간다. 호스트 가족이 교회에 다닐 경우 문화를 배울 수 있기 때문에 같이 따라가는 편이 좋다. 한국 교회처럼 아침부터 저녁까지 있지는 않는다. 아침 예배만 보고 나와서 점심을 먹고 쇼핑하거나 아니면 집으로 돌아와서 쉬거나 한다. 이런 풍경이야말로 교환학생이 보편적으로 주말을 보내는 생활 패턴이다.

미국에서 생활할 때 주의할 점

미국 교환학생으로 가 있는 동안 한인 교회를 다니는 걸 권장하지 않는 편이다. 미국에서 한국 사람을 만나면 자꾸 한국말을 사용하기 때문에 가능하면 안 가는 게 좋다. 경험자에 따르면 미국에 가선 일단 영어를 많이 사용해야 한다. 그런데 한국 사람을 만나면 모국어를 많이 쓰게 되고 호스트 가족들도 그걸 별로 좋아하지 않는다. 왜냐하면 미국 교환학생의 취지에 맞지 않기 때문이다.

미국에 온 것이 영어를 배우고 문화를 배우기 위해서인데 자꾸 모국어를 쓰면 호스트 가족도 그 학생의 진정성에 대해 의문을 갖는다. 자꾸 한국 사람들을 만나려면 교환학생으로 온 보람이 없기 때문이다. 교환학생 프로그램이 있는 이유는 새로운 문화 체험과 도전 정신을 얻는 시험대로 활용되기 위해서이다.

한인 교회에서 한국 사람들과 자주 만나게 되면 주일에만 만나는 게 아니라 평일에도 연락하고 전화하면서 따로 만나게 된다. 그러면서 쇼핑도 가고 내내 계속 한국말을 사용하게 된다. 요즘 안 그래도 카톡이나 페이스북 같은 SNS 때문에 한국 친구들과 자주 연락해서 경고를 받는 경우도 많다. 이처럼 한국 사람들과 자꾸 대화를 하는 건 이 프로그램의 취지에 맞지 않을뿐더러 영어도 늘지 않는다.

교환학생 어머니들의 불만을 전화로 들어보면 주로 학생과 호스트 사이의 문화 차이에서 오는 경우가 많다. 미국 측이 잘못한 게 아니라 학생이 자기 고집을 앞세워 생떼를 쓰는 경우가 많은 것이다. 부모가 이런 이유를 미리 알고 대처하는 현명함이 필요하다. 아이가 미국 문화에 적응해가는 과정일 수 있는데, 무조건 자신의 아이 편을 들다 보면 문제의 본질을 제대로 볼 수 없게 된다.

미국 교환학생, 알고 보니 쉽네!

10. 귀국 일자 정하기

　　미국에 남을 것인가, 한국으로 올 것인가 결정하는 시점은 거의 1학기가 끝날 무렵이다. 12월에서 1월쯤부터 생각을 하기 시작하고, 그때가 유학을 계속 할 건지 한국으로 돌아올 건지 결정하는 시점이 된다. 그에 따라 남은 기간 동안 목표에 더 맞는 공부를 하게 된다. 그리고 미국에 계속 남을 경우 교환학생 기간이 끝난 후 학교를 옮길 수도 있고 지역을 옮길 수도 있다.

　　이때 학생이 스스로 유학을 이어갈 수 있지만, 애임하이교육을 통해 유학을 다시 지속시킬 수 있다. 이제부터는 사립 프로그램이기 때문에 학비나 호스트 비용은 학생이 모두 다 부담한다. 하지만 관리 시스템은 공립학교 때와 똑같이 이루어진다. 미국 현지와 학생이 연락하고, 애임하이교육에선 부모님과 연락을 하고, 또 애임하이가 미국 CIEE 본사와 연락을 하는 방식이다. 이런 방식으로 고등학교를 졸업할때까지 학생을 관리해 준다.

　요즘은 학생들의 선택 비율이 한국 대학이 6, 미국 대학이 4 정도 된다. 즉 6 대 4의 비율로 해외 전형이 활성화 되어서 한국 대학으로 오는 경향이 많다. 국내 대학교에서 해외 고등학교 학생들만 뽑는 전형이 많아져 미국에서 고등학교를 졸업하고 한국으로 돌아오는 경우가 늘어나는 추세이다. 또는 미국에서 고등학교를 졸업한 아이들이 한국의 대학에만 가는 게 아니라, 일본도 가고, 홍콩도 가고, 유럽도 가는 등 다른 나라 대학으로도 많이 진학하는 편이다. 앞으로 대학 진학의 폭이 점점 더 다양해진다고 볼 수 있다.

귀국 준비

귀국 일자는 2월 말에서 3월 초에 정한다. 이맘때가 되면 애임하

미국 교환학생, 알고 보니 쉽네!

이교육에서 학생들에게 전화를 해서 의논을 한다. 미국에 있는 학생과 한국에 있는 어머니의 의견을 수렴해서 정하게 된다. 호스트 가족과 놀러갈 일정이 있으면 귀국 일자가 좀 늦어지기도 한다. 그런데 그것도 재단의 허락을 받아야 하고, 원한다고 해서 다 되는 건 아니다. 일정에서 많이 벗어나면 허락이 안 떨어질 수도 있다.

한국의 학교로 복학하는 경우에 학생은 필요한 서류들을 미리 갖춰 돌아오면 된다. 이에 반해 미국에 있는 학교에 계속 다닐 학생의 경우는 이런 서류들 없이 그냥 한국에 다녀가면 된다. 이 경우엔 잠시 2, 3개월의 여름 방학동안 휴식기를 가진 후에 미국으로 돌아가 학업을 계속 이어가게 된다.

미국 교환학생, 알고 보니 쉽네!

초판 1쇄 인쇄 2014년 8월 28일
초판 1쇄 발행 2014년 9월 10일

지은이 최지아, 김유진, 이소미, 신현지 (정리:정경은)
펴낸이 조선우
펴낸곳 책읽는귀족

등록 2012년 2월 17일 제396-2012-000041호
주소 경기도 고양시 일산동구 백석동 현대밀라트 2차 B동 413호
전화 031-908-6907 | **팩스** 031-908-6908
홈페이지 www.noblewithbooks.com | **E-mail** idea444@naver.com
트위터 http://twtkr.com/NOBLEWITHBOOKS

책임 편집 조선우
표지 디자인 twoes | **본문 디자인** 아베끄

값 16,000원 | **ISBN** 978-89-97863-27-3 (43810)

이 도서의 국립중앙도서관 출판시도서목록(CIP)은 서지정보유통지원시스템 홈페이지
(http://seoji.nl.go.kr)와 국가자료공동목록시스템(http://www.nl.go.kr/kolisnet)에서
이용하실 수 있습니다.(CIP제어번호: CIP2014023485)